Sarah Glicker

Love at Third Sight

Die Autorin

Sarah Glicker, geboren 1988, lebt zusammen mit ihrer Familie im schönen Münsterland. Für die gelernte Rechtsanwaltsfachangestellte gehörten Bücher von Kindesbeinen an zum Leben. Bereits in der Grundschule hat sie Geschichten geschrieben. Als Frau eines Kampfsportlers liebt sie es, Geschichten über attraktive Bad Boys zu schreiben.

Das Buch

Verliebt in einen Bad Boy …

Joleen weiß, was sie will. Und Mike, der Bruder ihrer besten Freundin, ist es definitiv nicht. Die beiden kennen sich schon seit der Junior High und geraten ständig aneinander. Vor allem deshalb, weil Mike ein Aufreißer mit Bad Boy Image ist und ständig anzügliche Kommentare macht. Niemals könnte Joleen sich vorstellen, eine von Mikes vielen Affären zu sein. Doch als er sie zu einem gemeinsamen Wochenende bei seiner Schwester abholt, überrascht er sie in einer verfänglichen Situation. Und plötzlich ist da diese Anziehung zwischen den beiden, der sich Joleen nicht entziehen kann …

Von Sarah Glicker sind bei Forever by Ullstein erschienen:

Melody & Scott (L. A. Love Story 1)
Haley & Travis (L. A. Love Story 2)
Brooke & Luke (L. A. Love Story 3)

Second Chance for Love (Las-Vegas-Reihe 1)
Love at Third Sight (Las-Vegas-Reihe 2)

Sarah Glicker

Love at Third Sight

Roman

FOREVER

MIX
Papier aus verantwortungsvollen Quellen
FSC® C083411

Originalausgabe bei Forever
Forever ist ein Digitalverlag
der Ullstein Buchverlage GmbH, Berlin April 2018

Umschlaggestaltung: zero-media.net, München
Titelabbildung: © FinePic®
Autorenfoto: © privat
Satz: Pinkuin Satz und Datentechnik, Berlin
Druck- und Bindearbeiten: CPI books GmbH, Leck
ISBN 978-3-95818-958-4

1

Nur mit einem Handtuch bekleidet betrete ich mein Zimmer und werfe dabei einen prüfenden Blick auf die Uhr. Noch habe ich eine halbe Stunde Zeit, bis mich Mike abholt. Und auch dann werde ich sicher noch ein paar Minuten haben, denn mein Dad fängt ihn meistens ab. Darüber bin ich froh. Mike und ich sind nicht gerade dafür bekannt, dass wir sonderlich gut miteinander auskommen. Ich bin über jede Sekunde dankbar, die ich nicht mit ihm verbringen muss. So ist das schon seit der Junior High und es wird sich wohl auch nicht mehr ändern. Dafür sind wir beide einfach zu unterschiedlich. Heute werden wir mehr als genug Zeit zusammen verbringen müssen, schließlich werden wir nach Flagstaff fahren, um seine Schwester zu besuchen.

Seufzend gehe ich barfuß über den dicken Teppich meines Zimmers auf das Bett zu. Darauf liegen bereits der geöffnete Koffer und die Klamotten, die ich auf der Fahrt tragen will.

Meine Augen wandern zu dem großen Spiegel, der am Fußende hängt, und ich streiche mir dabei eine Strähne meiner langen braunen Haare aus dem Gesicht. Ich habe mich für so wenig Make-up wie möglich entschieden, weil ich niemanden beeindrucken muss. Da ich aber mit Mike unterwegs bin, konnte ich es mir nicht ganz verkneifen, darauf zu verzichten.

Ich bin so in Gedanken vertieft, dass ich nichts mehr von dem mitbekomme, was um mich herum passiert.

»Weib!«, dröhnt die tiefe und laute Stimme von Mike im nächsten Moment durch das Haus.

Erschrocken zucke ich zusammen und lasse dabei das Höschen fallen, das ich mir gerade gegriffen habe. Ich habe gar nicht gehört, wie die Klingel betätigt wurde.

Um mich zu vergewissern, dass ich mich nicht vertan habe, kontrolliere ich noch mal die Uhrzeit. Da der Sekundenzeiger sich bewegt, kann ich davon ausgehen, dass sie nicht stehengeblieben ist.

»O Mann«, murmle ich leise vor mich hin.

»Bist du fertig?«, höre ich ihn in der nächsten Sekunde rufen.

Seufzend bücke ich mich, um meinen Tanga wieder aufzuheben und hineinzuschlüpfen.

»Danke, Dad«, sage ich leise für mich.

Mike ist eine Naturgewalt, die man nur überleben kann, wenn man sich darauf einstellt, dass sie über einen hinwegfegen wird. Und genau das kann ich nun nicht.

»Jo«, erklingt erneut die Stimme von Mike und reißt mich aus meinen Gedanken. »Bekomme ich keine Antwort?«

Bei seinen Worten kann ich mir vorstellen, wie er genervt die Augen verdreht.

Mittlerweile kenne ich ihn gut genug, um solche Dinge an seiner Stimme zu hören.

Eine Weile ist es still. Nur die leisen Stimmen von Mike und meinem Dad dringen an meine Ohren. Da er sich nun nicht mehr auf mich konzentriert, greife ich nach dem nächsten Kleidungsstück.

Doch noch bevor ich es anziehen kann, höre ich ihn wieder. »Jo? Bist du überhaupt da? Ich will los!«

»Du bist zu früh!«, rufe ich nun zurück und ziehe dabei meinen BH an.

»Quatsch. Ich bin immer pünktlich. Aber du anscheinend nicht«, ruft er laut aus der unteren Etage zu mir hoch.

Idiot, fährt es mir durch den Kopf. Mike schafft es mit den einfachsten Worten immer wieder, in mir den Wunsch zu wecken, ihm eine Bratpfanne über den Kopf zu hauen. Es gibt aber auch Tage, da darf es ruhig etwas Härteres sein, wie zum Beispiel das Bügeleisen meiner Mutter.

Lindsay hat mir ein paarmal gesagt, dass ich endlich ruhiger werden soll. Bis jetzt hat es aber noch nicht so wirklich funktioniert. Schon gar nicht, wenn ihr Bruder in der Nähe ist.

Doch bei dem Klang seiner dunklen Stimme richten sich meine Nackenhaare auf. Mein Herz beginnt schneller zu schlagen.

Ich muss ein paarmal tief durchatmen, bis ich wieder in der Lage bin, einen vernünftigen Gedanken zu fassen. *Was …?*, frage ich mich, doch ich komme nicht dazu, den Gedanken zu beenden. In diesem Moment bin ich einfach zu verwirrt. Was für eine seltsame Reaktion auf Mike. Ich weiß nicht, was auf einmal mit mir los ist, aber ich weiß, dass es nicht gut ist, wenn ich mich in seiner Gegenwart so verhalte.

Ich kann nicht verhindern, dass meine Ohren sich neugierig spitzen. Die beiden sind jedoch so weit entfernt, dass ich nichts verstehen kann.

Es ist kein Geheimnis, dass Mike und mein Dad sich gut verstehen. Es gab eine Zeit, in der habe ich mich mehr als einmal gefragt, wieso das der Fall ist. Meine Mutter hat mir irgendwann erzählt, dass mein Dad genauso war wie Mike, als sie sich kennengelernt haben. Angeblich hat mein Vater sich damals für sie geändert. Allerdings kann ich das nicht so ganz glauben. Ich kann mir meinen Vater überhaupt nicht als Weiberhelden vorstellen. Vielleicht ist das aber auch besser so, er ist schließlich mein Dad. Außerdem ändern Typen wie Mike sich nicht, egal für wen. Und schon gar nicht für eine Frau. Sie lieben ihr Leben viel zu sehr, als dass sie wirklich auf jemand anderen Rücksicht nehmen würden.

Und Mike ist noch mal eine ganz andere Klasse. Er schläft nie nur mit einer einzigen Frau. Nein, dieser Mann braucht gleich zwei, drei oder noch mehr auf einmal in seinem Bett. Wieso das so ist, weiß ich nicht. Mir ist diese Frage zwar oft durch den

Kopf gegangen, bis jetzt habe ich es jedoch vermieden, sie ihm zu stellen.

Nach wenigen Sekunden lausche ich ein zweites Mal, doch ich kann nun nichts mehr hören. Alles ist ruhig im Haus, so dass ich kurz das Gefühl habe, ich wäre alleine. In mir regt sich die Hoffnung, dass mein Vater und Mike nach draußen gegangen sind oder sich sonst wohin verzogen haben. Doch bevor ich mich darüber freuen kann, wird sie schon wieder zerstört. Auf der Holztreppe meiner Eltern ertönen laute Schritte.

Je näher sie mir kommen, desto lauter werden die schlurfenden Geräusche. Ich brauche nicht darüber nachzudenken, wer da hochkommt. Mike ist der Einzige, den ich kenne, der schwere Stiefel trägt. Und das bei den Temperaturen, die in Las Vegas herrschen.

Mir ist klar, dass er nur hochkommt, um mich zu ärgern, aber ich beschließe, dass ich nicht darauf eingehen werde. Seelenruhig drehe ich mich wieder meinem Bett zu. Während ich mich weiter anziehe, kann ich hören, wie er langsame Schritte auf den Fliesen macht und immer näherkommt, bis er schließlich stehen bleibt.

»Wie lange soll ich denn noch auf dich warten?«, ruft er durch die geschlossene Tür hindurch. Ich erkenne die Ungeduld an seiner Stimme, was mich belustigt grinsen lässt. »Ich wollte heute noch ankommen und nicht erst nächstes Jahr.«

Bei seinen Worten halte ich kurz in der Bewegung inne und starre auf den Durchgang. Am liebsten würde ich hinausstürmen und ihm die Meinung sagen, aber das kann ich mir gerade noch verkneifen. Stattdessen atme ich einmal tief durch und versuche mich dabei wieder etwas zu beruhigen. »Wenn du zu blöd bist, um die Uhr zu lesen, kann ich das auch nicht ändern. Eigentlich solltest du alt genug sein, um die Zeiten auseinanderhalten zu können«, gebe ich so ruhig wie möglich von mir.

Ich kann mir denken, dass er genau weiß, wie es gerade in mir aussieht, denn sonst würde er das nicht machen. Mike hat eine Art an sich, der ich noch nie ausweichen konnte. Er zwingt mich förmlich dazu, dass ich mich mit ihm streite.

In den letzten Jahren war mir das ziemlich egal. Wir haben uns gestritten und sind danach wieder getrennte Wege gegangen.

»Aber da du das anscheinend nicht kannst, muss ich wohl davon ausgehen, dass du auch bei ein paar anderen Dingen hinterherhinkst.«

Sein heiseres Lachen dringt zu mir durch. Auf diese Weise will er mir zeigen, dass er mir überlegen ist. Er weiß aber, dass das Wunschdenken ist. Dafür habe ich ihm schon zu oft bewiesen, dass ich keine Angst davor habe, ihm die Stirn zu bieten. Schließlich bin ich keine seiner Miezen, die sich ihm an den Hals werfen.

»Warum hast du mir das angetan?«, frage ich leise und meine damit meine Freundin.

Ich weiß nicht, wieso ich mich darauf eingelassen habe, ausgerechnet mit ihm dorthin zu fahren. Eigentlich hätte ich auch meinen eigenen Wagen nehmen können, was für meine Nerven sicher einfacher gewesen wäre. Entspannt hinfahren, ohne sein Gelaber, und entspannt zurückfahren, ebenfalls ohne sein Gelaber. Aber Lindsay hat es hinter meinem Rücken so eingefädelt, und da ich mich nicht mit ihr streiten wollte, habe ich mich meinem Schicksal gefügt. Nun werde ich die nächsten vier Stunden mit ihrem großen Bruder eingesperrt in einem Auto aushalten müssen.

»Ich bin nicht zu blöd, um eine Uhr zu lesen«, gibt er nun lachend von sich. »Und auch nicht, um andere Dinge zu unterscheiden.«

Manchmal habe ich das Gefühl, als würde er sich mit Absicht so anstellen – um mich auf die Palme zu bringen. Was ist er nur für ein merkwürdiger Mensch. *Wenn er sich in Gegenwart seiner Gespielinnen auch so benimmt, dann frage ich mich, wieso sie sich auf ihn einlassen*, schießt es mir durch den Kopf. *So ver-*

zweifelt können nicht einmal die sein. Oder vielleicht merken sie es auch erst, wenn es bereits zu spät ist. Doch kaum habe ich den Gedanken beendet, erscheint vor meinem inneren Auge ein Bild seines besten Stücks. Ich habe es noch nie wirklich gesehen, aber in meiner Phantasie nimmt es richtig Gestalt an. Ja, genau so stelle ich es mir vor.

Ich denke, das ist eher der Grund, weshalb sie bei ihm bleiben und nicht sofort abhauen. Denn spätestens, wenn er den Mund aufmacht, machen ihn die Worte, die er von sich gibt, unattraktiv.

»Scheiße«, murmle ich leise vor mich hin und schüttle den Kopf, um das Bild wieder loszuwerden. Doch so ganz gelingen will es mir nicht. Es verschwindet einfach nicht, wofür ich mir am liebsten in den Hintern treten würde.

Noch nie habe ich auch nur einen einzigen Gedanken daran verschwendet, wie Mike nackt aussieht, und dass es ausgerechnet jetzt passieren muss, hilft mir nicht. Um genau zu sein, hätte mein Gehirn sich gar keinen schlechteren Zeitpunkt dafür aussuchen können. Obwohl, wenn ich es mir recht überlege, gibt es dafür wahrscheinlich keinen richtigen Moment.

»An deiner Stelle würde ich das auch sagen«, antworte ich nun. Meine Stimme ist laut genug, so dass ich mir sicher sein kann, dass er mich auf jeden Fall hört. Vielleicht hilft es mir ja, wenn ich mich wieder auf unsere Unterhaltung konzentriere. Ich möchte vermeiden, dass er merkt, an was ich gedacht habe, wenn ich nichts sage. »Wahrscheinlich trägt er auch diese riesige Protzuhr nur, um Frauen klarzumachen. Die meisten Weiber stehen doch darauf, wenn sie denken, dass der Typ Geld hat«, flüstere ich vor mich hin. Automatisch habe ich wieder das glückliche Gesicht vor Augen, das er letzte Woche aufgesetzt hat, als er die neue Uhr angeschleppt hat. Alleine die Erinnerung daran reicht aus, dass ich noch immer ungläubig den Kopf schüttle.

»Ich weiß, an was du gerade denkst, und ich weiß, dass du sie eigentlich schön findest. Wie könnte man das auch nicht?«

»O Mann«, entfährt es mir laut, wobei ich den genervten Ton in meiner Stimme nicht verbergen kann. Aber das will ich auch nicht. Mike kann ruhig wissen, dass er mir jetzt schon auf die Nerven geht. Wahrscheinlich kann er sich das auch denken.

»Brauchst du noch lange? Ich will endlich los.« Seine Stimme klingt so ungeduldig, dass ich mir vorstelle, wie er von einem Fuß auf den anderen tritt. Wie ein kleines Kind, das auf die Toilette muss. Dieser Gedanke sorgt dafür, dass sich meine Laune ein wenig hebt und ich sogar grinsen muss.

Damit mir kein verräterischer Ton über die Lippen dringt, räuspere ich mich schnell und versuche, wieder so ernst wie möglich zu werden. »Du kannst ja alleine fahren. Da ich mein eigenes Auto habe, bin ich nicht darauf angewiesen, dass du mich mitnimmst«, erwidere ich mit fester Stimme.

»Damit ich mir dann das Geheule von meiner Schwester anhören darf? Vergiss es. Du würdest doch alleine den Weg überhaupt nicht finden«, kontert er und lacht dabei leise.

Mir liegen die Worte auf der Zunge, dass ich durchaus in der Lage bin, ein Navi zu bedienen. Doch bevor sie mir über die Lippen kommen, presse ich sie zusammen. Ich kann an seiner Stimme hören, dass er sich einen Spaß daraus macht, mich auf die Palme zu bringen. Das ist Ansporn genug für mich, einfach den Mund zu halten.

Also greife ich nach meiner Uhr, meiner Kette und meinen Ohrringen, um sie mir anzulegen, bevor ich in meine Sandalen schlüpfe. In dem Moment, in dem ich meine Hand ausstrecke, um mir das Top anzuziehen, was ich ausgewählt habe, höre ich, wie die Tür geöffnet wird. Ich habe gerade noch Zeit, meinen Kopf zu heben, bevor die Tür gänzlich offen steht und Mike einen Schritt nach vorne macht.

2

Erschrocken ziehe ich die Luft ein, als mir klarwird, dass ich obenrum nichts trage außer einen BH. Und auch noch einen, der aus Spitze besteht und teilweise durchsichtig ist. Um genau zu sein: Er zeigt mehr, als dass er verbirgt.

Es geht alles so schnell, dass ich keine Zeit mehr habe, mir das Oberteil überzustreifen. Den Bruchteil einer Sekunde später entdeckt mich Mike.

Als er mich entdeckt, bin ich unfähig mich zu bewegen.

Ich brauche eine Sekunde, bis ich wirklich verarbeitet habe, dass Mike gerade vor mir steht. Doch selbst dann erscheint es mir so, als würde diese Situation gerade nicht stattfinden. Ich muss mehrmals tief durchatmen, bis ich in der Lage bin, einen herausfordernden Gesichtsausdruck aufzusetzen. Auf diese Weise will ich ihm zu verstehen geben, dass er sich gefälligst umdrehen oder ganz verschwinden soll.

Mike macht keine Anstalten, sich abzuwenden, er sieht nicht einmal an mir vorbei. Er betrachtet mich mit einem Blick, den ich nicht deuten kann. Ich bin mir aber auch nicht sicher, ob ich es wirklich will.

Auf meiner Haut breitet sich ein merkwürdiges Kribbeln aus, was es mir erschwert zu denken. Ich rufe mir in Erinnerung, dass Mike ein riesen Idiot ist. Das ändert dennoch nichts daran, dass mir immer heißer wird, je länger er dort steht.

Stumm stehe ich vor ihm, während er mich betrachtet, als

wolle er sich jeden Zentimeter einprägen. Das ist allerdings ein Punkt, den ich für unwahrscheinlich halte.

Ich weiß, dass er oft Frauen im Bett hat, von denen jede so aussieht, als hätte sie gerade erst einen Modelvertrag unterschrieben. Er kann sich also definitiv nicht über eine Durststrecke beschweren.

Obwohl ich mir so ins Gedächtnis rufe, wieso Mike und ich nicht gerade die besten Freunde sind, ändert es nichts daran, dass ich nervös werde. Ich versuche diese Reaktion ein wenig abzumildern, indem ich mir ins Gedächtnis rufe, dass meine Eltern sich ebenfalls im Haus befinden. Aber nicht einmal dieser Gedanke schafft es, mir eine kalte Dusche zu verpassen. Es scheint fast so, als würde es meinen Körper überhaupt nicht interessieren.

Kurz schließe ich meine Lider, in der Hoffnung, dass er sich von mir abgewandt hat, sobald ich sie wieder öffne. Aber auch das ist nicht der Fall. Seine breite Statur steht noch immer in meiner Zimmertür. Dabei hat er die Hände in den Hosentaschen vergraben. Sein Shirt spannt sich um seine muskulösen Oberarme, was auch dafür sorgt, dass seine Tattoos mehr hervorstechen. Seine dunklen Haare stehen wirr vom Kopf ab und seine Lippen verziehen sich zu einem sexy Grinsen.

Ich komme mir vor, als wäre ich das Wasser in der Wüste und er ein Verirrter. Dabei bin ich mir sicher, dass er auf der gestrigen Party mindestens zwei Frauen klargemacht hat, die nur zu gerne mit ihm ins Bett gesprungen sind. Und genau so sicher bin ich mir, dass diese Geschichte bis heute Morgen gegangen ist. Er ist bestimmt nur kurz zu Hause gewesen, hat geduscht und seine Tasche gepackt.

Der Gedanke daran reicht, damit ich meine Sprache wiederfinde. Und mit ihr kehrt auch meine Bissigkeit zurück. »Hast du noch nichts von Anklopfen gehört?«, frage ich ihn und ziehe dabei meine Brauen ein Stück nach oben. Während ich spreche, stemme ich meine Hände in die Hüften, um meinen Ton zu unterstreichen. Ich habe die Hoffnung, dass Mike zumindest ein wenig schuldbewusst reagiert.

Er zeigt sich jedoch in keinster Weise beeindruckt. Stattdessen leckt er sich mit der Zunge über die Lippen, was dazu führt, dass mir heißer wird. Obwohl es nicht sein kann, kommt es mir vor, als wäre es ein paar Grad wärmer im Zimmer geworden. Vor allem habe ich das Gefühl, als wäre der Raum plötzlich wesentlich kleiner. Die Wände scheinen in den letzten Sekunden auf mich zugekommen zu sein. Gerade fehlt mir der Platz zum Atmen. Dieses Gefühl hat auch zur Folge, dass es mir so vorkommt, als wäre Mike mir näher gekommen. Und diese Erkenntnis sorgt dafür, dass mein Mund trocken wird. Ich ermahne mich selbst, dass ich ihm den Rücken zudrehen sollte, um mich weiter anzuziehen. Aber ich schaffe es nicht. Aus irgendeinem Grund wollen meine Beine nicht das Gleiche wie mein Kopf.

Um besser atmen zu können, öffnet sich mein Mund ein Stück. Trotzdem kommt es mir vor, als würde kaum Sauerstoff in meinen Lungen ankommen. Um mich herum verschwimmt alles, je länger wir hier so stehen. Nur ihn kann ich noch klar erkennen, was für mich ein Zeichen ist, dass ich in großen Schwierigkeiten stecke.

Er sorgt dafür, dass irgendetwas in mir wach wird, von dem ich nicht einmal angenommen habe, dass es existiert. Ich muss zugeben, dass ich das warme Gefühl mag, was sich in mir ausbreitet, obwohl mir klar ist, dass Mike der Auslöser ist. Und diese Tatsache macht mir Angst.

Mike und ich sind noch nie sonderlich gut miteinander ausgekommen. Wir streiten und vertragen uns, mehr oder weniger. Wobei wir die meiste Zeit des Tages kein vernünftiges Wort miteinander sprechen. Wir sind allerdings häufig dazu gezwungen, Zeit miteinander zu verbringen, weil meine beste Freundin Lindsay nun einmal Mikes Schwester ist.

Wir vermeiden es jedoch, alleine Zeit zusammen zu verbringen. Vor allem, seitdem Lindsay nicht mehr in Las Vegas wohnt, versuche ich so wenig wie möglich mit ihm zu tun zu haben. Deswegen wäre ich auch nie auf die Idee gekommen, mit ihm alleine nach Flagstaff zu fahren.

Es dauert ein paar Sekunden, bis ich in der Lage bin, wieder einen klaren Gedanken zu fassen. »Darf ich mich jetzt in Ruhe fertig machen? Nachdem du mich ja nun ausführlich betrachtet hast. Oder soll ich noch eine Runde für dich strippen?«, frage ich ihn herausfordernd. *Bitte, lass ihn nicht bemerkt haben, wie nervös ich auf seine Anwesenheit reagiere*, fährt es mir durch den Kopf. Vor allem hoffe ich, dass er nicht auf meinen Scherz eingeht.

Er macht jedoch den Anschein, als würde er tatsächlich darüber nachdenken. Eigentlich war ich mir sicher, dass er nicht darauf eingeht, da ich nicht der Typ Frau bin, auf den er normalerweise steht. In diesem Moment bin ich mir da aber nicht mehr so sicher.

Ein hinterhältiges Grinsen hat sich auf seine Gesichtszüge geschlichen. Da er mich noch nie so betrachtet hat, weiß ich nicht, wie ich darauf reagieren soll. »Wenn du das unbedingt willst, dann werde ich dich mit Sicherheit nicht aufhalten. Aber erwarte nicht, dass ich dir Geld dafür zahle. Das habe ich nämlich noch nie getan.«

Autsch, schießt es mir durch den Kopf, während seine Worte langsam bei mir ankommen. Ich frage mich sogar, ob er das wirklich gesagt hat, oder ich mir vor allem die letzten beiden Sätze nur eingebildet habe. Als ich in seine Augen schaue, die amüsiert funkeln, erkenne ich, dass er das wirklich gesagt hat.

Wahrscheinlich hat er es nicht einmal darauf angelegt, dennoch hat er mir mit diesen wenigen Sätzen eine kalte Dusche verpasst. Einen Moment bin ich sprachlos. So sehr ich es mir auch wünsche, mir fällt einfach nichts ein, was ich darauf erwidern kann.

Stocksteif stehe ich vor ihm und versuche verzweifelt meine Gedanken zu sortieren.

»Schade«, murmelt er.

Dieses eine Wort reicht aus, dass ich sauer werde. »Falls du es nicht gemerkt hast, das war ein Scherz«, erkläre ich. Dabei lasse ich keinen Zweifel daran, dass ich seine Worte für unnötig halte.

»Hmmm«, brummt er nur leise vor sich hin. Seine tiefe Stimme geht mir durch Mark und Bein. Sogar meine Brustwarzen richten sich ein wenig auf, was er durch den dünnen Stoff meines BHs auch bestimmt bestens erkennen kann.

»Was?«, frage ich ihn.

»Nichts. Ich warte unten auf dich«, erklärt er mir nun, dreht sich aber trotzdem nicht um, um das Zimmer zu verlassen.

Irgendwie gefällt es mir, von ihm so beobachtet zu werden, und das macht die Sache nicht einfacher.

Ich muss all meine Selbstbeherrschung zusammenkratzen, um die nächsten Worte herauszubringen. »Mike, ich komme gleich.«

Kaum habe ich ausgesprochen, erscheint ein freches Grinsen auf seinem Gesicht. »Ich bin gut, doch ich habe nicht gewusst, dass ich so gut bin.«

Schlagartig wird mir klar, was ich gerade gesagt habe. Ich spüre, wie mir das Blut ins Gesicht schießt. Mein Herz setzt ein paar Schläge aus, so dass sich mein Mund ein Stück öffnet, damit ich besser Luft bekomme. Allerdings bringt das nichts. Ich muss mich förmlich dazu zwingen, weiter zu atmen.

Um meine Reaktion zu überspielen, zeige ich ihm, dass ich sauer bin. Als sein Lachen noch etwas lauter wird, greife ich nach dem erstbesten Kissen und schleudere es in seine Richtung. Leider verfehle ich ihn, da er sich rechtzeitig aus dem Staub gemacht hat.

Mein Herz rast noch immer, als die Tür hinter ihm ins Schloss fällt.

Ich wende mich wieder meinem Bett zu.

Er ist so ein Idiot, schießt es mir durch den Kopf, während ich mir das Oberteil über den Kopf ziehe und es glattstreiche. Ein Idiot, der mich leider etwas zu gut kennt. Diesen Punkt muss ich zugeben, auch wenn er mir nicht gefällt.

Ich brauche noch kurz, um auch die restlichen Gefühle wieder in den Griff zu bekommen. Am liebsten würde ich leugnen, was er geschafft hat. Ich weiß jedoch, dass es mir nichts bringen würde. Es ist besser, mich mit der Wahrheit auseinanderzusetzen.

Ein letztes Mal atme ich tief durch, ehe ich meinen Koffer vom Bett nehme und mein Zimmer verlasse. Als ich den oberen Flur entlanggehe, höre ich von unten keine Stimmen. Da ich weiß, dass dies nichts zu bedeuten hat, verdränge ich meine Freude darüber, dass ich noch ein paar Sekunden habe, ehe Mike mir wieder auf die Nerven geht. Allerdings bin ich mir sicher, dass diese paar Sekunden auch keinen Unterschied mehr machen.

Nachdem ich die Treppen hinuntergegangen bin, bleibe ich auf der letzten Stufe stehen und lausche noch einmal. Aber auch hier kann ich weder meine Eltern noch Mike hören.

»Mom? Dad?«, rufe ich in das stille Haus hinein. »Ich fahre jetzt!«

»Warte«, höre ich kurz darauf die Stimme meiner Mutter. Eilig kommt sie aus der Küche und verschwindet im Abstellraum, der auf der anderen Seite des Flures liegt. Es dauert ein paar Sekunden, aber schließlich erscheint sie mit ein paar Tüten in den Händen wieder auf der Bildfläche.

»Was ist das?«, frage ich sie und zeige dabei auf die voll gestopften Taschen.

»Das ist alles für Millie. Ich kann einfach nicht anders. Wenn ich etwas süß finde, muss ich es ihr einfach kaufen.«

»Mom«, stöhne ich. »Ich glaube, dass Lindsay und Sean mittlerweile genug Sachen für die nächsten Jahre haben. Das macht aber nicht den Eindruck, als wärst du durch Zufall daran vorbeigelaufen.« Während ich spreche deute ich auf die Taschen, die so voll mit Kindersachen sind, dass meine Mutter sie kaum in den Händen halten kann.

»Man kann nie genug haben«, wirft sie mit energischer Stimme ein. »Außerdem freue ich mich einfach so sehr, vor allem für Lindsay. Ich weiß, wie schwer sie es hatte, nachdem sie die Diagnose damals bekommen hat. Sie hatte sich so sehr ein Kind gewünscht und dann, als sie dachte, dass es nicht mehr passieren wird, hat sich doch alles zum Guten gewendet.«

Obwohl sich ein paar Meter zwischen meiner Mutter und mir befinden, kann ich erkennen, dass sie Tränen in den Augen hat. Lindsays Stiefmutter, meine Mutter und mich hat die Nachricht damals genauso sehr mitgenommen wie Lindsay selbst. Zu erfahren, dass die beste Freundin wahrscheinlich niemals Kinder bekommen wird, ist nicht einfach.

Die Erinnerung an die Wochen und Monate sorgt dafür, dass ich sofort ein schlechtes Gewissen bekomme. »Okay«, murmle ich deswegen nur und nehme ihr die Taschen ab.

Meine Mom lächelt mich an. »Und bestell ihr schöne Grüße von uns«, ertönt nun die Stimme meines Vaters hinter mir. »Wir werden in drei Wochen mal vorbeischauen, sobald wir in den Urlaub fahren. Wir fahren ja eh dort vorbei, dann können wir auch einen Abstecher machen.«

»Das werde ich machen.«

»Ich wünsche dir viel Spaß«, verabschiedet sich meine Mutter von mir, und mein Vater, der sich neben sie gestellt hat, lächelt mich an. Ich kann nicht anders, als meine Mutter ein wenig irritiert zu betrachten. Das letzte Mal hat sie sich so von mir verabschiedet, als ich ein kleines Kind war. Doch sie geht nicht näher darauf ein, so dass ich mich umdrehe und durch die Haustür an die frische Luft trete.

Voll beladen gehe ich auf den Geländewagen von Mike zu, der in der Hofeinfahrt steht. Sein Besitzer hat sich lässig daran angelehnt. Ich muss zugeben, dass er wirklich heiß ist. Aber ich würde nie auf die Idee kommen, ihm das zu sagen. Das würde sein eh schon viel zu großes Ego noch weiter in die Luft katapultieren.

Er scheint gar nicht zu merken, dass ich näherkomme, denn er tippt auf dem Smartphone herum, das er in der Hand hält.

»Hier«, sage ich und reiche ihm dabei die Tüten, die meine Mutter mir vorhin in die Hand gedrückt hat.

Kurz sieht Mike sie an, bevor er wieder seinen Kopf hebt. »Du weißt schon, dass wir nur für ein paar Tage fahren und nicht für ein Jahr, oder?«, fragt er mich mit einem belustigten Ton in der Stimme.

»Die Sachen darin sind nicht für mich«, erkläre ich ihm und gehe auf den Kofferraum zu.

»Und für wen dann?«

»Meine Mom war der Meinung, dass du dich endlich mal deinem Alter entsprechend kleiden sollst.« Während ich spreche, beobachte ich ihn genau, um seine Reaktion nicht zu verpassen. Ein paar Sekunden schaut er mich an, doch schließlich senkt sich sein Kopf und er betrachtet die Klamotten in den Taschen.

Ich kann nicht anders, ich muss einfach lachen. »Die Sachen sind für Millie«, kläre ich ihn auf.

»Etwa alles?«, fragt er nun.

»Ich weiß, was dir gerade durch den Kopf geht, und ich kann dir nur sagen, dass ich damit nichts zu tun habe.«

»Dafür wird Lindsay damit viel zu tun haben«, flüstert er und schüttelt dabei den Kopf.

»Wieso?«

Mike sagt nichts, sondern betrachtet mich einfach. Nach wenigen Sekunden stößt er sich vom Auto ab und dreht sich herum, um den Kofferraum zu öffnen. Was ich darin entdecke, verschlägt mir die Sprache. Im Auto liegen noch mehr Tüten und Kartons, die voll bis oben sind.

»Was soll ich sagen? Deine Mom ist nicht die Einzige, die einen Narren an Millie gefressen hat.« Mit diesen Worten stellt er die Taschen meiner Mutter dazu und wirft den Koffer auf seinen.

Ohne ein weiteres Wort zu verlieren, gehe ich auf die Beifahrerseite und steige ein.

»Willst du die ganze Fahrt über schweigen, oder werde ich zwischendurch etwas von dir zu hören bekommen? Nicht, dass es mich stört, ich will mich nur darauf vorbereiten.«

Ich bin seit unserer Abfahrt so sehr in meine Unterlagen für die Abschlussprüfungen in Erziehungswissenschaften versunken, dass ich erschrocken zusammenzucke, als die Stimme von Mike an meine Ohren dringt. Ich hebe meinen Kopf und drehe mich in seine Richtung.

Mike hingegen beachtet mich überhaupt nicht, so dass ich mich kurz frage, ob ich nur geträumt habe. Er hat die rechte Hand an das Lenkrad gelegt, während die linke aus dem geöffneten Fenster hängt.

Konzentriert starrt er auf die Straße und macht dabei keine Anstalten, in meine Richtung zu schauen.

Ich muss zugeben, dass ich seinen Anblick in mir aufsauge, so dass es mich auch gar nicht stört. Er lässt meinen Mund trocken werden. Seine Arme sind angespannt, so dass man unter seinem engen Shirt perfekt die Muskeln erkennen kann, die er sich in den letzten Jahren antrainiert hat. Aber von einem ehemaligen Sportstudenten erwartet man auch nichts anderes.

Schnell rufe ich mir in Erinnerung, dass es Mike ist, und ich deswegen nicht so empfinden dürfte. Immer wieder sage ich mir im Kopf, dass er ein Spinner ist. Es bringt nichts. Dabei bin ich immer jemand gewesen, der sich im Griff hat. Irgendetwas ist vorhin in meinem Zimmer passiert, was ich nicht genau benennen kann. Es ist fast so, als hätten wir eine unsichtbare Grenze überschritten. Aber wirklich sicher bin ich mir nicht.

Um mich auf andere Gedanken zu bringen, atme ich tief durch und konzentriere mich auf die Worte, die gerade aus seinem Mund gekommen sind. »Ich würde mich ja mit dir unterhalten. Nur kommt aus deinem Mund nichts Gescheites heraus. Außerdem kann man bei diesem Krach auch kein Gespräch führen«, kontere ich schließlich.

Als Mike sich kurz in meine Richtung dreht, ziehe ich meine Stirn ein wenig kraus, um meine Worte zu unterstreichen. Doch bevor er sich von mir abwenden kann, drehe ich mich wieder nach vorne und betrachte ebenfalls die Straße.

Seit einer Stunde sind wir nun schon unterwegs. Und in dieser Zeit hat er jedes Lied, was mit einer ohrenbetäubenden Lautstärke aus seinen Boxen kam, ebenso laut mitgesungen. Falls man das überhaupt singen kann. Denn eigentlich ist es nur irgendein Sprechgesang beziehungsweise Geschrei.

Es dauert ein paar Sekunden, doch schließlich bemerke ich, wie Mike das Lenkrad mit der anderen Hand festhält und die Anlage leiser dreht. Sofort hören meine Ohren auf zu klingeln und die Kopfschmerzen, die sich gemeldet hatten, verschwinden wieder.

Fast schon ein wenig überrascht, da ich damit nicht gerechnet habe, schaue ich ihn an, als ich meinen Kopf wieder ein Stück zu ihm drehe. »Du kennst diesen Knopf also doch«, kommt es mir über die Lippen, ehe ich es verhindern kann.

»Und du kannst offensichtlich doch deinen Mund aufmachen. Ich dachte schon, du würdest dir vorstellen, wie es wohl wäre, wenn du für mich strippst«, gibt er zurück und grinst mich dabei frech an.

Diese wenigen Worte reichen aus, um die positive Wirkung, die er noch vor wenigen Sekunden auf mich hatte, sofort wieder verschwinden zu lassen. Anstatt mir vorzustellen, wie es wohl wäre, mich kurz an ihn zu lehnen, wünsche ich ihm die Pest an den Hals. »Wahrscheinlich stellt du dir das selbst vor. Denn wir wissen ja beide, mein Lieber, neben mir würden deine reizenden Freundinnen verblassen«, gebe ich in einem spitzen Ton von mir. Mir ist klar, dass ich mich wahrscheinlich etwas großspurig anhöre, aber das ist mir egal. Genauso wie es mir egal ist, dass ich ihm noch mehr Zündstoff gebe.

Mike versteht leider nur diese eine Sprache. Und mal wieder bin ich darüber froh, dass ich in Anwesenheit eines unverschämt gutaussehenden Mannes nicht schüchtern bin.

An seinem Ausdruck merke ich, dass meine Worte bei ihm angekommen sind. Sie haben ihre Wirkung nicht verfehlt. Normalerweise vermeide ich es, direkt über diese Mädels zu sprechen. Dass ich es nun doch gemacht habe, wirft ihn anscheinend aus der Bahn. Auch, wenn es nur für einige Sekunden ist, denn es dauert nicht lange, bis ich sehen kann, wie er tief Luft holt.

»Meine sogenannten ›Freundinnen‹ sind reizend. Vor allem sind sie zu jeder Schandtat bereit.« Seine Stimme hat einen Ton angenommen, bei dem ich ganz genau weiß, was ihm gerade durch den Kopf geht.

»Wenn sie mit dir schlafen, müssen sie nicht normal im Kopf sein. Was auch erklärt, wieso sie den ganzen anderen Mist mitmachen.«

Eine Weile ist es ruhig zwischen uns. Mike gibt keinen Kommentar dazu ab, so dass ich hoffe, dass er es sein lässt. Als ich mir schon sicher bin, dass er nichts mehr sagen wird, öffnet er den Mund. »Wenigstens habe ich Frauen.«

»Meinst du, dass ich darauf stehe?«, frage ich ihn.

»Nein, ich spiele bei dir auch eher auf die Männer an.«

Kaum hat er ausgesprochen, verschwindet meine gute Laune. Mein gesamter Körper spannt sich an. Ich habe Mike schon immer Vorhaltungen gemacht, wegen seines Sexlebens. Bis zu diesem Zeitpunkt hat er jedoch noch nie etwas Derartiges zu mir gesagt. Und ehrlich gesagt war ich immer froh darüber.

Ich brauche einen kurzen Moment, bis ich mich gefangen habe. »Und woher willst du wissen, dass ich keine Beziehungen habe?«, erkundige ich mich. Dabei hoffe ich, dass er meine Reaktion nicht mitbekommen hat.

Für den Bruchteil einer Sekunde schaut er in meine Richtung, ehe er sich wieder auf die Straße konzentriert. »Ich kann mich gar nicht daran erinnern, wann du das letzte Mal mit einem Mann auf einer Party warst.«

»Falls es dir noch nicht aufgefallen ist, ich gehe in der letzten Zeit eh nur selten feiern«, werfe ich ein.

»Auch das ist mir nicht entgangen. Um genau zu sein, seitdem du dich von dieser Flachpfeife getrennt hast, mit der du kurz zusammen warst.«

Mir wird schwindelig von all den Worten, die in meinem Kopf herumschwirren. Ich überlege sogar, ob ich mich auf irgendeine Art und Weise rechtfertigen soll. Aber dann müsste ich über genau diese Beziehung sprechen und das geht ihn nichts an. Je schneller wir uns von diesem Thema entfernen, desto besser.

»Ich habe irgendwie das Gefühl, dass du auch gar keine Lust auf Männer hast. Das Naheliegendste wäre also, dass du das Ufer gewechselt hast. Und das wäre heiß.«

Irritiert über seine Worte schaue ich ihn an. »Vielleicht würde es dir dabei helfen, deine Phantasie im Rahmen zu halten, wenn du ein wenig auf Sex verzichten würdest. Du könntest dich ja auf andere Dinge konzentrieren«, erwidere ich.

Er betrachtet mich, als würde er mich für bescheuert erklären wollen. Allerdings meine ich das ernst.

»Und nur, weil ich es nicht an die große Glocke hänge, heißt das nicht, dass ich keine Beziehungen habe. Ich bin ja nicht du.« Meine Stimme klingt zwar fest und lässt keinen Zweifel daran, dass ich meine Worte genau so meine, aber in meinem Inneren sieht es anders aus. Meine letzte Beziehung ist schon ein Weilchen her und das weiß Mike auch. Sie lief nur ein paar Wochen und endete alles andere als gut. Danach bin ich Dates aus dem Weg gegangen. Mike hat mich nie nach dem Grund dafür gefragt. Und ich habe nie Anstalten gemacht, ihm irgendetwas davon zu berichten.

In Gedanken vertieft schaue ich aus dem Fenster und begutachte die Landschaft, an der wir vorbeifahren. Die meiste Zeit fahren wir auf Landstraßen. Eigentlich gibt es hier draußen nicht sehr viel. Es sei denn, man interessiert sich für Weiden und Felder. Zwischendurch fahren wir durch eine kleine Ortschaft, jedoch befindet sich auch dort nichts. Es ist jedoch besser, als mich auf die Unterhaltung zu konzentrieren.

»Wieso sollte ich es für mich behalten, dass alle Frauen scharf auf mich sind?«, fährt Mike fort.

Genervt seufze ich und streiche mir dabei eine Haarsträhne aus dem Gesicht. Ich will mich nicht länger darüber unterhalten. Also drehe ich mich so in meinem Sitz, dass ich ihn besser betrachten kann. Sein Kopf ist zwar nach vorne gerichtet, trotzdem habe ich das Gefühl, als würde er jede meiner Bewegungen genau bemerken. »Ich weiß, du kannst es nicht nachvollziehen, aber ich habe keine Lust, mich über dein Sexleben zu unterhalten.« Und das ist nicht einmal gelogen. Viel zu oft habe ich mir in den letzten Jahren angehört, mit wie vielen Frauen er gleichzeitig geschlafen hat. Und das war noch harmlos. Leider durfte ich mir genauso oft anhören, wie geil es ihn macht, wenn er ihnen dabei zusieht, wie sie es sich gegenseitig besorgen.

»Schade, da entgeht dir nämlich wirklich etwas. Die letzte Nacht war zum Beispiel wieder unbeschreiblich. Wir können uns ja auch über deine Männer unterhalten«, schlägt er vor.

»Und das ist etwas, was dich nichts angeht«, entgegne ich, bevor er noch einen weiteren Schritt in diese Richtung unternehmen kann.

Selbst wenn ich mich in den letzten Monaten mit irgendwelchen Typen getroffen hätte, Mike wäre die letzte Person, der ich davon erzählen würde. Fast schon beleidigt verzieht er das Gesicht, dennoch bleibe ich standhaft.

Genervt strecke ich ihm die Zunge raus und gebe ihm so zu verstehen, dass ich meine Worte ernst meine. Dann ziehe ich mein Handy aus der Tasche und entferne die Sperre auf meinem Display.

Ich hasse deinen Bruder und ich hasse dich!

Mehr schreibe ich nicht, sondern sende die Nachricht an Lindsay und lasse mein Telefon auf meine Beine fallen.

Dabei versuche ich, Mike so gut es geht auszublenden. Allerdings ist das nicht so einfach, wie ich mir wünsche. Da wir uns zusammen in diesem Wagen befinden, der eindeutig zu klein für uns beide ist, bin ich mir seiner Gegenwart nur zu bewusst. Ich versuche es mehr oder weniger erfolgreich darauf zu schieben, dass man ihn mit seinen fast zwei Metern Körpergröße bemerken muss.

Seit Monaten hat er es zum ersten Mal geschafft, dass ich mehr als freundschaftliche Gefühle für einen Mann hege. Wobei das bei Mike der falsche Ausdruck ist. Schließlich war ich nie mit ihm befreundet. Er ist nur der große Bruder meiner besten Freundin. Ich bin mir sicher, sonst würden wir nicht einmal den Namen des anderen kennen.

Trotzdem hat ausgerechnet er es geschafft, dass ich mich vergessen wollte. Und das nur, um ein wenig Nähe zu jemandem zu spüren.

»Vielleicht solltest du auch mal mit einem Mann und ein paar anderen Frauen schlafen. Es würde dich lockerer machen. Und du könntest neue Erfahrungen sammeln.«

Kaum sind seine Worte in meinem Kopf angekommen, drehe ich meinen Kopf so schwungvoll in seine Richtung, dass meine Haare mir ins Gesicht peitschen. Geschockt reiße ich meine Augen auf und starre ihn an. *Hat er das gerade wirklich gesagt?*

Ich suche nach irgendeinem Hinweis darauf, dass er mich verarschen will oder noch besser, ich es mir nur eingebildet habe. Doch an seinem bescheuerten Grinsen erkenne ich, dass er es wirklich meint, wie es sich angehört hat. Für ein paar Sekunden bin ich zu baff, um irgendetwas zu erwidern. Mir war ja klar, dass er mich für ein wenig verklemmt hält, aber so genau hatte er das in den letzten Jahren noch nicht gesagt.

Um Zeit zu schinden und nach einer passenden Antwort zu suchen, atme ich mehrmals tief durch. Das ist gar nicht so einfach, denn ich habe keine Ahnung, was ich überhaupt darauf erwidern soll. »Das muss ich nicht«, kontere ich schließlich. »Ich bin zwar etwas altmodisch, was das angeht, aber wenn ich es darauf anlegen würde, würde ich mit Sicherheit trotzdem nicht alleine nach Hause gehen.« Ich bin schon ein wenig stolz darauf, dass ich diese Worte so ruhig und gefasst über die Lippen bringe.

In dem Moment, in dem ich mich wieder nach vorne drehen will, trifft sein Blick mich. Irgendetwas an seinem Gesichtsausdruck hält mich davon ab, mich von ihm abzuwenden.

»Das schreit förmlich nach einer Wette.« An seiner Stimme erkenne ich, dass es ihm schwerfällt, ernst zu bleiben. Aber ich habe auch gar nichts anderes von ihm erwartet.

»Kein Interesse«, erkläre ich und schaue dabei auf mein Handy, das nun vibriert. Es lenkt mich von Mike und der total bescheuerten Unterhaltung ab, die wir miteinander führen.

Nein, du hasst mich nicht. Eigentlich liebst du mich.

Nachdem ich mir ihre Nachricht noch ein zweites Mal durchgelesen habe, stöhne ich leise und öffne das Textfenster.

»Ist das meine Schwester?«

Stumm gebe ich ihm zu verstehen, dass er einfach den Mund halten soll.

»Ach, komm schon. Oder gibt es eventuell doch einen Mann in deinem Leben, der weiß, dass du mit mir unterwegs bist und sich deswegen Sorgen macht? Ich könnte es verstehen. An seiner Stelle würde es mir auch so gehen.«

»Jetzt tu nicht so überheblich«, fahre ich ihn in strengerem Ton an, als ich beabsichtigt habe.

»Nun antworte doch einfach.«

Einen Moment schaue ich ihn noch an, ehe ich leicht den

Kopf schüttle und mich dann wieder auf mein Handy konzentriere.

Ich hasse dich auf jeden Fall die restliche Fahrt über!

»Nein, das ist der Weihnachtsmann. Er will sich erkundigen, ob du auch wirklich lieb bist, oder er dir dieses Jahr Kohle in den Socken stecken soll«, antworte ich ihm doch noch. Dabei versuche ich, so ernst wie möglich zu bleiben. Das gelingt mir nur bedingt, da ich mir nur mit Mühe das Grinsen verkneifen kann, das sich auf meine Gesichtszüge schleicht.

»Haha, wirklich sehr lustig.« Mike streckt mir die Zunge heraus, während er ein anderes Lied sucht.

»Wer sollte es denn sonst sein?«, frage ich ihn.

Halte dir vor Augen, dass ihr es bald geschafft habt und dann wird er bestimmt die meiste Zeit mit Sean verbringen. Es ist also ein Ende in Sicht.

Das hört sich an, als wären die beiden ein Paar und würden eine Fernbeziehung führen.

Ihre Worte bauen mich nur teilweise auf. Sobald wir in Flagstaff sind, kann ich ihm so gut es geht aus dem Weg gehen. Wenn man davon absieht, dass wir im gleichen Haus sein werden. Bis dahin haben wir noch zwei Stunden Fahrtzeit vor uns. Und die können mit Mike ganz schön lang werden.

Und in ein paar Tagen werden wir auch wieder nach Hause fahren müssen und dann geht es wieder von vorne los.

Das alles wäre so viel einfacher, wenn seine Nähe nicht dafür sorgen würde, dass mein Herz schneller schlägt und ich nervös werde.

3

Die nächsten Stunden kommen mir wie eine Ewigkeit vor. Als wir endlich vor dem Haus von Lindsay und Sean halten, bin ich so genervt von Mikes Gequatsche, dass ich wieder zu meinem ursprünglichen Wunsch zurückgekehrt bin, ihm irgendetwas an den Kopf zu donnern.

Ich durfte mir nicht nur seine eindeutigen Vorzüge im Bett anhören, nicht dass sie mich interessieren, oder wie geil er es findet, wenn eine Frau der anderen über die Brüste leckt. In der Zeit, in der er nichts gesagt hat, habe ich jedes Mal ganz genau gemerkt, dass ich wahnsinnig werde, wenn ich noch mehr Zeit mit ihm in diesem Wagen verbringen muss. Und dieser Punkt war noch viel schwieriger für mich zu ertragen als die Geschichten über seine Gespielinnen.

Ich weiß nicht, wieso ich plötzlich so auf ihn reagiere, zumal ich sonst immer einen großen Bogen um ihn gemacht habe.

Damit, dass wir nicht immer einer Meinung sind und uns gerne mal streiten, kann ich leben. Aber diese Anziehung zwischen uns ist etwas, womit ich nicht so leicht klarkomme. Und es scheint keinen Weg aus dieser Situation zu geben, egal, wie sehr ich mir darüber den Kopf zerbreche.

Um ihm zu entkommen warte ich nicht, bis er den Wagen ausgeschaltet hat, sondern springe raus, sobald er angehalten hat. Ich brauche dringend frische Luft und ein wenig Abstand, da ich sonst durchdrehe. Kaum habe ich den Bürgersteig betreten, hole ich tief Luft.

Doch bereits in der nächsten Sekunde merke ich, dass es hier eindeutig kühler ist als in Las Vegas. Und auch der Himmel ist von dunklen Wolken verhangen, die Regen versprechen. All das kommt mir gerade sehr gelegen, da es mir hilft, ein wenig abzukühlen und wieder einen klaren Kopf zu bekommen.

Nachdem ich mich zu dem Haus meiner Freundin umgedreht habe, wird die Haustür geöffnet, im nächsten Moment tritt Lindsay heraus. Mit einem strahlenden Lächeln auf den Lippen eilt sie die Treppe hinunter und kommt auf mich zu.

Noch bevor sie vor mir zum Stehen gekommen ist, taucht Sean ebenfalls in der Tür auf.

»Hi, wie geht's dir?«, ruft Lindsay mir entgegen.

»Gut«, antworte ich einsilbig. Ich bin noch immer durcheinander wegen Mike. Ich hoffe, dass Lindsay nichts merkt und nicht nachfragt.

Allerdings beschleicht mich in der nächsten Sekunde ein ungutes Gefühl. Während sie näherkommt, spüre ich, dass sie mich prüfend ansieht. So war Lindsay schon immer. Ich kann einfach nichts vor ihr verheimlichen. Was ich immer genossen habe. Doch nun wird mir klar, dass es in den nächsten Tagen vielleicht schwierig werden könnte, wenn sich Mike in meiner Nähe aufhält. Aus diesem Grund hoffe ich, dass meine Reaktion deutlich abklingen wird. Sonst bekomme ich ein großes Problem. Andererseits fällt mir auch kein Grund ein, wieso das nicht der Fall sein sollte.

»Du siehst etwas müde aus«, sagt sie.

Um ihr zu zeigen, dass ich das tatsächlich ein wenig bin, halte ich meinen Daumen und meinen Zeigefinger ein Stück auseinander. Ich bin erleichtert, dass sie nicht erkannt hat, was der wahre Grund für meine düstere Miene ist.

»Ich bin auf jeden Fall froh, dass ihr endlich hier seid. Zwischendurch hatte ich schon die Befürchtung, dass ihr euch gegenseitig umbringt, weil man nichts mehr von euch gehört hat. Sean hat Mike ein paar Nachrichten geschickt, aber der hat sich nicht gemeldet. Und als er ihn anzurufen versucht hat, hat Mike ihn sogar weggedrückt.«

Nachdem sie ausgesprochen hat, fällt sie mir um den Hals und drückt mich fest an sich. Für einen kurzen Moment erwidere ich die Umarmung, doch dann trenne ich mich ein Stück von ihr und schaue sie irritiert an. Obwohl ich mich so sehr auf ihren Bruder konzentriert habe, habe ich nichts davon mitbekommen. Ich habe nicht einmal bemerkt, dass er sein Handy in der Hand hatte.

Um mir nichts anmerken zu lassen, schiebe ich die Erinnerung schnell zur Seite und konzentriere mich wieder auf meine Freundin. »In dem Fall hättest du mich nicht mit deinem Bruder zusammen losfahren lassen dürfen«, erwidere ich und verziehe dabei das Gesicht.

»So schlimm kann es doch nicht gewesen sein«, murmelt sie und beobachtet dabei ihren Bruder, der sich gerade mit Sean unterhält.

Ich drehe mich um und betrachte ihn kurz. Er steht auf der anderen Seite des Autos, so dass ich nur seinen Oberkörper wahrnehmen kann. Das reicht aus, um die Schmetterlinge in meinem Bauch wieder wild umherfliegen zu lassen. Doch bevor sich dieses Gefühl verstärken kann, drehe ich mich erneut zu Lindsay.

Ich überlege, was ich sagen könnte, doch in diesem Moment stellen sich meine Nackenhaare auf. In der nächsten Sekunde ertönt die Stimme von Mike dicht hinter mir. »Na, Schwesterherz. Hast du noch immer nicht genug von diesem Kaff?«, fragt er mit einer gewissen Belustigung in der Stimme. Dabei tritt er neben mich und grinst von einem Ohr zum anderen.

Lindsay betrachtet mich noch kurz, ehe sie sich ihrem Bruder zuwendet. »Wieso sollte ich? Ich liebe diese Stadt und auch für Millie ist die Umgebung perfekt«, erwidert sie mit einem Schulterzucken, bevor sie ihren Bruder ebenfalls umarmt.

An ihrem Gesichtsausdruck erkenne ich, dass sie diese

Unterhaltung nicht zum ersten Mal führen. Es wundert mich nicht. Mike ist jemand, der es in so einer Stadt nicht aushalten könnte. Dafür ist ihm hier zu wenig los. Er weiß, dass Lindsay recht hat. Ich kann es an seinem leisen Knurren erkennen.

Es ist schon merkwürdig Mike in Gegenwart seiner Schwester zu erleben. Er schlägt zwar auch hier mit wilden Sprüchen um sich, trotzdem kann man erkennen, dass er sie liebt und sie vor allem und jedem verteidigen würde. In ihrer Gegenwart scheint er irgendwie ruhiger zu sein, wobei das noch das falsche Wort ist. Anders kann ich es aber nicht erklären. Auf jeden Fall würde man das nicht von ihm denken, wenn er einem über den Weg läuft.

»Es braucht nicht jeder immerzu eine feiernde Meute um sich herum. Das Gleiche gilt übrigens auch für mich«, kläre ich ihn auf.

Mike dreht seinen Kopf in meine Richtung.

»Was?«, frage ich. »Ich weiß, dass es für dich schwer vorstellbar ist, aber es soll Leute geben, bei denen sich nicht alles darum dreht.«

Noch immer sieht Mike mich an, als würde er mich für bescheuert erklären wollen. Mir ist klar, dass wir diese Unterhaltung ewig führen könnten. Irgendwann würden wir auch wieder auf die gleichen Punkte zu sprechen kommen wie vorhin im Auto. Um das gar nicht erst zuzulassen, wende ich mich von ihm ab und konzentriere mich stattdessen wieder auf Lindsay. »Wo ist die kleine Maus überhaupt?«, frage ich sie und gehe nicht darauf ein, dass Mike mir kurz die Zunge rausstreckt.

»Da sie letzte Nacht nicht sehr gut geschlafen hat, habe ich sie vorhin noch einmal hingelegt. Ihr zweiter Zahn hat sich angekündigt und dementsprechend hat sie zwischendurch schlechte Laune«, antwortet Sean, nachdem er mich kurz umarmt hat.

Während er spricht, höre ich den Stolz in seiner Stimme. Und darüber freue ich mich. Man merkt sofort, dass er stolz auf seine Tochter ist und sie liebt. Und das, obwohl es wirklich schnell bei ihnen ging. Trotzdem haben die beiden es verdient.

»Ich freu mich schon auf die Kleine. Auf Bildern ist es einfach nicht das Gleiche«, erkläre ich den beiden und grinse sie dabei an. »Das heißt nicht, dass du damit aufhören sollst, mir Fotos zu schicken. Ich liebe jedes einzelne.«

Lindsay lacht leise, während sie sich an Sean lehnt. »Ja, sie hat sich so sehr verändert, seitdem ihr das letzte Mal hier wart«, schwärmt Lindsay nun. »So ist das bei Kindern. Man dreht sich einmal um, und schon sind sie wieder ein Stückchen erwachsener.«

Ich will gerade den Mund öffnen, um etwas zu erwidern, als Mike spricht. »Da sie meine Nichte ist, ist ja wohl klar, dass sie die ganze Zeit bei mir sein wird. Schließlich sind Sean und ich diejenigen, die ihr lästige Verehrer vom Hals halten können.«

Zeitgleich beginnen Lindsay und ich laut zu lachen. Es dauert ein paar Sekunden, bis ich mich so weit beruhigt habe, dass ich ihn einigermaßen ernst anschauen kann.

»Ich bin ihre Patentante und somit wohl eher diejenige, die Millie vom Umgang mit den falschen Leuten abhalten wird. Wir sind schließlich Frauen.«

»Und ich ihr Patenonkel«, erklärt Mike mit fester Stimme.

An seinem verbissenen Gesichtsausdruck kann ich erkennen, dass er sich gerade überhaupt nicht darüber freut, dass er sich Millie in den nächsten Tagen mit mir teilen muss. Das habe ich mir schon gedacht. Von der ersten Sekunde an war er total vernarrt in die Kleine. Bereits im Krankenhaus hatte ich die Befürchtung, dass Sean sich fast mit Mike prügeln musste, damit Lindsay das Baby zum Füttern bekam. Er ist total vernarrt in seine Nichte.

Die beiden hatten Glück, dass Millie nicht in Las Vegas geboren wurde und Mike deswegen nicht ewig bleiben konnte. Schließlich musste er irgendwann wieder zurück und sein Studium abschließen.

»Da sie ein Mädchen ist, wird sie mit mir sicherlich mehr anfangen können als mit dir. Keine Angst, dein Einsatz wird noch kommen. Spätestens, wenn sie schlechte Laune hat und jemanden braucht, der sie aufheitert, indem er einfach ein Trampel ist«, füge ich hinzu.

»So, ich bin also ein Trampel?«

»O ja.«

Ich kann erkennen, dass Lindsay sich nur mit Mühe ein Lachen verkneifen kann. Und auch Sean macht den Anschein, als würde er seinen Freund fragen wollen, ob er es wirklich nicht kapiert.

»Du meinst wohl eher, dass ich an der Reihe bin, wenn sie sich irgendwann für Jungs interessiert. Jeden Typen, der unserem Mädchen zu nahe kommt, werde ich kastrieren«, brummt Mike leise vor sich hin.

»Ich bin mir sicher, dass Sean sich dann über deine Unterstützung freuen wird.« Der Klang seiner Stimme geht mir durch Mark und Bein. All meine Nerven reagieren darauf und das Kribbeln in meinem Bauch wird schlagartig wieder mehr. So unauffällig wie möglich atme ich tief durch und versuche, es mir nicht anmerken zu lassen.

»Siehst du?«, fragt Lindsay nun Sean und schlingt die Arme um ihren Freund. »Ich habe dir doch gesagt, dass wir in den nächsten Tagen auch mal ein paar Minuten für uns haben werden. Millie wird von den beiden verwöhnt werden.«

Kaum hat sie ausgesprochen, beugt sich Sean zu ihr und drückt ihr einen sanften Kuss auf die Haare.

Ich kann nicht verhindern, dass ich ein wenig eifersüchtig werde. Ich freue mich für meine Freundin. Aber genau das, was die beiden haben, das hätte ich auch gerne. Und bei meinem Exfreund hatte ich das erste Mal das Gefühl, dass ich den Mann gefunden habe, der das auch will. Dieser Gedanke hat sich jedoch als falsch herausgestellt und ich bin unsanft auf dem Arsch gelandet. Um genau zu sein, war es sogar ziemlich schmerzhaft, aber darüber will ich nicht mehr nachdenken. Ich habe die Beziehung mit ihm in den hintersten Bereich meines Gedächtnisses verbannt und da kann sie auch bleiben.

»Ihr könnt ruhig die Zeit nutzen, die ich hier bin. Geht aus, amüsiert euch. Ich passe gerne auf Millie auf«, erkläre ich den beiden und nicke, um meine Worte noch zu unterstreichen.

Ich liebe die Tochter der beiden. Nur leider sehe ich sie viel zu selten, da ich aufgrund des Studiums nicht viel Zeit habe, um meine Freunde zu besuchen. Und seit der Geburt haben die drei uns nur zweimal in Las Vegas besucht, was ich allerdings verstehen kann. An ihrer Stelle würde es mir wahrscheinlich auch nicht anders gehen. Es sind schließlich viele Dinge geschehen, an die sie sich sicher ungern erinnern. Und obwohl Seans reizende Schwester nicht mehr in der Stadt ist, hat sie bestimmt trotzdem überall ihre Ohren und Augen. Zutrauen würde ich es ihr auf jeden Fall.

»Wir kommen gerne darauf zurück«, erwidert Sean, reißt mich so aus meinen Gedanken und zieht Lindsay ein Stück näher an sich heran.

Es ist schön, dass die beiden noch immer glücklich miteinander sind, obwohl der Alltag mit einem kleinen Kind bestimmt nicht einfach ist. Aber sie halten fest zusammen, und das ist alles, was zählt.

»Wollen wir die nächsten Stunden hier draußen verbringen oder sollen wir die Sachen reinbringen? Marianne hat mir eine Menge eingepackt, was ich euch geben soll. Und wenn ich mich nicht irre, dann hat Jos Mutter auch noch ein paar Läden leer gekauft. Mein Wagen sieht aus, als würden wir uns auf einen Weltkrieg vorbereiten.«

Während Mike spricht, entfernt er sich von uns und geht hinter mir her. Dabei berührt er mit den Fingerspitzen meinen Arm, so dass sich eine Gänsehaut auf meinem Körper bildet. Unbewusst halte ich die Luft an und versuche ihn dabei nicht zu beachten. Jedoch ist das gar nicht so einfach, da ich mich in diesem Moment gerne an ihn lehnen würde. Aus einem Grund, den ich mir nicht erklären kann, sehne ich mich nach seiner Nähe.

Doch bevor ich irgendetwas unternehmen kann, sagt Sean: »Geht doch schon mal rein. Wir kümmern uns um alles.«

»Ja, genau. Das ist Männersache«, stimmt Mike seinem Freund sofort zu.

»Männersache. Dass ich nicht lache …«, flüstert Lindsay, als sie nach meiner Hand greift. »Ich wette, die beiden würden sterben, wenn sie ein Kind auf die Welt bringen müssten. Ein paar Taschen ins Haus zu tragen ist nichts dagegen.«

In letzter Sekunde kann ich es verhindern, dass mir ein lautes Lachen entfährt. Aber es ist nicht das erste Mal, dass ich das von einer Mutter höre. Deswegen gehe ich davon aus, dass es stimmt.

»Wir werden dir alles ins Wohnzimmer legen«, ruft Mike, der schon beim Wagen steht.

»Okay«, erwidert Lindsay und winkt ab. »Lasst euch ruhig Zeit.« Während sie spricht, geht sie auf die Haustür zu. Mit schnellen Schritten folge ich ihr den Weg durch den Vorgarten entlang zum Haus.

Doch bevor ich es betrete, erhasche ich noch einen letzten Blick auf Mike. Er und Sean stehen vor dem geöffneten Kofferraum und leeren ihn. Dabei höre ich die beiden lachen. In dem Moment, in dem ich mich von ihm abwenden will, hebt er seinen Kopf.

Es ist nur ein Moment, doch in diesem steht meine Welt still. Ausdruckslos betrachtet er mich, so dass ich keine Ahnung habe, was in seinem Kopf vor sich geht. Normalerweise grinst er frech, doch davon kann ich nun nichts erkennen. Und aus diesem Grund habe ich keine Ahnung, wie ich damit umgehen soll. Es fühlt sich immer noch so an, als hätte sich etwas zwischen uns geändert. Und zwar in dem Moment, in dem er in mein Zimmer gekommen ist.

Doch bevor ich irgendwie reagieren kann, hat er mir wieder den Rücken zugedreht. Kurz schaue ich noch in seine Richtung, ehe ich mich umdrehe, den Flur betrete und die Tür hinter mir schließe.

Einen Moment nehme ich mir Zeit, um meine Gefühle wieder in den Griff zu bekommen. Ich bin mir sicher, wenn ich Lindsay jetzt unter die Augen trete, dann weiß sie genau, was los ist.

»Nun erzähl doch mal, was gibt es Neues in Las Vegas?«, ertönt die Stimme meiner Freundin aus der Küche und reißt mich so aus meinen Gedanken.

Ruckartig drehe ich mich herum und betrete den Raum. Kurz schaue ich mich um. Obwohl die Möbel die gleichen sind, wie als ich die letzten Male hier war, sieht es doch anders aus. Lindsay hat in den vergangenen Wochen noch einige Dinge verändert, um dem Haus ihren persönlichen Stil zu verleihen.

Ich entdecke einen neuen Esstisch und auch die Gardinen sind nicht mehr die, die am Anfang vor den Fenstern hingen. Den kleinen Kühlschrank hat sie durch einen ersetzt, der ungefähr doppelt so groß ist. Ich finde, dass es um einiges besser aussieht als vorher.

»Jo? Bist du noch da?«, fragt Lindsay mich, weil ich nicht geantwortet habe.

»Ja, ich habe nur gerade die neuen Möbel betrachtet«, antworte ich ihr. »Um deine Frage zu beantworten, es gibt nichts Neues. Alles ist beim Alten«, sage ich wahrheitsgemäß und setze mich an die große Kücheninsel, die sich in der Mitte des Raumes befindet.

Lindsay beobachtet mich skeptisch, als würde sie mir kein Wort glauben. Und das würde ich an ihrer Stelle wahrscheinlich auch nicht. Ich habe für mich behalten, dass die Freundinnen von Seans Schwester noch ein paarmal gegen Lindsay und Sean gewettert haben. Aber weil Lindsay nicht mehr in Las Vegas wohnt, braucht sie das auch nicht zu wissen. Es würde sie nur aufregen, und als ihre Freundin ist es meine Aufgabe, genau das zu vermeiden. »Seitdem ihr endgültig aus der Stadt verschwunden seid, ist es ruhig geworden.«

Lindsay lehnt sich an die Kücheninsel und verschränkt die Arme vor der Brust. »Viel bekomme ich hier nicht mit. Aber ich weiß, dass meine reizende Schwägerin und ihr Mann noch immer für Ärger sorgen. Sie hat sich zwar andere Ziele gesucht, und lässt uns zum größten Teil in Ruhe, aber du kennst sie ja.« Während Lindsay spricht, verzieht sie ein wenig das Gesicht, so dass ich leise lachen muss. Um ihr meine Zustimmung zu zeigen, nicke ich nur.

»Ja, so kennen wir sie.« Mehr sage ich nicht, sondern zwinkere ihr kurz zu. Ein freches Grinsen erscheint auf ihrem Gesicht.

»Es gibt Dinge, die werden sich einfach nie ändern. Obwohl ich es mir wünschen würde.«

Ja, das wünsche ich mir auch gerade in Bezug auf Mike. Ich habe immer gedacht, dass sich unser Verhältnis nicht ändern würde. Oft war mir das egal, jetzt habe ich allerdings das Gefühl, dass ich mir eine Veränderung wünsche.

»Wie läuft es denn bei Sean? Wollte er sich nicht selbständig machen?«, frage ich sie und greife nach einem Stück Apfel, der in einer Schüssel liegt.

»Gut, er kann sich auf jeden Fall nicht beschweren. Sein neuer Chef hat ihm einige Kontakte verschafft, die ihn schon ein ganzes Stück nach vorne gebracht haben. Etwas Eigenes auf die Beine zu stellen ist nun einmal nicht so leicht.« Lindsay zuckt mit den Schultern und reicht mir ein Glas Wasser.

»Solange es sich lohnt, ist doch alles in Ordnung.«

»Was das angeht, bin ich mal ganz optimistisch. Wir haben schon so viel geschafft, dass ich mir sicher bin, dass wir das auch hinbekommen werden. Und was gibt es bei dir Neues? Du hast zurzeit bestimmt viel Stress, schließlich beendest du dein Studium bald.«

»Ja, ich erinnere mich immer daran, dass es nicht mehr

lange dauert und ich dann endlich meine Ruhe habe. Ich bewundere dich für deinen Mut.« Mit dem Kopf nicke ich in ihre Richtung.

»Was meinst du?«, fragt Lindsay und zieht dabei eine Braue nach oben. Dabei erinnert sie mich an ihren Bruder. In diesem Moment sehen sie sich so ähnlich, dass man nicht leugnen kann, dass sie miteinander verwandt sind.

»Dass du es einfach abgebrochen hast. Ich habe keine Ahnung, ob ich das gekonnt hätte.«

Eine Weile betrachtet Lindsay mich nachdenklich, ehe sie einen großen Schluck aus der Wasserflasche nimmt. »Gedacht hätte ich es auch nie«, gibt sie schließlich zu. »Ich hatte nicht wirklich eine Wahl. Klar, ich hätte nebenbei weitermachen können, aber das wollte ich nicht. In diesem Moment war es mir wichtiger, dass ich mich voll und ganz auf die Schwangerschaft und meine Beziehung zu Sean konzentriere. Ich wollte die Zeit genießen, schließlich weiß ich nicht, ob ich sie irgendwann noch einmal erleben werde. Die Schwangerschaft mit Millie war für mich wie ein Wunder. Und dass Sean der Vater ist, hat es noch besser gemacht. Das habe ich nie bereut.«

Während sie spricht, strahlt sie mich an. Ich erkenne das glückliche Strahlen in ihrem Gesicht, was ihr lange Zeit gefehlt hat. »Ich gönne es euch. Nach dem ganzen Mist habt ihr es wirklich verdient.« Ich kann den Neid aus meiner Stimme nicht ganz heraushalten.

»Du wirst auch noch den Mann finden, mit dem du das alles erleben kannst. Irgendwo da draußen gibt es ihn«, erklärt sie mit fester Stimme, die keinen Widerspruch duldet. »Nun genug von mir. Du bist ja nicht hergekommen, damit wir uns nur über dieses Thema unterhalten. Obwohl ich zugeben muss, dass ich das wirklich ewig machen könnte.«

Ein leises Lachen dringt über meine Lippen, in das sie sofort mit einfällt. Es tut gut, mich mit ihr zu unterhalten. Sie schafft es sogar, dass ich nicht mehr an ihren Bruder denke. Und das, obwohl ich mir darüber im Klaren bin, dass er sich nur wenige Meter von mir entfernt befindet.

Als Sean und Mike die Taschen hereintragen, dringt Mikes Stimme zu mir durch die Tür. Um nicht schon wieder abgelenkt zu werden, betrachte ich meine Freundin. Glücklicher habe ich sie noch nie erlebt. Sie wirkt locker und fröhlich, sogar ihre Haut ist gebräunt. Das alles liegt mit Sicherheit nur daran, dass die beiden hier endlich ihre Ruhe haben. »Ich bin gerade überhaupt nicht auf der Suche nach einer Beziehung«, antworte ich.

Lindsay holt Luft, um etwas zu sagen, doch im gleichen Moment dringt erneut die Stimme ihres Bruders an meine Ohren. Gerade weiß ich nicht, ob ich darüber erleichtert sein soll oder nicht. Ich entscheide mich schließlich jedoch dafür, dass die beiden Männer genau im richtigen Zeitpunkt gekommen sind.

»Ich schlafe auf dem Sofa. Nicht, dass du nachts noch über mich herfällst, weil du schon zu lange keinen Mann mehr an dein Höschen gelassen hast.«

Kaum, dass er ausgesprochen hat, merke ich, dass Lindsay mich fragend betrachtet, doch ich gebe ihr mit einem Kopfschütteln zu verstehen, dass ich gerade nicht darüber reden will. In den letzten Stunden habe ich mich genug mit diesem Thema auseinandergesetzt, so dass ich nun keinen Nerv mehr dafür habe.

Es dauert einen Moment, bis ich in der Lage bin, mich zu ihm umzudrehen. Zu wissen, dass er mir so nah ist, lässt mein Herz schneller schlagen. Das versuche ich aber so gut es geht zu ignorieren und mich ganz normal zu verhalten.

Gemeinsam stehen Sean und Mike in der Tür und machen nicht den Anschein, als würden sie näherkommen wollen.

»Das braucht keiner von euch. Wir haben den Abstellraum so weit fertig gemacht, dass dort nun auch jemand schlafen kann«, erklärt Sean, während er sich zu mir dreht.

»Ich kann dir versprechen, dass du dir keine Sorgen machen

musst. Das wird bestimmt nicht passieren. So verzweifelt kann ich gar nicht sein«, antworte ich Mike und schneide eine Grimasse.

In der nächsten Sekunde erfüllt sein tiefes Lachen den Raum, was dafür sorgt, dass ich für einen Moment das Atmen vergesse. Der Ton setzt sich in mir fest, so dass ich mir sicher bin, dass ich ihn nicht so schnell vergessen werde. *Meine Güte, werde erwachsen. Das ist doch total lächerlich*, ermahne ich mich.

»Wenn du meinst.« Mehr sagt er nicht, sondern geht an mir vorbei zum Kühlschrank.

»Wir haben uns überlegt, dass wir nachher Essen gehen, sobald Millie wach ist«, verkündet Sean, nachdem er zu Lindsay getreten ist. Im nächsten Moment stellt er sich hinter sie, so dass er seine Arme um sie schlingen kann.

Auch wenn sie etwas entfernt von mir steht, weiß ich doch, dass sie sich sofort entspannt. Diese Wirkung hatte Sean schon früher auf sie und ich freue mich, dass es anscheinend noch immer so ist.

»Essen gehen?«, fragt Mike ein wenig skeptisch nach.

Stumm versuche ich ihm klarzumachen, dass es ihn schon nicht umbringen wird, wenn er sich mal am Riemen reißen muss. Doch da er mich nicht beachtet, kann ich mir die Mühe auch sparen. Er gehörte noch nie zu den Männern, die an so etwas Interesse hatten, es sei denn bei dem Laden handelt es sich um eine Pizzeria.

»Das hört sich gut an«, erwidere ich stattdessen und fange mir einen kurzen Blick von Mike ein. Allerdings dreht er sich so schnell wieder weg, dass ich mir nicht sicher bin, was gerade in seinem Kopf vor sich geht. Begeistert wirkt er allerdings nicht. »Ich habe heute Morgen nicht gefrühstückt, weil jemand einfach keine Uhr lesen kann.«

»Jaja, gib ruhig mir die Schuld. Eigentlich warst du viel zu nervös, weil du mehrere Stunden mit mir alleine verbringen solltest. An deiner Stelle würde ich das auch nicht zugeben.«

Unfreiwillig ballen sich meine Hände bei seinen Worten zu Fäusten. Ich muss tief durchatmen, um die Ruhe zu bewahren, was mir gerade wirklich schwerfällt. Ich bin mir nicht einmal sicher, ob ich wirklich die Kontrolle behalten will. Doch da wir hier nicht alleine sind, ziehe ich es vor, mich nicht zu streiten, so schwer es mir auch fällt.

Eine Weile ist es ruhig in der Küche. Obwohl es nur wenige Sekunden sind, kommt es mir vor, als würden wir uns Minuten, wenn nicht sogar Stunden, anschweigen. Ich spüre Mikes Blick auf mir und kann nichts gegen das Kribbeln unternehmen, das er heraufbeschwört. Ich winde mich, bin jedoch nicht in der Lage, mich von ihm abzuwenden.

Dass Lindsay und Sean sich mit im Raum befinden, ist mir klar, aber ich beachte die beiden nicht. Meine Aufmerksamkeit gilt Mike, der sich ebenfalls nicht von mir abwendet.

Mike will gerade den Mund öffnen, um noch einen seiner Sprüche zum Besten zu geben, als das Weinen eines Kindes durch das Babyphon zu uns dringt.

»Millie ist wach«, erklärt Lindsay, bevor einer von uns etwas sagen kann. Dabei macht sie einen Schritt auf mich zu. »Willst du mitkommen?«, fragt sie.

Ohne Mike noch weiter zu beachten, wende ich mich Lindsay zu. »Klar«, erwidere ich.

Kaum habe ich ausgesprochen, geht Lindsay an mir vorbei und verlässt die Küche. Ich folge ihr und lasse Mike einfach stehen. Innerlich atme ich erleichtert auf, da ich froh darüber bin, ihm zu entkommen. Ich brauche eine Pause, sonst verliere ich womöglich auch noch meinen restlichen Verstand.

Immer zwei Stufen auf einmal nehmend, steige ich in die obere Etage und folge Lindsay ins Kinderzimmer ihrer Tochter. Dabei schaue ich mich um. Auch hier oben hat sich in der letzten Zeit einiges verändert. Die Wände strahlen nun in einem hellen Gelb und an ihnen hängen jede Menge Bilder. Es sind Familienfotos von Lindsay, Sean und Millie. Auf einigen kann ich auch ihre Eltern erkennen, und Mike. Mike und Sean. Mike und Lindsay. Und auf ein paar bemerke ich Mike mit Millie. Kurz bleibe ich stehen und betrachte sie. Die beiden Männer stellen ihre Muskeln zur Schau oder posieren vor Autos oder Motorrädern. Einige der Bilder sind noch aus der Zeit, in der Sean und Lindsay frisch zusammen waren, während andere definitiv neuer sind. Es scheint mir so, als wäre Mike auf diesen Bildern ein ganz anderer Mann als heute. Einer, der es beherrscht, in manchen Situationen den Mund zu halten.

»Ich hatte keine Ahnung, dass du sie alle aufgehoben hast«, erkläre ich und zeige dabei auf die entsprechenden Fotos. Auf ihnen erkennt man, wie glücklich Lindsay und Sean damals schon miteinander waren.

»Ich konnte mich nie von ihnen trennen.« Während Lindsay spricht, zuckt sie mit den Schultern, als wäre das überhaupt keine große Sache.

»Du hast ihn immer geliebt«, stelle ich fest.

»Ja, das habe ich. Auch, als ich mit diesem riesigen Arschloch zusammen war.« Mehr sagt Lindsay nicht, sondern betrachtet eines der Bilder.

»Ihr habt euch jetzt, und das ist die Hauptsache.«

Lindsays Augen geben mir zu verstehen, dass sie dennoch bereut, wie es damals gelaufen ist.

»O mein Gott«, entfährt es mir, als ich ein Bild von Lindsay und mir am Tag unseres Highschool-Abschlusses entdecke. »Wieso hast du das aufgehängt?«

»Es ist mein Lieblingsbild von uns beiden. Das war der Tag, an dem wir ein neues Leben angefangen haben. Und mich hat es wieder zu Sean geführt, auch wenn es damals nicht danach aussah.«

Bei ihren Worten schaue ich sie an. Sie hat einen verträumten Ausdruck. In der nächsten Sekunde verschwindet er allerdings wieder, als das vergnügte Quieken von Millie durch die verschlossene Tür zu uns herausdringt.

»Na komm«, gibt sie lachend von sich. »Sie wird sich freuen.« Mit diesen Worten dreht sich Lindsay auf das Zimmer zu und öffnet leise die Tür.

Als wir das dunkle Zimmer betreten, ist es sofort still. In der nächsten Sekunde springt das Licht an und gibt den Blick auf die kleine Maus frei. Sie liegt auf dem Rücken in ihrem Bett und strahlt uns an, während sie ihre Füßchen mit beiden Händen fest umklammert hält.

»Hi«, begrüße ich sie lächelnd, als ich auf das Bettchen zugehe, das sich an der gegenüberliegenden Wand befindet. Nachdem ich daneben stehen geblieben bin, beuge ich mich ein Stück nach unten und hebe sie hoch.

Mit einem strahlenden Gesicht quietscht sie und greift nach meinem Top, während sie gleichzeitig mit den Füßen strampelt.

»Na, du hast ja eine gute Laune«, sage ich und gebe ihr einen Kuss auf die Wange.

»Siehst du? Ich habe es dir doch gesagt«, erklärt Lindsay, die ein paar Schritte neben mir steht und uns aufmerksam beobachtet.

»Ich glaube nicht, dass sie sich noch an mich erinnern kann«, gebe ich zurück.

Lindsay steht noch immer neben der Kommode und macht keine Anstalten, zu uns zu kommen. »Klar erinnert sie sich. Wieso sollte sie auch nicht? Du bist schließlich ihre Lieblingstante.« Ihre Stimme klingt fest und bestimmt. Deutlich gibt Lindsay mir zu verstehen, dass ich gar nicht erst daran denken brauche, zu widersprechen.

Ich lache leise und ziehe eine Grimasse, was Millie ebenfalls zum Lächeln bringt. »Wenn du deinen Onkel siehst, dann tu bitte so, als würdest du ihn gar nicht bemerken. Damit würdest du mir einen riesigen Gefallen tun«, flüstere ich Millie ins Ohr, die im nächsten Moment laut quietscht. Wild hampelt sie auf meinem Arm herum. Um sicher zu gehen, dass sie nicht hinunterfällt, drücke ich sie näher an mich heran.

»Na komm, deine Mama wartet schon, damit sie dich fertig machen kann. Wir wollen lecker Essen gehen.« Ich überbrücke die kurze Distanz, die sich zwischen Lindsay und mir befindet, und gebe ihr ihre Tochter.

»Was?«, frage ich sie neugierig.

»Nichts.«

»Ach komm. Ich kenne dich, Lindsay. Du hast doch an irgendetwas gedacht.« Herausfordernd schaue ich sie an.

»Ich habe mich gerade nur gefragt, wann du ein Kind bekommen wirst. Du wärst eine phantastische Mutter«, antwortet Lindsay, während sie zum Wickeltisch geht, der vor dem Fenster steht.

Eine Weile beobachte ich sie dabei, wie sie Millie auf die Unterlage legt und sie auszieht.

»Dafür müsste ich erst mal einen Mann finden und davon bin ich ganz weit entfernt«, versuche ich so normal wie möglich zu sagen. Ich habe keine Ahnung, ob mir das gelingt. Vor meinem inneren Auge erscheint das Gesicht von Mike. Ich verbanne es jedoch schnell wieder, da er definitiv nicht der richtige Mann ist, um eine Familie zu gründen. Ich bin mir sicher, er würde sofort die Beine in die Hände nehmen, wenn man nur mit dem Thema anfängt.

Vielleicht haben auch schon ein paar Frauen genau das versucht.

Vorstellen könnte ich es mir. Allerdings würde das zeigen, dass sie ihn nicht einmal ansatzweise so gut kennen, wie sie meinen.

Doch wenn ich ihn mit Millie beobachte, frage ich mich, ob ich nicht diejenige bin, die ihn nicht kennt. Denn genauso wie bei Lindsay scheint er bei diesem kleinen Mädchen ein ganz anderer Mensch zu sein.

»Er läuft einem meistens dann über den Weg, wenn man es nicht erwartet. Ich habe damals auch nicht damit gerechnet, dass ich ausgerechnet Sean fast über den Haufen renne. Eigentlich hatte ich sogar erwartet, dass ich ihm nie mehr begegnen würde.« Lindsay schaut mich ein letztes Mal an, bevor sie ihre Aufmerksamkeit auf Millie richtet. Ich bleibe ein wenig abseits stehen und beobachte meine Freundin, wie sie Millie wickelt und ihr frische Klamotten anzieht. Während sie ihr die Söckchen über die Füße streift, schneidet sie Grimassen und bringt die Kleine zum Lachen.

Als ich die beiden betrachte, muss ich ebenfalls lächeln. Millie sieht ihrer Mutter nicht nur sehr ähnlich, sondern scheint auch noch den gleichen Humor zu haben. Von Sean hat sie nur die Nase. Ich kann nur hoffen, dass sich nicht irgendwo in ihr die Gene ihres Onkels verstecken. In diesem Fall würden mir die Männer jetzt schon leidtun.

»Fertig«, verkündet Lindsay schließlich. Kurz zucke ich zusammen, ehe ich mich wieder auf meine Freundin konzentriere. »Willst du sie nehmen?«

»Sicher«, antworte ich und strecke meine Arme aus, um Millie Lindsay abzunehmen. Sofort legen sich kleine warme Hände auf meine Schultern und halten sich an mir fest.

»Du hast ganz schön viele Spielsachen«, sage ich zu Millie, während Lindsay eine dünne Jacke und eine Mütze aus dem Schrank holt. Ihr Zimmer hat jetzt eindeutig mehr zu bieten, als es noch beim letzten Mal der Fall war.

»Zu viele. Wenn das so weitergeht, werden wir irgendwann anbauen müssen, nur damit wir das alles unterbringen können«, gibt meine Freundin zurück. »Auf dem Dachboden ist noch mehr. Für die Sachen ist sie noch zu klein, so dass wir sie erst später runterholen werden«, klärt Lindsay mich auf.

»Ich entschuldige mich jetzt schon mal für die ganzen Tüten, die im Wohnzimmer stehen. Obwohl ich keine Ahnung habe, was meine Mutter alles geholt hat. Da sind sicher auch ein paar Spielsachen dabei.«

»Ich finde es nicht schlimm, dass alle so viel für sie kaufen. Ich muss aber zugeben, dass ich die leise Befürchtung habe, dass sie zu sehr verwöhnt wird und wir das früher oder später zu spüren bekommen werden.«

Bei diesen Worten verzieht sie ein wenig das Gesicht. Ich kann sie verstehen, an ihrer Stelle würde es mir nicht anders gehen. Aus diesem Grund nehme ich mir vor, meiner Mutter zu sagen, dass sie sich ein wenig zurückhalten soll.

»Sobald etwas Ruhe herrscht, werde ich mir alles anschauen. Seans Eltern haben vor kurzem übrigens eine kleine Hüpfburg besorgt. Richtig süß, leider wird sie damit in nächster Zeit noch nichts anfangen können.«

Ich bekomme große Augen. *Eine Hüpfburg?*

Das leise Lachen meiner Freundin dringt an meine Ohren, als sie meine Reaktion sieht. »Na komm, ich habe Hunger und du siehst so aus, als könntest du auch etwas vertragen.«

Mit Millies Sachen in der Hand geht Lindsay voraus in den Flur und schlägt dort den Weg zur Treppe ein. Als wir den oberen Absatz der Treppe erreichen, dringen die Stimmen von Mike und Sean zu uns herauf. Während ich die Stufen nach unten gehe, versuche ich ein neutrales Gesicht aufzusetzen. Trotzdem habe ich das Gefühl, dass man es mir ganz genau ansieht. Was wohl auch daran liegt, dass ich das Zittern meines Körpers einfach nicht unterdrücken kann. Ich verdränge den Wunsch, so schnell wie möglich zu ihm zu kommen und gehe stattdessen betont langsam die Treppen hinunter.

Auf Lindsay muss es den Eindruck machen, als hätte ich keine Lust darauf, mich mit Mike auseinanderzusetzen, denn sie lächelt mich aufmunternd an. »Wenn er weiter stichelt, werde ich ihn mir zur Brust nehmen. Du kennst ihn ja. Er hat nie gelernt den Mund zu halten und das wird er wahrscheinlich auch nicht mehr«, versucht Lindsay mich aufzubauen.

Wenn es doch bloß das wäre, denke ich, während ich die letzten Stufen hinuntergehe.

Als ich unten ankomme, entdeckt mich Mike. Beinahe kommt es mir so vor, als hätte er meine Anwesenheit gespürt.

Allerdings nur beinahe, denn das ist etwas, was ich mir bei ihm nicht vorstellen kann.

Mit einem Ausdruck im Gesicht, den ich nicht zuordnen kann, mustert er mich. Als er bemerkt, dass ich Millie auf dem Arm habe, wird sein Ausdruck irgendwie weich. In diesem Moment würde ich gerne wissen, was in seinem Kopf vor sich geht. Da ich keine Lust habe, mich wieder mit ihm zu streiten, schlucke ich die Frage jedoch hinunter und lege Millie in den Kindersitz.

4

Da Flagstaff nicht so groß ist wie Las Vegas und hier auch weniger Verkehr herrscht, dauert es nur eine halbe Stunde, bis wir unser Ziel, das Restaurant, erreicht haben. Entgegen liegt es nicht mitten in der Stadt. Hier draußen befinden sich nicht ganz so viele Menschen.

»Es ist schön«, murmle ich leise vor mich hin, während ich aus dem Wagen steige und die Umgebung genauer betrachte: Überall grüne Wiesen, von Bergen eingerahmt. Es sieht fast so aus, als wäre ich in irgendeinem alten Film gelandet. Es ist einfach traumhaft.

»Ich liebe es auch«, ertönt die Stimme von Lindsay neben mir. »Seitdem wir hier wohnen, sind wir ein paarmal in die Berge gefahren und haben dort mit Millie lange Spaziergänge gemacht. Es gibt einfach nichts Schöneres«, schwärmt sie.

Als Mike und ich sie das erste Mal hier besucht haben, sind wir auch lange durch die Wälder gewandert. Aus diesem Grund weiß ich, dass es wirklich eine schöne Gegend ist.

Kurz zwinkert sie mir zu, ehe sie sich bei mir unterhakt und den Weg in Richtung Eingangstür einschlägt. Mike und Sean, der den Kindersitz trägt, gehen vor uns her.

Nachdem wir das Restaurant betreten haben, schaue ich mich kurz um, während wir den Jungs folgen. Es ist schlicht und stilvoll eingerichtet. Ein paar große Pflanzen stehen zwischen den Tischen und sorgen dafür, dass man das Gefühl hat, man hätte etwas Raum für sich. Die Tische sind alle unterschiedlich groß.

Die Jungs gehen voran zu einem Tisch, der vor der riesigen Fensterfront steht, die sich im hinteren Bereich des Restaurants befindet. Die Scheiben reichen vom Boden bis zur Decke und sind mehrere Meter breit, so dass man einen wunderschönen Ausblick auf die Berge hat. Vor uns erstreckt sich eine riesige Terrasse. Da der Himmel noch immer bedrohlich dunkel und der Wind etwas stärker geworden ist, können wir leider nicht draußen sitzen. Obwohl ich das wirklich gerne würde. Ich stelle es mir traumhaft vor, sich den kühlen Wind um die Nase wehen zu lassen.

Lindsay lässt sich auf den freien Stuhl neben Sean sinken, so dass mir gar nichts anderes übrig bleibt, als mich neben Mike zu setzen. Nur unter größter Mühe schaffe ich es, meinen Herzschlag zu ignorieren, der gerade merklich schneller geworden ist. Leise seufzend setze ich mich aufrecht hin und hoffe, dass Mike mich einfach in Ruhe lässt.

»Schwesterherz, jetzt gib mir Millie mal. Ihr zwei habt ja immer das Vergnügen, ich jedoch nicht«, sagt Mike mit fester Stimme, nachdem die weibliche Bedienung unsere Bestellung aufgenommen hat.

Ich bin damit beschäftigt, der Frau gedanklich einen Tritt in den Arsch zu geben. Sie hat Sean und Mike mit großem Interesse beobachtet und versucht, mit ihnen zu flirten. Allerdings hat sie an Sean schnell das Interesse verloren. Er hat sie überhaupt nicht beachtet, sondern sich nur auf Lindsay und Millie konzentriert.

Bei Mike sieht das ganz anders aus. Ich konnte erkennen, dass er sich vorgestellt hat, wie es wohl wäre, sich mit ihr und noch einer anderen Frau zu amüsieren. Und obwohl ich es nicht will, werde ich bei dem Gedanken daran eifersüchtig.

Mir ist klar, dass ich meine Gefühle schnell wieder in den Griff bekommen muss. Aber das ist gar nicht so einfach. Deswegen versuche ich mir ins Gedächtnis zu rufen, dass sich nichts zwischen uns geändert hat. Er ist schließlich nur in mein

Zimmer geplatzt, als ich mich gerade umgezogen habe. Aber so ganz funktioniert es nicht.

»Du kannst ja auch deine sieben Sachen zusammenpacken und hierher ziehen. In der Stadt gibt es viele Wohnungen. Eine Mutter aus der Babygruppe ist gerade erst umgezogen, nachdem sie sich von ihrem Freund getrennt hat. Die Wohnung ist wirklich süß«, kontert Lindsay und streckt ihrem Bruder die Zunge heraus.

Lindsay sagt das Wort *süß* mit einer Selbstverständlichkeit, als würde es perfekt auf Mike passen. Sie weiß genauso gut wie jeder andere an diesem Tisch, dass das nicht der Fall ist.

Vor meinem inneren Auge erscheint ein Bild von einer winzigen Wohnung, die sich über einem Supermarkt befindet. Und dazu gehört natürlich auch ein ebenso kleiner Balkon, auf dem gerade mal eine Person Platz hat. Er ist von einem Geländer umzäunt, das so verschnörkelt ist, wie man es von alten Häusern in Italien kennt.

Der Gedanke zaubert ein Lächeln auf mein Gesicht.

Neben mir höre ich Mike kurz schnauben, ehe er etwas erwidert. »Ja klar. Kannst du dir wirklich vorstellen, dass ich in so ein Kaff ziehe? Oder in eine süße Wohnung?«, fragt er nun und setzt Millie auf seinen Schoß. Vergnügt spielt sie mit seinen Fingern und scheint sich nicht an den Worten ihres Onkels zu stören. Ich bin mir jedoch sicher, dass dies anders wird, wenn sie erst einmal die Worte versteht, die aus seinem Mund kommen.

»Es ist kein Kaff«, wirft Sean sofort ein. Er lässt keinen Zweifel daran, dass er über dessen Worte nicht gerade glücklich ist. »Ja, hier ist es um einiges ruhiger als in Las Vegas, deswegen ist Flagstaff aber noch lange kein Kaff.«

»Deine Meinung wird sich irgendwann vielleicht ändern, wenn du selber Kinder hast«, fügt Lindsay mit fester Stimme hinzu.

Ihre Worte sorgen dafür, dass ich nicht länger still daneben sitzen kann. Lauthals beginne ich zu lachen. »Kannst du dir wirklich vorstellen, dass er irgendwann mal einer Frau treu sein wird und eine Familie gründet?«, frage ich Lindsay. Dabei schiebe ich das Bild von ihm mit einem Baby im Arm, was sich in meinem Kopf breitmachen will, zur Seite. Es ist für meinen Gemütszustand nicht förderlich, wenn ich mir so etwas vorstelle.

Für einen Moment sieht Lindsay ihren großen Bruder an, bevor sie ihren Kopf in meine Richtung dreht. An ihrem Gesichtsausdruck kann ich erkennen, dass sie über meine Worte nachdenkt. Sie antwortet nicht direkt, sondern zuckt nur mit den Schultern. An dem zufriedenen Grunzen neben mir kann ich hören, dass Mike es so aufnimmt, als würde Lindsay auf seiner Seite stehen. Sie hat aber ein Funkeln in den Augen, das mir zeigt, dass sie meiner Meinung ist.

Eine Weile ist es ruhig am Tisch. Mike dreht immer wieder den Kopf zwischen seiner Schwester und mir hin und her. Jedes Mal, wenn er sich auf mich konzentriert, stellen sich meine Nackenhaare auf. Ein Schauer nach dem anderen jagt über meinen Rücken, während ich versuche, mich auf die Aussicht zu konzentrieren. *Reiß dich zusammen*, ermahne ich mich selbst.

Allerdings hat er da nie so gewirkt, als wäre er sich nicht sicher, was er tun soll. Eigentlich bin ich mir sicher, dass er mir seine Gefühle gar nicht zeigen wollte. Doch nun ist es zu spät und ich muss irgendwie versuchen, seinen Blick aus meinem Kopf zu bekommen.

»Die Frage ist nicht, ob ich das könnte. Wenn ich wollte, würde ich das sicherlich schaffen. Sie lautet eher, warum ich das machen sollte? Schließlich kann ich alle haben.«

Noch bevor er ausgesprochen hat, kann ich mir vorstellen, was er als nächstes sagen will. »O Mann«, entfährt es mir leise. Solche Worte können definitiv nur aus seinem Mund kommen. Kein anderer würde so etwas sagen. Bis jetzt habe ich es zumindest noch von keinem gehört. Ich bin nicht geschockt davon, was er von sich gibt, denn das überrascht mich schon lange nicht mehr. Es ist eher die Tatsache, dass er solche Dinge sagt und ich mich trotzdem zu ihm hingezogen fühle.

Andererseits bin ich auch dankbar dafür, dass er mir wieder gezeigt hat, was für ein Idiot er doch ist. Obwohl mir noch ein paar Worte auf der Zunge liegen, sage ich sie nicht. Und auch die anderen beiden geben keinen Ton von sich.

Das Essen verläuft mehr oder weniger in ruhiger Atmosphäre, worüber ich froh bin. Ich will mich nicht hier mit Mike streiten und schon gar nicht, wenn meine beste Freundin und ihr Freund mit am Tisch sitzen.

* * *

»O Mann«, entfährt es mir am nächsten Tag, als ich aus dem Fenster schaue.

»Was ist?«, fragt Lindsay mich. Sie sitzt mit Millie auf deren Spieldecke und drückt ein paar Tasten auf einem kleinen Bauernhof, so dass die Tiere Geräusche von sich geben.

»Den ganzen Tag regnet es schon«, murmle ich leise vor mich hin, während ich aus dem Fenster schaue. Um genau zu sein, hat es nicht aufgehört, seitdem wir gestern vom Mittagessen wiedergekommen sind.

»Ja, ich hatte eigentlich auch gehofft, dass es besser wird, sobald ihr hier seid«, erklärt Lindsay.

Mein Mund öffnet sich, da ich etwas erwidern will, doch bevor ich das machen kann, höre ich Mike und Sean, die aus dem Keller kommen. »Wenn du das vernünftig verkleidest, wäre der Raum als Arbeitszimmer auf jeden Fall perfekt. Wenn du willst, kann ich dir auch helfen«, schlägt Mike gerade vor, als sie auf der Bildfläche erscheinen.

»Ich werde das erst machen, wenn das Wetter wieder besser ist, damit alles gut trocknen kann.« Mit diesen Worten lässt Sean sich auf das Sofa sinken, das mir gegenüber steht.

Langsam schaut er nach unten zu seiner Freundin und seiner Tochter. Auf seinen Gesichtszügen hat sich ein verliebter Ausdruck breitgemacht. Man muss schon blöd sein, um nicht zu merken, dass er die beiden liebt und glücklich darüber ist, dass er Lindsay wieder für sich gewinnen konnte. Er beugt sich ein Stück nach unten und beginnt ebenfalls ein paar Tasten zu drücken.

»Hier«, sagt Lindsay, als Millie ein paar Sekunden später gähnt. Lindsay reicht Millie an ihren Vater weiter, der sie sofort in Empfang nimmt. Er lässt sich nach hinten in die Kissen sinken und legt sich Millie dabei auf die Brust. Ich kann nicht verhindern, dass mir bei diesem Bild ein leiser Seufzer über die Lippen dringt. Die beiden sehen so entspannt zusammen aus, dass man gar nicht anders reagieren kann.

»Das war ja klar«, entfährt es Mike, der neben mir steht.

»Bist du zur Zeit irgendwie auf Ärger aus?«, frage ich ihn, ohne dabei auf seinen Kommentar einzugehen. Diese Frage habe ich ihm schon stellen wollen, als Sean und Lindsay gestern verkündeten, dass sie Essen gehen wollen. Da habe ich es mir noch verkniffen, weil ich mich nicht vor den beiden mit Mike streiten wollte. Eigentlich will ich auch jetzt nicht mit ihm aneinandergeraten. Seine große Klappe geht mir aber auf die Nerven, so dass ich es nicht länger für mich behalten kann.

»Nö, wieso?«, fragt er mich nach einigen Sekunden. Er macht den Eindruck auf mich, als wäre er sich nicht sicher, ob es die richtige Antwort ist oder nicht. Dabei ist Unsicherheit nicht gerade das, was ich mit ihm in Verbindung bringen würde.

»Nur so geraten«, erwidere ich und zucke dabei mit den Schultern.

Eine Weile betrachtet er mich, als könnte er durch mich hindurchsehen. Ich habe das Gefühl, mich nicht vor ihm verstecken zu können. Als könnte er meine geheimsten Gedanken lesen. Und das ist etwas, was mir Angst macht.

Es gibt nur eine Handvoll Personen, die wirklich wissen, wie es in mir aussieht. Und eine davon ist Lindsay. Dass nun anscheinend auch Mike es erkennen kann, gefällt mir nicht.

Ich bin so in Gedanken vertieft, dass ich gar nicht mitbekomme, wie er sich bewegt. Erst, als er dicht vor mir steht, werde ich wieder in das Hier und Jetzt gezogen. Unsere Arme berühren sich, und mein Körper reagiert sofort. Mir stockt für einen kurzen Moment das Herz, als ich die Funken zwischen uns hin und her fliegen spüre.

Ein letztes Mal atme ich tief durch, oder versuche es zumindest, bevor ich meinen Kopf hebe. Er wendet sich nicht von mir ab, so dass ich nicht mehr weiß, wo oben und unten ist. Sein intensiver Blick scheint nur auf mich gerichtet zu sein. Im Hinterkopf weiß ich, dass Lindsay und Sean uns wahrscheinlich aufmerksam beobachten, aber ich kann einfach keinen Schritt zurückweichen. Auch, wenn ich das in diesem Moment gerne machen würde. Ich bin nicht in der Lage, zu handeln oder etwas zu denken. Auf jeden Fall nicht solange sein Gesicht und der Rest seines Körpers sich nur wenige Zentimeter von mir entfernt befinden.

»Wir könnten uns für heute Abend einen Babysitter nehmen und ins Casino gehen«, schlägt Sean mit lauter Stimme vor, so dass ich erschrocken zusammenzucke.

Ein letztes Mal schaue ich in seine Augen, in denen ich so viel Wärme erkenne, dass mir schlecht wird. Und das vor allem, weil ich nicht weiß, wie ich damit umgehen soll.

Ohne eine Regung zu zeigen, wende ich mich von Mike ab. Ich erkenne, dass Sean uns keine Sekunde aus den Augen lässt. Und auch Lindsay verfolgt die Unterhaltung.

»Ihr habt einen Babysitter?«, fragt Mike die beiden in ungläubigem Ton. An seinem Gesichtsausdruck kann ich erkennen, dass er nicht sehr angetan davon ist. Ich habe keine Ahnung, warum das so ist, und bin mir auch nicht sicher, ob ich das wirklich wissen will.

Sean lässt sich davon jedoch nicht beeindrucken. »Da weder

meine Eltern noch eure hier wohnen, haben wir wohl keine andere Möglichkeit, wenn wir auch mal etwas alleine machen wollen«, erklärt Sean ihm und zuckt dabei mit den Schultern.

»Ihr vertraut meine Nichte einfach irgendeiner Person an?« An seinem Ton kann ich erkennen, dass er nicht weiß, was er davon halten soll.

Ich kann nicht anders, als mir bei seinen Worten auf die Unterlippe zu beißen, um nichts Falsches zu sagen. Für einen kurzen Moment überlege ich, ob ich ein Foto von seinem geschockten Gesichtsausdruck machen soll. Ungefähr so stelle ich mir seine Reaktion vor, wenn eine seiner reizenden Freundinnen ihm sagt, dass er Vater wird.

Lindsay scheint ein wenig verwirrt zu sein. »Na ja, ich würde nicht sagen, dass Mrs. Flenning irgendeine Person ist«, wirft sie mit fester Stimme ein. »Sie hat selber fünf Kinder großgezogen und hat mittlerweile bereits sieben Enkel. Außerdem liebt Millie sie. Sie wohnt nur ein paar Häuser entfernt.«

Mit diesen Worten steht sie auf. Kurz beobachte ich sie, bevor ich mich Mike zuwende. Ich habe keine Ahnung, wieso er auf diese Nachricht so reagiert. Klar, Sean und Lindsay hängen es nicht sonderlich an die große Glocke, aber das hätte er sich doch denken können. Die beiden haben doch schließlich gerade erst wieder zusammen gefunden, kurz bevor sie von der Schwangerschaft erfahren haben. Da ist es doch normal, dass sie zwischendurch auch ein wenig Zeit für sich haben wollen.

Außerdem habe ich Mrs. Flenning bei meinem letzten Besuch bereits kennengelernt. Deswegen kann ich Lindsay und Sean nur zustimmen. Diese Frau liebt Kinder und sie liebt Millie, als wäre es ihr eigenes Enkelkind. Nach dem Umzug hat sie den beiden öfter unter die Arme gegriffen, bis sich der Tagesablauf eingespielt hat. Ich finde, dass es kein Drama ist, wenn sie zwischendurch mal für einen Abend aufpasst. Andere Eltern, deren Verwandte nicht in der Nähe wohnen, machen es doch auch nicht anders.

»Und wieso erfahre ich das erst jetzt?«, fragt Mike in die Runde hinein.

Bei seinen Worten kann ich nicht anders, als meinen Kopf wieder in seine Richtung zu drehen.

»Du tust ja gerade so, als wärst du ihr Vater«, fahre ich ihn an und ziehe so seine Aufmerksamkeit auf mich.

Eine Ruhe, die nichts Gutes bedeuten kann, hat sich in dem Wohnzimmer breitgemacht. Nicht einmal Millie gibt einen Ton von sich, was ungewöhnlich ist, schließlich hört man sie sonst immer brabbeln. Von Mike schaue ich zu meinen Freunden, die auch keine Ahnung haben, ob und was sie sagen oder tun sollen.

»Ich werde sie dann mal anrufen und nachfragen«, flüstert Lindsay schließlich in die Stille hinein.

Fast schon erleichtert darüber, dass endlich jemand etwas gesagt hat, atme ich tief durch. Ich spüre die angespannte Körperhaltung von Mike, der direkt neben mir steht, was meine Stimmung ein bisschen drückt.

Als Lindsay an mir vorbeigeht, lächle ich sie aufmunternd an. Aber ich habe keine Ahnung, ob die gewünschte Wirkung eintritt. *Wahrscheinlich will sie sichergehen, dass Mike nicht noch mehr Unsinn von sich gibt*, denke ich, als ich bemerke, dass sie auch ihren Bruder betrachtet. Erst als sie sich sicher ist, dass er anscheinend nichts mehr zu sagen hat, geht sie an ihm vorbei in die angrenzende Küche.

Mir ist klar, dass Sean noch immer auf dem Sofa sitzt und uns beobachtet. Doch ich bin nicht in der Lage, Abstand zwischen mich und Mike zu bringen. Man könnte sagen, dass ich magnetisch von ihm angezogen werde, auch wenn er sich gerade wie ein riesiger Arsch aufgeführt hat.

»Ich bin gleich wieder da«, sagt Sean schließlich und steht mit Millie auf dem Arm auf.

Vorsichtig, fast schon zögerlich, drehe ich mich in Mikes Richtung und schaue ihn nachdenklich an. Mike hingegen weicht mir aus. Sein Verhalten ist ein Zeichen für mich, dass irgendetwas mit ihm nicht stimmt. Da ich nicht weiß, wie er darauf reagieren würde, wenn ich ihn danach fragen würde, behalte ich meine Frage lieber für mich. »Die beiden sind keine kleinen Kinder mehr«, erkläre ich ihm stattdessen. »Ich glaube schon, dass sie in der Lage sind, die richtigen Entscheidungen zu treffen. Schließlich haben sie das mehr als einmal bewiesen.«

Während ich spreche, habe ich meine Augen ein Stück zusammengekniffen, damit er erst gar nicht auf die Idee kommt, etwas zu erwidern. Und dieses Mal hält er wirklich seinen Mund. Stumm steht er vor mir. Ich muss zugeben, dass ich darüber verblüfft bin, dass er nichts sagt. Das ist nämlich etwas, was man sonst nie schafft. Mike gehört zu den Menschen, die in jeder Situation und zu allem und jedem etwas zu sagen haben. Egal, ob derjenige es hören will oder nicht.

Die nächsten Sekunden, oder vielleicht sind es auch Minuten, kommen mir wie Stunden vor. Zwischen uns hat sich eine Stille gebildet, die keiner sich zu durchbrechen traut. Nur die Stimmen von Lindsay aus der Küche und von Sean aus dem Obergeschoss dringen zu uns hindurch, doch darauf kann ich mich nicht konzentrieren.

Wie konnte es passieren, dass aus so einer einfachen Unterhaltung so etwas Ernstes geworden ist?, frage ich mich.

Die Antwort darauf kenne ich. Auf jeden Fall den Teil, der mit mir zu tun hat. Den habe ich nur meiner großen Klappe zu verdanken, die ich unbedingt besser unter Kontrolle halten sollte.

Ich will ansetzen, um noch etwas zu erwidern, als ich spüre, wie mein Handy in der Hosentasche vibriert. Da ich denke, dass es entweder meine Mom oder mein Dad ist, die sich nach uns erkundigen wollen, ziehe ich es aus der Tasche und öffne die Nachricht.

Doch bereits im nächsten Moment bereue ich, dass ich nicht gewartet habe, bis ich in meinem Zimmer bin. Die Nachricht ist nicht von meinen Eltern, sondern von Dan, meinem Exfreund. Mein Herz schlägt mir bis zum Hals, während ich auf seinen Namen starre. Obwohl ich mir nicht sicher bin, dass es die richtige Entscheidung ist, drücke ich auf das Symbol, um die Nachricht zu öffnen.

Meine Augen überfliegen die Worte, und ich habe das Gefühl, als würde mir jemand den Boden unter den Füßen wegziehen. Dies ist nicht die erste Nachricht, die ich von ihm in den letzten Tagen bekomme habe. Allerdings habe ich mich beim Lesen niemals so elend gefühlt.

Auch die Tatsache, dass Mike noch keinen Ton von sich gegeben hat, lässt mich unruhig werden. Ich kann damit umgehen, wenn er meint, dass er der Beste ist und alle Frauen ihm zu Füßen liegen. Mit seinem Schweigen weiß ich dagegen nichts anzufangen. Es irritiert mich, da es so überhaupt nicht zu ihm passt.

Doch noch bevor ich etwas sagen kann, höre ich, wie die Küchentür aufgeht. Ruckartig drehe ich mich um und bemerke, wie Lindsay das Wohnzimmer betritt. Auf ihrem Gesicht hat sich ein glückliches Lächeln breitgemacht. »Ich habe gute Nachrichten. Mrs. Flenning kommt heute Abend vorbei und passt auf Millie auf«, verkündet sie, wobei sie Mike nicht beachtet.

Ohne etwas zu sagen, lässt er uns stehen.

Irritiert schaue ich ihm nach, ehe ich mich wieder meiner Freundin zuwende. »Was ist denn mit dem los?«, frage ich sie.

»Ich habe keine Ahnung. Vielleicht muss er erst mal verkraften, dass er nicht der Mittelpunkt des Universums ist und seine Meinung nicht über allem steht.« Lindsay verzieht ein wenig das Gesicht, so dass ich gar nicht anders kann, als leise zu lachen. »Hilfst du mir? Ich wollte Brei für Millie kochen.«

»Isst sie immer noch keine Gläschen?«

»Nein, und irgendwie glaube ich auch nicht, dass sie das jemals wird. Sie hat eben einen eigensinnigen Geschmack, genauso wie ein paar Mitglieder aus der Familie.« Kurz zwinkert sie mir zu, bevor sie wieder in die Küche geht. »Du könntest schon mal die Kartoffeln schneiden. Die brauchen am längsten, bis sie richtig weich gekocht sind.«

»Dann gib mir mal ein Messer und ein Brett.« Während ich spreche, strecke ich meine Arme aus und ziehe die Kartoffeln über die Kücheninsel zu mir. Das restliche Equipment hält Lindsay mir entgegen.

»Weißt du eigentlich schon, wo du nach deinem Studium arbeiten willst?«, fragt sie mich und holt dabei zwei Töpfe heraus, um mir einen davon zu reichen.

»Es gibt viele Dinge, die ich mit meiner Ausbildung machen könnte, und ein paar davon wären genau das Richtige für mich. Allerdings weiß ich noch nicht, ob ich in Las Vegas bleiben soll.«

»Was denn für Dinge?«

»Ich würde gerne als Betreuerin im Kinderheim arbeiten. Mir ist klar, dass es wahrscheinlich nicht einfach ist, aber ich glaube, dass ich dort etwas bewirken könnte.«

»Das ist auf jeden Fall etwas, was du in jeder Stadt machen könntest. Egal, in welcher du leben möchtest. Obwohl ich ja zugeben muss, dass ich es cool finden würde, wenn du hierher kämst. Sonst werden wir wahrscheinlich noch seltener etwas gemeinsam machen.«

Als Antwort nicke ich nur.

»Hast du in der letzten Zeit mal etwas von du weißt schon wem gehört?«, fragt Lindsay mich vorsichtig, nachdem sie mich eine Weile beobachtet hat.

Gerne würde ich sagen, dass ich keine Ahnung habe, von wem sie eigentlich spricht. Das wäre jedoch gelogen. Mir ist klar, dass sie meinen reizenden Exfreund meint.

»Nein, und wenn es nach mir geht, dann brauche ich das auch nicht. Mittlerweile bin ich sogar der Meinung, dass all das passieren sollte«, sage ich und seufze leise.

»Ich weiß, was du meinst. Was das angeht, haben wir beide definitiv kein gutes Händchen bewiesen.«

Nachdenklich schaue ich sie an. Ich muss ihr recht geben. Auch sie hatte mit dem Typen, mit dem sie zwischenzeitlich zusammen war, nur Pech.

5

Um acht Uhr abends stehe ich in meinem Zimmer und mache mich fertig. In den letzten Stunden habe ich mich so weit beruhigt, dass ich sicher bin, dass ich Mike nun gegenübertreten kann und mich dabei wie immer verhalten werde. Aber ich bin mir sicher, dass es nicht einfach wird.

Plötzlich wird meine Zimmertür ruckartig aufgerissen.

Noch bevor ich überhaupt die Chance habe, etwas zu sagen, betritt Mike mein Zimmer und schließt die Tür schnell wieder hinter sich. Erst dann dreht er sich zu mir herum.

Er trägt ein schwarzes Shirt und dazu eine tiefsitzende weite Jeans. Ich muss zugeben, dass mir für einen kurzen Moment der Atem stockt. Kurz darauf finde ich meine Sprache wieder. »Von Anklopfen hast du auch noch nie etwas gehört, oder?«, frage ich ihn. Dabei stemme ich meine Hände in die Hüften. Ich hoffe, dass er so versteht, dass mir sein Verhalten langsam auf die Nerven geht.

»Ich wollte dir nur sagen, dass Mrs. Flenning da ist und Millie in ihrem Bettchen liegt und schläft.«

Da ich keine Ahnung habe, warum er mir das mitteilt, warte ich auf eine Erklärung. Doch Mike macht keine Anstalten, weiter zu sprechen.

Ich spüre erneut das Verlangen, mich an ihn zu lehnen. Doch bevor es mich auch nur ansatzweise in Beschlag nehmen kann, ergreife ich das Wort. »Und deswegen platzt du einfach so hier herein?«, hake ich nach.

Kaum habe ich meine Frage ausgesprochen, bildet sich ein süffisantes Grinsen auf seinem Gesicht. Dafür würde ich ihm am liebsten einen Tritt in den Hintern verpassen. Stumm vergräbt er die Hände in den Hosentaschen.

»Spuck es schon aus«, fordere ich ihn auf. Ich kann nicht verhindern, dass meine Stimme genervt klingt.

Langsam setzt er sich in Bewegung und kommt ein paar Schritte näher. »Ich wollte nur wissen, ob du wenigstens die Tür hinter dir abschließt.« Während er spricht, deutet er mit dem Kopf auf die Tür, die sich hinter ihm befindet. »Anscheinend ist das nicht Fall«, fährt er leise fort.

Kaum sind seine Worte in meinem Kopf angekommen, entlocken sie mir ein leises Stöhnen. Ich hätte mir denken können, dass er die Sache nicht auf sich beruhen lässt. Mike wäre nicht Mike, wenn er nicht aus einer Mücke einen Elefanten machen würde.

Trotzdem schaue ich ihn genervt an und versuche, so gelangweilt wie möglich zu klingen. »Es tut mir leid, dass ich dich enttäuschen muss, aber du kommst ungefähr fünf Minuten zu spät. Außerdem gibt es für mich keinen Grund, wieso ich meine Zimmertür abschließen sollte. Ich lebe bei meinen Eltern. Die beiden können schließlich anklopfen. Ganz im Gegensatz zu einer gewissen anderen Person, die ich rein zufällig kenne.«

Mike verzieht das Gesicht kein Stück. Für den Bruchteil einer Sekunde habe ich das Gefühl, als würde sich der Ausdruck in seinen Augen verändern. Er wirkt irgendwie enttäuscht.

Eine Sekunde später kehrt das belustigte Funkeln zurück. Und das kenne ich nur zu gut.

»Schade, und ich dachte, dass ich es dieses Mal zur Stripvorstellung schaffen würde.« Seine dunkle Stimme sorgt dafür, dass sich meine Brustwarzen aufrichten. Ich bin froh, dass ich einen verstärkten BH trage, so dass er nichts davon mitbekommt.

Noch bevor er ausgesprochen hat, schlüpfe ich in meine High Heels, damit er nicht doch noch etwas merkt. Langsam hebe ich schließlich meinen Kopf. »Es freut mich, dass du deine Sprache wiedergefunden hast. Als wir das letzte Mal miteinander gesprochen haben, hatte ich das Gefühl, als würdest du nicht wissen, was du sagen sollst«, kontere ich.

»Ich gebe zu, dass die Vorstellung, dich in knapper Unterwäsche zu sehen, meine Stimmung aufgehellt hat.«

Kurz weiß ich nicht, ob er seine Worte ernst meint oder nicht. Irgendwie kann ich es mir kaum vorstellen, doch sein Gesichtsausdruck ist gelassen. Ich kann nicht die kleinsten Anzeichen dafür erkennen, dass es sich hier um einen Scherz handelt.

Um den Kloß aus meinem Hals zu entfernen, räuspere ich mich leise, bevor ich endlich wieder etwas sagen kann. »Es gibt Dinge, die werden nie passieren. Und das gehört eindeutig dazu.«

»Schade.« Er zieht eine Schnute und macht wirklich den Eindruck, als würde er es bedauern.

Ich beschließe für mich, dass es besser ist, wenn ich nicht darauf eingehe. »Du wirst dir heute Abend eine andere suchen müssen«, erwidere ich und greife dabei nach meiner Handtasche.

»Hmmm.«

Nachdem er ausgesprochen hat, will ich an ihm vorbeigehen. Doch Mike greift nach meinem Handgelenk und hindert mich daran. Plötzlich steht er so dicht vor mir, dass seine Brust bei jedem Atemzug meine berührt. Seine Hand auf meiner Haut zu spüren jagt mir Hitzeströme durch den Körper.

Durchdringend betrachtet er mich. Es fällt mir schwer, mich daran zu erinnern, dass wir ein Gespräch führen. Geschweige denn, worum es geht.

Mein Kopf verweigert gerade die Arbeit und das ist etwas, was in seiner Gegenwart unmöglich gut enden kann. Mir ist bewusst, dass er jede Schwäche sofort ausnutzt. »Was willst du?«, frage ich ihn. Mich auf den Grund zu konzentrieren, aus dem wir hier stehen, erscheint mir gerade am einfachsten.

Noch während ich spreche merke ich, dass meine Stimme ein bisschen zu brüchig klingt. Das liegt nur daran, dass seine Haut noch immer auf meiner liegt und er keine Anstalten macht, das zu ändern.

»Eigentlich wollte ich mit dir sprechen«, antwortet er kleinlaut. Dabei verzieht er das Gesicht und macht mir klar, dass er es selbst kaum glauben kann.

»Und worüber?«, fahre ich fort. Ich kann mir beim besten Willen keinen Grund vorstellen. Das heißt, eigentlich kann ich es schon, ich will es nur aus seinem Mund hören.

»Es geht um unsere Unterhaltung vorhin«, erklärt er mir vorlaut.

»Unsere Unterhaltung? Ich will ja nichts sagen, aber wir haben heute mehrere Gespräche geführt.« Mir ist klar, dass ich gerade gemein bin. Vor allem, weil es ihm sichtlich schwerfällt hier vor mir zu stehen. Aber in diesem Moment kann ich einfach nicht anders.

»Ich meine die, bei der es um den Babysitter ging.«

Skeptisch schaue ich ihn an. Ich muss zugeben, dass ich neugierig bin, wohin dieses Gespräch führt. »Was ist damit?«, frage ich ihn und versuche mich dabei betont gelangweilt zu geben, obwohl ich meine Ohren gespitzt habe.

»Na ja«, beginnt er schließlich zögerlich. »Man könnte wohl sagen, dass es mir schwerfällt zu akzeptieren, dass meine Schwester erwachsen ist und selbst keinen Babysitter mehr braucht. Obwohl sie eine zuckersüße Tochter hat und einen Mann an ihrer Seite, der immer auf die beiden aufpasst. Sie ist halt meine kleine Schwester und normalerweise war ich immer ihr Babysitter.

Seine Worte rauben mir den Atem. Meine Lippen öffnen sich ein Stück, damit ich besser Luft holen kann, aber trotzdem schlägt mir mein Herz bis zum Hals. Ich habe Mike noch nie so etwas sagen hören. *Ich muss träumen.*

Ich habe sogar kurz die Befürchtung, dass Mike mich verarschen will – zutrauen würde ich es ihm. Doch als ich ihn genauer betrachte, kann ich keine Anzeichen dafür entdecken. Er verzieht keine Miene. »Woher kommt der Sinneswandel?«

»Sinneswandel?« Mike sieht mich an, als hätte er keine Ahnung, wovon ich spreche, und irgendwie glaube ich ihm das sogar.

»Das hat sich vorhin ganz anders angehört«, gebe ich zu bedenken und helfe ihm damit auf die Sprünge.

»Das weiß ich und das wollte ich nicht. Ich hoffe, dass Lindsay weiß, dass ich meine Worte nicht so meinte, wie sie in diesem Moment herausgekommen sind.« Noch während er spricht, lerne ich eine ganz anderen Seite an ihm kennen. Ihm scheint es wirklich leid zu tun, was bei ihm verdammt selten der Fall ist.

Es wundert mich nicht. Bei Lindsay war er schon immer anders. Sie wird immer sein kleines Mädchen sein, das er beschützen musste, nachdem ihre Mutter einfach abgehauen ist. Und das ist einer der Punkte, der dafür sorgt, dass ich den ganzen Mist leicht vergesse, den er sonst so verzapft.

Mit einem flehenden Ausdruck in den Augen sieht er mich an, als würde er hoffen, dass ich mit seiner Schwester darüber spreche. Das ist allerdings eine Sache zwischen den beiden, und da werde ich mich nicht einmischen.

Außerdem habe ich das Gefühl, als wäre da noch mehr. Ich will aber mein Glück nicht überstrapazieren, indem ich ihn danach frage. Dass er mir so viel anvertraut hat, ist schon ein großer Vertrauensbeweis für mich.

»Wieso sagst du es ihr nicht selber? Ich bin da die falsche Ansprechpartnerin.« Während ich spreche, befreie ich meinen Arm aus seinem festen Griff, so dass ich ein wenig Abstand zwischen uns bringen kann.

Doch kaum hat er sich von mir gelöst, durchfährt mich eine Kälte, die ich so noch nie gespürt habe. Sie hat nichts damit zu tun, dass es kühl im Zimmer ist, da bin ich mir sicher. In dem

Fall hätte ich sie bereits früher bemerkt, aber das war nicht der Fall.

»Ich wollte es einfach nur richtigstellen. Du hast dich vorhin auf die Seite der beiden gestellt, was ich verstehen kann. Ehrlich gesagt hätte es mich gewundert, wenn du das nicht getan hättest. Ihr seid nun mal Freundinnen. Deswegen wollte ich das auch dir gegenüber klarstellen.« Mike zuckt mit den Schultern. An dem Klimpern, das aus seiner Hosentasche ertönt, höre ich, wie er mit seinem Schlüssel spielt. Lindsay hat mir irgendwann mal erzählt, dass er das als kleines Kind immer gemacht hat, wenn er Mist gebaut hat.

Noch etwas, was sich anscheinend nicht ändert, denke ich fast zufrieden.

»Außerdem haben die beiden nicht den Anschein gemacht, als hätten sie mir meinen Kommentar krummgenommen. Ganz im Gegensatz zu dir.«

»Bist du dir da so sicher?«, frage ich nach.

»Okay, gut. Sean hat es mir vielleicht nicht krummgenommen, Lindsay schon.«

»So würde ich das nun auch wieder nicht sagen. Auf jeden Fall war sie nicht glücklich darüber. Aber wieso sollte ich?«

»Deine Reaktion hat eigentlich alles gezeigt.«

»Ich habe nur etwas dazu gesagt, weil ich der Meinung bin, dass man solche Unterhaltungen nicht in Gegenwart von Millie führen muss.«

»Ich glaube nicht, dass sie schon etwas mitbekommt«, kontert Mike und sieht mich dabei herausfordernd an.

Da ist sie wieder. Die Situation, mit der ich umgehen kann. So bescheuert es sich auch anhören mag. »Und ich bin der Meinung, dass sie mehr von dem mitbekommt, was um sie herum passiert, als wir Erwachsenen es uns vorstellen können.«

»Spricht da etwa die Pädagogin?«, fragt mich Mike und beugt sich ein Stück zu mir hinunter, so dass sein Gesicht direkt vor meinem ist.

Ich kann gar nicht anders, als direkt in seine strahlend blauen Augen zu schauen. Würde mein Herz nicht schon rasen, als wäre ich joggen gewesen, wäre das spätestens jetzt der Fall.

»Du brauchst überhaupt nicht auf mein Studienfach anzuspielen. Ich war schon immer dieser Meinung, dafür braucht man nicht zu studieren.« Mehr sage ich nicht.

Wenige Zentimeter kommt er noch näher. Doch im nächsten Moment scheint er es sich anders überlegt zu haben. Ich spüre, wie die Schmetterlinge in meinem Bauch wild umherfliegen. Mein Herz hämmert so stark gegen meine Brust, dass ich das Gefühl habe, es würde sich befreien wollen.

»Ich meine das nicht böse«, flüstert er so leise, dass ich seine Worte kaum verstehen kann. »Ich war einfach überrascht darüber, dass die beiden wirklich einen Babysitter haben. Schließlich haben sie nie ein Wort darüber verloren.«

Prüfend schaue ich ihn an, bis ich mir sicher bin, dass ich auch wirklich die richtigen Worte verstanden habe. »Dann hast du das ziemlich beschissen ausgedrückt, daran solltest du auf jeden Fall arbeiten. Mach dir keine Sorgen. Ich kenne Mrs. Flenning ein wenig und kann dir deswegen sagen, dass Lindsay und Sean keine Bessere hätten finden können«, versuche ich ihn etwas aufzubauen.

»Das habe ich mittlerweile auch kapiert«, mault er zwischen zusammengebissenen Zähnen.

Ungläubig schaue ich ihn an. Irgendwie habe ich gerade das Gefühl, als wäre ich im falschen Film. Normalerweise ist Mike niemand, der es zugibt, wenn er einen Fehler gemacht hat. Normalerweise würde er es so hinstellen, dass er doch noch irgendwie recht hat.

Die Tatsache, dass er nun genau das nicht macht, muss ich erst mal verarbeiten. *Ich brauch dringend ein Glas Wein oder etwas noch Stärkeres.*

Eine Weile ist es ruhig zwischen uns. Fieberhaft suche ich nach den richtigen Worten. Seitdem ich Mike kenne, gab es diese Situation noch nicht ein einziges Mal, und ich kenne ihn schon seit ein paar Jahren.

Das erste Mal bin ich ihm begegnet, als ich Lindsay zu Hause besuchte. Die beiden unterhielten sich gerade darüber, was sie ihrem Vater und ihrer Stiefmutter zum Hochzeitstag schenken wollen. Auch da bestand er schon auf seine Meinung und ließ sich nicht von ihr abbringen.

So unauffällig wie möglich schüttle ich meinen Kopf und versuche mich auf die jetzige Unterhaltung mit ihm zu konzentrieren.

Er betrachtet mich auf eine Art, die ich nicht zuordnen kann. Beinahe kommt es mir vor, als würde er mir stumm etwas sagen wollen. Da ich nicht weiß, was, verwerfe ich diesen Gedanken jedoch sofort wieder.

»Komm«, sagt er nun und nickt in Richtung der Zimmertür. »Wenn wir noch länger hier oben alleine sind, denken die beiden wahrscheinlich, dass ich dich vernasche.«

Ein lautes Lachen dringt über meine Lippen. »Da brauchst du dir mit Sicherheit keine Sorgen zu machen. Die beiden werden mich bestimmt nicht für so blöd halten, dass ich ausgerechnet mit dir ins Bett springe«, erkläre ich mit fester Stimme und kann dabei das Schmunzeln nicht aus meiner Stimme fernhalten. »So verzweifelt kann ich gar nicht sein. Sorry, Großer.«

Mike steht wie erstarrt vor mir. Mir ist klar, dass er meine Nachricht an ihn erstmal verdauen muss. Deswegen nutze ich die Chance, die sich mir bietet. Mit schnellen Schritten gehe ich auf die Tür zu, öffne sie und trete hinaus in den Flur. Dabei macht sich ein zufriedenes Lächeln auf meinem Gesicht breit.

Doch bevor ich die Treppe erreicht habe, höre ich seine Schritte hinter mir. »Jo«, ruft er noch, ich gehe jedoch nicht darauf ein. Ich möchte nicht noch mehr Zeit mit ihm alleine verbringen. In Gegenwart seiner Schwester und seines Schwagers kann ich meine Empfindungen wenigstens unter Kontrolle halten.

Ohne auf ihn zu achten, gehe ich die Stufen hinunter. Nachdem ich die letzte hinter mich gebracht habe, drehe ich mich zum Wohnbereich um. Mrs. Flenning sitzt auf der Couch und hat neben sich ihre Stricksachen liegen.

Ich nähere mich ihr. Als sie mich bemerkt, hebt sie ihren Kopf und lächelt mich herzlich an. »Joleen«, begrüßt sie mich mit freudiger Stimme.

»Es freut mich, dass wir uns mal wieder sehen«, erwidere ich. Ich mag sie. In gewisser Weise erinnert sie mich an meine eigene Oma. Beide haben die gleiche, herzliche Art.

»Ja, es ist schon viel zu lang her«, erklärt die alte Dame, während sie aufsteht und mich für eine Umarmung an sich zieht.

Nachdem sie sich von mir getrennt hat, sieht sie mich mit einem prüfenden Blick von oben bis unten an. Doch noch bevor sie etwas hinzufügen kann, höre ich polternde Schritte hinter mir.

»Jo! Kannst du mir vielleicht mal sagen, was du damit gemeint hast?«, ertönt in der nächsten Sekunde Mikes Stimme hinter mir. Ich ignoriere ihn. Stattdessen konzentriere ich mich wieder auf die Frau vor mir.

»Beachten Sie ihn überhaupt nicht«, erkläre ich ihr und zeige dabei mit einer Kopfbewegung in die Richtung von Mike. Der steht nun so dicht neben mir, dass ich seine Körperwärme auf meiner Haut spüre. Sie sorgt dafür, dass ich tief durchatmen muss, um nicht den Verstand zu verlieren.

»Und was soll das schon wieder heißen?«

Wieder würde ich ihm gerne irgendetwas an den Kopf werfen, vielleicht meine Handtasche. Ich verstehe nicht, was sein Problem ist, aber langsam geht er mir wirklich auf die Nerven.

Genervt schaue ich ihn an. Mike scheint meine stille Botschaft jedoch nicht zu verstehen.

Bevor ich etwas sagen kann, kommen Lindsay und Sean aus der Küche. »Im Kühlschrank ist genug Essen«, erklärt meine Freundin, als sie in ihre Schuhe steigt. Dabei hält sie Seans

Hand umklammert, damit sie nicht das Gleichgewicht verliert und hinfällt.

»Ich komme schon klar«, erwidert Mrs. Flenning jedoch abwinkend. »Und nun verschwindet, macht euch einen schönen Abend.«

»Na, dann wollen wir mal.« Begeistert klatscht Mike in die Hände.

»Sei nicht so laut, sonst weckst du noch Millie auf«, ermahnt Lindsay ihn, bevor sie mit Sean uns voran das Haus verlässt.

»Ob die mich wohl rausschmeißen, wenn ich zu viel gewinne?«, fragt Mike im nächsten Moment nachdenklich, während er Sean und Lindsay folgt.

Ich kann nicht anders, als zu seufzen. Ich verkneife es mir, etwas zu sagen, obwohl mir die passenden Worte bereits auf der Zunge liegen.

Stumm schaue ich den dreien zu, wie sie das Haus verlassen. Ich mache keine Anstalten, mich ebenfalls in Bewegung zu setzen, sondern bleibe an Ort und Stelle stehen. Ich hoffe, dass ich so etwas Abstand zwischen Mike und mich bringen kann.

»Machen Sie sich nichts daraus. Man darf ihn nicht so ernst nehmen«, sage ich. Ich will nicht, dass sie sich Sorgen macht, weil der Bruder von Lindsay durchgeknallt ist, aber sie lacht nur leise.

»Er ist vielleicht ein Verrückter, trotzdem seid ihr beide ein hübsches Paar.«

Bei diesem Satz verschlucke ich mich. Hustend versuche ich mich wieder in den Griff zu bekommen, was gar nicht so einfach ist. Ich war ja auf alles gefasst, aber nicht darauf. »O nein«, entgegne ich schließlich und schüttle dabei entschieden den Kopf. »Er ist nur der Bruder von Lindsay und definitiv nicht mein Freund. Um ehrlich zu sein, wir kommen nicht einmal sonderlich gut miteinander aus.« Ich hoffe, dass meine Stimme so fest klingt, dass sie mir glaubt.

An ihrem skeptischen Gesichtsausdruck kann ich erkennen,

dass das nicht der Fall ist. »Ach, Kindchen«, sagt sie. »Er mag dich, das spüre ich. Sonst würde er dir nicht hinterherlaufen. Allerdings scheint er zu der Kategorie Mann zu gehören, die Probleme haben, sich einzugestehen, dass sie etwas für eine Frau empfinden. In diesem Punkt ist er wohl das komplette Gegenteil von Sean.«

Obwohl ich weiß, dass das nicht stimmt, kann ich nicht verhindern, dass die Schmetterlinge in meinem Bauch bei dem Gedanken daran wild umherfliegen.

»Ich würde nicht so weit gehen und sagen, dass er mich mag. Allein schon deswegen, weil ich kein Geheimnis daraus mache, dass ich von seinem Sexleben nichts halte.«

»Ich bin schon lange genug auf dieser Welt, um zu wissen, wie Männer sich verhalten, wenn ihnen eine Frau etwas bedeutet. Darin sind sie sich alle gleich.«

Eine Weile bleibe ich regungslos stehen. Meine Gedanken wirbeln wild durcheinander, während ich so etwas wie Hoffnung verspüre. Doch ich schiebe dieses Gefühl schnell zur Seite, da es fehl am Platz ist. Mike empfindet nichts für mich!

Ja, Mrs. Flenning hat Erfahrung, das bestreite ich nicht. Ich habe jedoch meine Zweifel, dass sie Erfahrung mit Männern wie Mike hat.

»Und jetzt geh und genieße den Abend.« Sie zwinkert mir noch einmal zu, ehe sie sich wieder auf das Sofa sinken lässt.

Obwohl ich ihr gerne glauben würde, kann ich es nicht. Mir würde es ja schon reichen, wenn Mike und ich uns wenigstens etwas besser verstünden. Aber wenn ich ehrlich zu mir selbst bin, weiß ich, dass dies niemals passieren wird. »Bis dann«, murmle ich schließlich leise und verlasse ebenfalls das Haus.

Mit langsamen Schritten gehe ich auf das Auto von Sean zu. Ich versuche, so viel Zeit wie möglich herauszuholen, da ich gerade die Nähe von Mike nicht aushalte.

»Na endlich. Ich dachte schon, dass du dich noch einmal umziehst«, begrüßt Mike mich.

Ich gehe nicht darauf ein. Stattdessen setze ich mich neben Lindsay auf die Rückbank.

»Alles klar?«, fragt Lindsay mich.

»Ja, mir geht's bestens«, antworte ich und schnalle mich an.

Noch in der gleichen Sekunde startet Sean den Wagen und schlägt den Weg zum Casino ein.

»Ich entschuldige mich jetzt schon mal dafür, dass ich in ungefähr einer Stunde verschwinden werde«, dringt die dunkle Stimme von Mike durch das Auto, als Sean vor einer Ampel wartet.

»Was? Du brauchst so lange, um eine Frau zu finden, die die Nacht mit dir verbringen will?«, fragt Lindsay. Sie hält mir ihre Hand hin, in die ich einschlage, während ich ihr zuzwinkere.

»Ich suche nicht nur eine Frau, die die Nacht mit mir verbringt, sondern mindestens zwei«, erklärt Mike seiner Schwester.

Seufzend lehne ich mich in dem dunklen Wagen weiter zurück. Genau das ist der Grund, wieso das mit uns niemals funktionieren könnte.

»Und dann muss ich ja auch noch herausfinden, ob wir überhaupt zusammenpassen. Es soll ja schließlich allen Spaß machen und das kann es nur, wenn wir auf einer Wellenlänge liegen.«

»Das klingt schrecklich kompliziert«, murmle ich leise vor mich hin.

Ich bin mir nicht sicher, ob er diese Worte hören sollte oder nicht.

Den Rest der Fahrt bringen wir schweigend hinter uns, was mich nicht stört, da ich mich auf diese Weise nicht mit Mike auseinandersetzen muss. Stattdessen schaue ich aus dem Fenster auf die Stadt hinaus, deren Lichter langsam angehen.

»Wir sind da«, verkündet Sean schließlich, als er auf einem riesigen Parkplatz stehen bleibt.

Neugierig schaue ich mich um. Vor uns erstreckt sich ein weitläufiges Gebäude. Es ist zwar in schlichten Farben gehalten, allerdings gibt es auch hier eine Menge Lichter, die darauf hinweisen, was sich im Inneren befindet. Ein paar Leute stehen davor, während andere hineingehen oder herauskommen.

»Wart ihr schon mal hier?«, frage ich Lindsay, nachdem ich mich bei ihr untergehakt habe.

»Einmal. Öfter haben wir es leider noch nicht geschafft. Man kann hier auf jeden Fall einen spaßigen Abend verbringen.« Gut gelaunt grinst meine Freundin mich an und geht auf die große Glastür zu, die in das Innere führt.

Kaum haben wir die riesige Eingangshalle betreten, lasse ich meinen neugierigen Blick von rechts nach links wandern und nehme dabei alles in mich auf. Die Wände sind in einem hellen Gelb gehalten, die Fliesen dagegen abwechselnd schwarz und weiß. Der Boden erinnert mich an ein Schachmuster.

Überall hängen Bilder, auf denen man Berge und Seen erkennen kann. In der Halle stehen große und kleine Pflanzen, die die Atmosphäre ein wenig auflockern.

Ich entdecke auch ein riesiges Aquarium. Es befindet sich mitten in der Halle und reicht vom Boden bis zur Decke. Darin schwimmen leuchtend bunte Fische herum, dic alle unterschiedlich groß sind. Es gibt sogar eine kleine Unterwasserwelt, die aus gesunkenen Schiffen und Schätzen besteht.

»Wow«, entfährt es mir.

»Ach komm, in jedem zweiten Casino gibt es ein Aquarium, einen Springbrunnen, oder etwas, das einen Bach darstellen soll«, kontert Mike, nachdem er neben mir stehen geblieben ist. »Etwas anderes fällt denen nicht ein.«

»Ja, aber es ist nicht immer so schön«, erwidere ich.

»Typisch Frau. Langsam bekomme ich ein Gefühl dafür, wieso du schon seit längerer Zeit keinen Sex mehr hattest.«

Am liebsten würde ich ihm erklären, dass ich nicht zu den billigen Flittchen gehöre, mit denen er sonst seine Zeit verbringt. Allerdings habe ich die Befürchtung, dass wir dann den ganzen Abend hier stehen und uns streiten werden.

Ich möchte in den nächsten Stunden lieber meinen Spaß haben.

Das ist jedoch nicht der einzige Grund, aus dem ich diese Worte hinunterschlucke. Mich mit ihm darüber zu unterhalten, mit wem ich schlafe und mit wem nicht, fühlt sich merkwürdig an.

»Kommst du, Mike?«, fragt Sean. Er lässt Mike gar nicht die Chance, noch etwas zu mir zu sagen, worüber ich froh bin. »Wir werden mal eben ein paar Chips eintauschen«, erklärt er Lindsay und drückt ihr einen sanften Kuss auf die Stirn.

Obwohl ich das Gefühl habe, dass ich gerade in die Privatsphäre der beiden eindringe, kann ich mich nicht von ihnen abwenden. Dass die beiden so glücklich sind, zeigt mir jedes Mal, dass es die wahre Liebe gibt, auch wenn sie bis jetzt noch nicht in mein Leben getreten ist. Es macht mir Hoffnung, dass es irgendwann auch bei mir so weit sein wird.

Als ich wegschaue, begegne ich Mike. Er bedenkt mich mit einem frechen Grinsen. Obwohl ich ihn eigentlich nicht beachten will, kann ich mir ein leises Kichern nicht verkneifen. Dies ist das erste Mal seit unserer Ankunft, dass ich mich wirklich locker in seiner Gegenwart fühle.

»Wir gehen schon mal rein«, sagt Lindsay nun und greift dabei nach meiner Hand.

»Bis gleich«, höre ich Sean noch rufen, bevor er mit Mike auf der anderen Seite der Halle verschwindet.

Die beiden ziehen dabei die Aufmerksamkeit der umstehenden Frauen auf sich. Sie sehen zusammen aber auch wirklich gut aus.

Lindsay scheint das jedoch nichts auszumachen. »Mach dir keine Sorgen, die beiden werden uns schon finden«, scherzt sie, während sie unbeirrt weitergeht.

Kaum haben wir den großen Spielraum betreten, schlagen mir laute Stimmen entgegen. Es ist mehr los, als ich gedacht habe. An allen Tischen haben sich kleine Grüppchen versammelt und an den Automaten stehen die Leute beinahe Schlange. Große Kronleuchter, die von den Decken hängen, sorgen für ausreichend Licht.

»Na Ladys. Wollen wir?«, fragt Sean kurze Zeit später. Erschrocken drehe ich mich in seine Richtung. Sean hält Lindsay die Hand hin, die diese sofort ergreift. Hand in Hand bahnen sie sich gemeinsam einen Weg durch die Menge.

Um die beiden nicht schon wieder zu beobachten, schaue ich zu Mike, aber das macht es auch nicht besser. Er zieht eine Schnute, als wolle er mich küssen. Obwohl ich zugeben muss, dass mein Herz bei dem Gedanken ein wenig schneller schlägt, versuche ich ihn nicht zu beachten. So mache ich ihm klar, dass ich nicht darauf eingehen werde.

6

Die nächste Stunde verläuft ereignislos. Lindsay und ich sitzen an der Bar, nachdem wir den beiden Männern für ein paar Minuten als Glücksbringer zur Seite gestanden haben.

»Wir müssen die Tage unbedingt abends mal etwas alleine machen. Sean und Mike können auf Millie aufpassen«, sagt Lindsay.

»Ja, gerne. Ich habe gehofft, dass du das vorschlägst«, erwidere ich. Doch so ganz bin ich nicht bei der Sache.

Mike lenkt mein Interesse auf sich. Er steht in einiger Entfernung und unterhält sich mit ein paar Frauen. Jede einzelne von ihnen könnte ein Topmodel sein. Ihre Röcke sind so kurz, dass sie kaum über den Hintern reichen und die Oberteile so knapp, dass die Brüste beinahe herausfallen. Die Frauen passen genau in sein Beuteschema.

Obwohl ich mir sicher bin, dass jede einzelne von ihnen bestimmt mehrmals in der Woche einen anderen hat, werde ich eifersüchtig. Ich kann nichts gegen das Gefühl tun. Und ich weiß, dass es daher kommt, weil sie die Nacht mit Mike verbringen werden. Und das nur, weil sie anscheinend kein Problem damit haben, es mit einem Mann und mehreren Frauen zu treiben.

»Ja, mein Bruder hat irgendwie ein Händchen dafür«, dringt die belustigte Stimme von Lindsay zu mir hindurch. »Er schafft es, dass die Frauen ihre Vorsätze vergessen. Die meisten von ihnen haben vermutlich schon mal behauptet, dass sie sich nicht auf einen Dreier oder mehr einlassen. Irgendwie überzeugt er sie vom Gegenteil.«

Bei Lindsays Worten zucke ich unbewusst zusammen. Obwohl ich es nicht will, erinnern sie mich an die letzten Gespräche, die Mike und ich geführt haben. Ich war schließlich der gleichen Meinung.

Lindsay schüttelt leicht den Kopf, was mir zeigt, dass sie es selbst nicht so ganz glauben kann.

»Fällt es dir nicht schwer, ihn dabei zu beobachten?«, frage ich Lindsay, während wir Mike beobachten.

»Wieso?« Sie klingt überrascht.

Für den Bruchteil einer Sekunde habe ich die Befürchtung, dass sie irgendetwas ahnt. Doch bevor ich mir eine Ausrede einfallen lassen kann, spricht sie bereits weiter.

»Er ist erwachsen und kann tun und lassen, was er will. Ich halte zwar nichts von seiner Lebensweise, aber das ist sein Problem, nicht meins. Solange er die Weiber nicht zu uns bringt, ist alles in Ordnung. Das kann ich mir jedoch beim besten Willen nicht vorstellen. So viel Verstand hat sogar mein Bruder.« Kaum hat sie ausgesprochen, ertönt ihr leises Lachen. Am liebsten würde ich einstimmen, aber irgendwie kann ich nicht.

Die Vorstellung, dass er wirklich heute Nacht Sex mit den Frauen haben wird, ist nicht gerade lustig für mich. Dabei hat er mich in den letzten Jahren nie interessiert. Ich wünschte, dass es noch immer so wäre.

Aber leider lässt mich Mike nicht mehr kalt.

* * *

Fünf Stunden später liege ich endlich in meinem Bett. Nachdem Mike mit seinem Anhang verschwunden ist, hat Lindsay sich wieder zu Sean gesellt, während ich mein Glück im Spiel versucht habe. Jedoch lief es nicht so gut. Nebenbei habe ich das eine oder andere Glas Sekt zu viel getrunken. Ich bin mir aber sicher, dass das nicht der Grund ist, weshalb ich nicht schlafen kann. Seufzend drehe ich mich auf die Seite und ziehe mir dabei die Decke über den Kopf. Doch so sehr ich es auch versuche, ich schaffe es einfach nicht, im Land der Träume zu verschwinden.

Immer wieder habe ich Mikes Stimme in meinen Ohren. Schlimm genug, dass ich ihm tagsüber nicht ausweichen kann, aber das er mir nun auch nachts nicht aus dem Kopf geht, geht eindeutig zu weit.

»Verdammt«, stöhne ich und werfe mich dabei auf den Rücken, um an die Zimmerdecke zu starren. Auch das bringt keine Veränderung. Der Gedanke an diesen Idioten hat mich so fest im Griff, dass ich mich auf nichts anderes konzentrieren kann.

Da ich mein Zeitgefühl verloren habe, weiß ich nicht, wie lange ich nun schon hier liege. Es muss eine Ewigkeit sein, da weder Sean noch Lindsay zu hören sind. Es wirkt beinahe gruselig, so ruhig ist es im Haus. Vor allem, wenn man bedenkt, was hier tagsüber los ist.

Doch in dem Moment, in dem ich aufstehen will, um mir ein Glas Wasser zu holen, höre ich ein Geräusch. Es ist leise, kaum wahrnehmbar, trotzdem bin ich mir sicher, dass es da war.

Ruckartig setze ich mich auf und lausche. Eine Weile ist es ruhig. Nur das Maunzen einer Katze, die sich irgendwo draußen befindet, dringt durch das geöffnete Fenster zu mir herein.

Gerade, als ich mich wieder in die Kissen sinken lassen will, höre ich es wieder. Dieses Mal bin ich mir sicher, dass es von dieser Etage kam.

»Verflixt«, murmelt eine männliche Stimme in der Nähe meiner Zimmertür. Und diese ist mir sehr wohl bekannt.

Mike.

Ich brauche ihn nicht zu sehen, um zu wissen, dass er gerade irgendwo gegen gelaufen ist. Das macht er meistens und dabei ist es egal, ob das Zimmer hellerleuchtet ist oder nicht.

Kurz warte ich noch, doch dann überwinde ich mich, schlage

die Decke zur Seite und stehe auf. Mit nackten Füßen und mit nichts weiter bekleidet als einem weiten Shirt, gehe ich zur Tür und lege mein Ohr an das kalte Holz. Es dauert einige Sekunden, doch dann höre ich, wie etwas auf den Boden fällt, habe aber keine Ahnung, was das gewesen sein könnte.

Um ein Lachen zu unterdrücken, dass sich tief in meinem Inneren bildet, halte ich mir schnell die Hand vor den Mund und presse meine Lippen zusammen. »Trampel«, sage ich kichernd leise vor mir hin und hoffe dabei, dass er mich nicht gehört hat. Vor allem hoffe ich, dass er Millie nicht geweckt hat.

Ein letztes Mal atme ich tief durch und öffne schließlich die Tür ein Stück. Vorsichtig schiebe ich meinen Kopf durch die Tür und entdecke Mike sofort. Er steht ein paar Meter von mir entfernt und reibt sich gerade über das Gesicht. An der Art und Weise, wie er dort steht und sich mit der anderen Hand an der Wand festhält, merke ich, dass er nicht nüchtern ist. Ich habe ihn schon das eine oder andere Mal betrunken erlebt und weiß daher, wovon ich spreche.

»Musstest du die Mädels abfüllen und hast dich dabei selbst ins Abseits geschossen?«, frage ich ihn.

Als Mike bemerkt, dass er nicht mehr alleine ist, hebt er seinen Kopf, bis sein Blick an mir hängen bleibt. Es dauert ein paar Sekunden, doch schließlich lässt er seine Hände sinken. Obwohl seine Gesichtszüge ausdruckslos sind, kommt es mir so vor, als würde es gerade nur uns beide in diesem Haus geben.

Als wären wir alleine.

»Habe ich dich geweckt?«, fragt er. Dabei hat er einen entschuldigenden Gesichtsausdruck aufgesetzt. Seine Stimme ist so leise, dass ich sie eigentlich kaum verstehen sollte. Doch in der Ruhe, die um uns herum herrscht, kommen seine Worte laut und deutlich bei mir an.

Dabei hat er einen entschuldigenden Gesichtsausdruck aufgesetzt.

Seine Frage irritiert mich. Ich hatte mit einem blöden Spruch als Antwort gerechnet.

»Ja«, sage ich nur.

Fieberhaft überlege ich, was ich machen soll. Doch egal, was mir in den Sinn kommt, es erscheint mir falsch. *Reiß dich zusammen*, ermahne ich mich selbst.

Ein freches Grinsen breitet sich auf seinem Gesicht aus, während er sich von der Wand abstößt und langsam näherkommt. Seine Bewegungen sind weich und geschmeidig, so dass ich kurz vergesse, dass er total betrunken ist.

Unbewusst halte ich die Luft an, während ich mich nicht von ihm abwenden kann. Mein Gehirn setzt aus. Die Ruhe, die um uns herum herrscht, trägt ihren Teil dazu bei, dass ich kurz davor stehe meinen Verstand zu verlieren.

Schritt für Schritt nähert er sich mir.

Alles in mir schreit mich an, dass ich verschwinden soll. Einfach umdrehen und abhauen. Oder wenigstens etwas Abstand zwischen uns bringen.

Doch so leicht ist das nicht. Ich bin nicht fähig, mich zu bewegen, vielleicht versuche ich es auch gar nicht erst.

Wenige Zentimeter von mir entfernt bleibt er stehen. Seine Brust hebt und senkt sich vom schweren Atmen. Mike hebt seine Hand ein Stück, lässt sie aber sinken, bevor sie mich berührt. »Sorry«, murmelt er schließlich und schwankt dabei leicht von einer Seite zur anderen. Ich verspüre den Drang, ihn zu stützen, aber wahrscheinlich würde ich mir morgen dafür einen blöden Kommentar anhören müssen. Deswegen lasse ich es und lächle ihn stattdessen zurückhaltend an.

»Kein Problem«, erwidere ich nur. »Solange du nicht Millie weckst, ist alles in Ordnung.«

Den Namen seiner Nichte auszusprechen reicht offenbar aus, um ihn wieder auf den Boden der Tatsachen zu holen. Sein Kopf dreht sich in die Richtung des Kinderzimmers. Kurz starrt er auf die Tür, als würde er sie hypnotisieren wollen.

In der nächsten Sekunde betrachtet er jedoch wieder mich und legt dabei seinen Zeigefinger auf die Lippen.

»Geh ins Bett und schlaf dich aus. Ich wette, dass die Frauen deine ganze Kraft beansprucht haben«, werfe ich ein. Ich bin froh darüber, dass ich wenigstens einen Teil meiner Bissigkeit wiederhabe.

Mike geht nicht darauf ein. Stattdessen wirkt er, als wüsste er nicht, wovon ich eigentlich spreche. Doch dann erhellt sich sein Gesicht.

Ich frage mich, ob er heute Nacht wirklich seinen Spaß hatte. Schließlich ist er hier und nicht bei den Frauen. Von Lindsay weiß ich, dass er vor dem nächsten Morgen normalerweise nicht nach Hause kommt. Und irgendwie kann ich mir nicht vorstellen, dass er eine Ausnahme macht, nur weil er seine Schwester besucht.

»O ja«, murmelt er leise vor sich hin.

Ich habe nicht das Gefühl, als würde er seine Aussage wirklich ernst meinen. Normalerweise würde er damit angeben, wie phantastisch es war. Aber jetzt sagt er nichts.

Es kommt mir vor, als würde er erst gar nicht wissen, worüber ich spreche. Er hat eindeutig zu lange gebraucht, um mir eine Antwort zu geben.

Ehe ich mich versehe, lehnt er sich zu mir und drückt mir einen sanften Kuss auf die Wange. Bei der unerwarteten Berührung durchfährt mich ein Schauer. Obwohl ich mich ekeln sollte, schließlich waren seine Lippen bereits an Stellen, die ich nicht aussprechen möchte, stockt mir der Atem.

Fast schon schüchtern lächelt er mich an, nachdem er sich von mir gelöst hat.

Die nächsten Sekunden erscheinen mir wie Stunden, doch dann durchbricht seine Stimme die Ruhe.

»Gute Nacht, Joleen.«

Mir verschlägt es die Sprache, als er mich mit meinem richtigen Namen anspricht.

»Gute Nacht, Mike«, gebe ich zurück, wobei ich versuche, meine Stimme normal klingen zu lassen.

Als ich am nächsten Morgen wach werde, scheint mir die Sonne ins Gesicht. Ich fühle mich ausgeschlafen und gut gelaunt. Ich denke an Mike und unser Gespräch der letzten Nacht. Unfreiwillig hebe ich meine Hand und berühre die Stelle, an der er mich geküsst hat. Noch immer spüre ich seine sanften Lippen auf meiner Haut. Wie von alleine schließen sich meine Lider, so dass ich ihn vor mir sehe. Jede Regung in seinem Gesicht ist mir noch immer so gut in Erinnerung, als wäre es erst einige Minuten her gewesen und nicht mehrere Stunden.

»Scheiße«, murmle ich leise vor mir hin, während mir bewusst wird, wie tief ich bereits drinstecke. Mit genau diesen Lippen hat er nur kurze Zeit zuvor andere Frauen geküsst. Der Gedanke holt mich zurück in die Realität. Energisch atme ich ein und schiebe die Gefühle zur Seite. Ich nehme mir vor, die nächtliche Begegnung zu vergessen. So schwer kann das doch nicht sein.

Mit diesem guten Vorsatz stehe ich auf, greife nach meinen Kleidern und mache mich auf den Weg ins Badezimmer. Dort springe ich unter den kalten Wasserstrahl, um richtig wach zu werden.

Als ich eine halbe Stunde später in mein Handtuch gewickelt das Bad wieder verlasse, fühle ich mich frischer und bin bereit, den Tag zu beginnen. Weit komme ich allerdings nicht, da ich bereits nach wenigen Schritten mit jemandem zusammenstoße.

Mike.

Er ist mir so nah, dass sein Geruch meine Nase kitzelt. Wobei ich nicht sicher bin, ob das gut oder schlecht ist. Mike riecht nach Alkohol und einer Mischung aus herbem Männerparfüm und einem süßlichen Duft. Hätte ich ihn gestern Abend nicht getroffen, würde ich denken, er hätte die Mädels mit hierher gebracht.

Um mich von dem bitteren Beigeschmack abzulenken, den dieser Gedanke heraufbeschwört, betrachte ich Mike näher. Sein ansonsten gebräuntes Gesicht sieht blass aus. Und seine Augenränder werfen in mir die Frage auf, ob er in der letzten Nacht überhaupt mal geschlafen hat. Auch seine Haare, die wild in alle Richtungen abstehen, bekräftigen diesen Eindruck.

»Guten Morgen«, sage ich mit betont guter Laune und lächle ihn dabei an.

Mike hingegen sagt nichts. Ohne etwas zu sagen gibt er mir klar zu verstehen, dass er meine Laune nicht teilt.

»Ich wüsste nicht, was an diesem Morgen gut sein sollte«, grummelt er vor sich hin.

»Hmmm«, mache ich nur.

»Was?«

»Nichts. Ich habe gerade nur gedacht, dass du ja nicht zum ersten Mal besoffen warst und eigentlich wissen müsstest, wie man sich am nächsten Tag fühlt.«

Ohne etwas zu erwidern, betrachtet er mich.

»Du solltest wieder zum Menschen werden«, sage ich und gieße weiter Öl in das Feuer.

»Ich sehe also nicht aus wie ein Mensch«, stellt er fest.

»Nein.«

»Wie denn dann?«

»Eher wie ein Zombie.«

»Aha.«

»Moment, ich korrigiere mich«, erkläre ich, noch bevor er die Chance hat, mehr zu sagen. Dabei hebe ich meinen Zeigefinger ein Stück und unterstreiche damit meine Worte. »Du siehst wie ein ziemlich übel gelaunter Zombie aus.«

Eine Weile steht er stumm vor mir, während er wohl nach den richtigen Worten sucht, die er mir an den Kopf knallen kann. Das ist gar nicht so einfach, wenn man bedenkt, dass er noch einen Rest Alkohol im Blut hat.

Nachdem ich ein paar Sekunden gewartet habe, gebe ich das

Warten auf und mache mich auf den Weg in Richtung Kleiderschrank.

Ich weiß, dass er mich beobachtet, während ich in meinem Zimmer verschwinde. Ich würde mich am liebsten noch einmal umdrehen, bleibe aber standhaft. Stattdessen schließe ich leise die Tür hinter mir.

Von innen lehne mich an das kühle Holz. Mir schlägt das Herz bis zum Hals.

Einige Sekunden ist es noch ruhig auf der anderen Seite der Tür, doch dann höre ich, wie Mike im Badezimmer verschwindet. Schnell ziehe ich mich an, bevor ich den Flur wieder betrete.

Als ich kurze Zeit später in die Küche komme, schlägt mir der Duft von Kaffee entgegen. Lindsay steht vor dem Kühlschrank, während Sean Millie füttert. Für einen Moment bleibe ich stehen und betrachte das Bild, das sich mir bietet.

»Guten Morgen«, begrüße ich die beiden schließlich.

»Hi, ich hoffe, du hast gut geschlafen«, entgegnet Lindsay und reicht mir eine Tasse Kaffee.

»Ja, ich bin nur kurz wach geworden, als Mike heute Nacht gestolpert ist und dabei fast die ganze Einrichtung zerstört hätte.«

Lindsay wirkt überrascht.

»Das habe ich gar nicht mitbekommen«, flüstert sie nun und dreht mir dabei den Rücken zu, um weiter das Frühstück vorzubereiten.

»Es war auch nichts, was man unbedingt erleben musste. Er hat bloß etwas zu viel getrunken«, antworte ich ihr. Noch bevor ich ausgesprochen habe, spüre ich wieder seine Lippen auf meiner Wange.

Es ist jedoch nicht der richtige Zeitpunkt für Träumereien. Ich gehe zum Tisch und setze mich neben Millie.

Ich bin froh, dass weder Lindsay noch Sean etwas von meinem nächtlichen Zusammentreffen mit Mike mitbekommen haben. Schließlich hätten sie auch auftauchen können, als Mike mich gerade geküsst hat und das hätte doch zu Fragen geführt, die ich wahrscheinlich nicht hätte beantworten können. Es war zwar nur ein harmloser Kuss auf die Wange, aber in diesem Moment hat er sich für mich ganz anders angefühlt.

Die Kleine macht aufgeregte Geräusche, als sie mich erkennt. Dabei wedelt sie mit den Händen wild umher, wobei sie fast den Teller vom Tisch fegt, der vor ihr steht. In letzter Sekunde bekommt Sean ihn zu packen und verhindert so, dass sich der Inhalt auf dem Boden verteilt.

»Vorsichtig«, ermahne ich mein Patenkind, das mich anstrahlt, als hätte ich ihm gerade gesagt, dass morgen Weihnachten ist.

Die nächsten Minuten vergehen ruhig. Nachdem Sean seine Tochter gefüttert hat, wäscht er ihr das Gesicht und isst selbst etwas.

Diese Stille ist jedoch schnell vorüber, als Mike die Küche betritt. Er hat zwar wieder etwas Farbe im Gesicht, trotzdem erkennt man ohne Probleme die Spuren der letzten Nacht. »Morgen«, brummt er vor sich hin. Dabei bleibt er in der Küchentür stehen.

Er gibt sich betont lässig, allerdings bemerke ich sofort, dass er es eigentlich nicht ist. Seine Körperhaltung wirkt angespannt.

Ich wette, er hat einen mordsmäßigen Kater, überlege ich, während ich ihn betrachte.

Und wundern würde es mich nicht. Irgendwie gönne ich es ihm sogar, auch wenn das wirklich gemein ist.

»Na, Bruderherz? Hast du gut geschlafen?«, begrüßt Lindsay ihn mit lauter Stimme. Sie lehnt an der Arbeitsplatte und hat die Arme vor der Brust verschränkt. Mit einem Kopfnicken deutet sie auf die dampfende Tasse, die sie gerade auf der Kücheninsel abgestellt hat.

»Wie ein Baby«, murmelt er leise vor sich hin und setzt sich in Bewegung, um sich die Tasse zu holen.

Je mehr Schritte er hinter sich bringt, umso mehr fällt mir auf, dass seine Bewegungen irgendwie komisch wirken. Nicht so ruhig wie sonst.

Er hat Schmerzen, schießt es mir durch den Kopf, während ich ihn genauer betrachte. Und dieser Gedanke gefällt mir überhaupt nicht.

»Was ist los?«, fragt Sean und spricht so die Frage aus, die mir durch den Kopf gegangen ist.

Mike betrachtet seinen Freund kurz. »Ein kleiner Unfall, nichts Schlimmes«, wiegelt er nur ab.

Deswegen ist er in der letzten Nacht also so komisch gelaufen. Und nicht, weil er betrunken war. Auf jeden Fall nicht nur.

»Ein kleiner Unfall?« Lindsay ist bei seinen Worten blass im Gesicht geworden.

Einen Moment sagt keiner etwas. Nicht einmal Millie gibt einen Ton von sich, als würde sie merken, dass etwas nicht stimmt.

»Was für ein Unfall?«, erkundigt sich nun Sean.

»Ich bin in eine Schlägerei geraten.«

Seine Antwort sorgt dafür, dass ich leise die Luft einziehe. Ich muss zugeben, dass ich eher damit gerechnet habe, dass er die Treppe hinuntergefallen ist, aber nicht damit.

Weder Lindsay noch Sean geben einen Ton von sich. Mike hat sich zwar schon ein paarmal geprügelt, allerdings war er danach nie so ruhig, wie das jetzt der Fall ist. Jedes Mal schimpfte er und verfluchte seinen Gegner. Doch weder letzte Nacht noch jetzt macht er irgendwelche Anstalten, genau das zu tun.

Langsam dreht er sich in die Richtung des Tisches. Als er sich zu mir dreht, beginnt mein Körper zu zittern. Nicht so sehr, dass Lindsay oder Sean, der mir direkt gegenübersitzt, etwas bemerken könnten. Aber stark genug, dass ich mir kurz auf die Zunge beiße, um mich irgendwie abzulenken.

Nachdem Mike sich auf einen der freien Stühle gesetzt hat, nimmt er Millie auf seinen Schoss und spielt mit ihr, als wäre nie etwas gewesen. Doch sein Verhalten macht mich stutzig und neugierig zugleich, so dass ich gerne wissen würde, was eigentlich in seinem Kopf vor sich geht.

Doch mir ist klar, dass ich es wahrscheinlich nicht erfahren werde.

7

»Mach dich fertig«, ertönt die Stimme von Lindsay am nächsten Abend hinter mir, als ich in der Küche stehe und Millie einen Keks gebe.

Erschrocken drehe ich mich zu ihr um. Ich war so sehr auf ihre Tochter konzentriert, dass ich gar nicht gemerkt habe, wie sie die Küche betreten hat.

Lindsay steht auf der anderen Seite der Kücheninsel und beobachtet mich.

»Und dann?«, kommt es mir über die Lippen. Dabei bilden sich ein paar Falten auf meiner Stirn.

»Wir werden heute Abend ausgehen. Sean und Mike passen auf Millie auf. Oder vielleicht auch nur Sean, ich weiß ja nicht, was mein Bruder noch so geplant hat«, antwortet sie und zuckt dabei mit den Schultern.

Obwohl ich mich auf einen gemeinsamen Abend mit meiner Freundin freue, werde ich bei dem Gedanken daran, dass er sich die nächsten Frauen schnappt, leicht eifersüchtig. Allerdings weckt der Gedanke auch meinen Ehrgeiz. Ich will Mike beweisen, dass er nicht der Einzige von uns ist, der jeden, oder in seinem Fall jede, haben kann. Und das, obwohl ich noch immer seine sanften Lippen auf meiner Haut spüre. Aber vielleicht ist es genau das, was ich brauche, um diesen Mann endlich zu vergessen. Denn vielleicht hat er nur diese Wirkung auf mich, weil ich wirklich schon lange keinen Sex mehr hatte.

»Oder willst du nicht?«, fragt sie mich, nachdem ich nicht geantwortet habe.

»Doch«, erwidere ich schnell. »Ich war gerade nur in Gedanken.«

»Ist alles in Ordnung?«

»Ja klar.« Ich lächle sie an, um meine Worte zu unterstreichen. Sofort weiß ich, dass sie mir kein Wort glaubt.

»Jo, du weißt, du kannst jederzeit mit mir sprechen. Ich habe in den letzten Tagen schon gemerkt, dass etwas mit dir nicht stimmt.« Mir ist klar, dass ich gar nicht erst zu versuchen brauche, sie vom Gegenteil zu überzeugen. Lindsay würde mir meine Ausflüchte nicht glauben.

Also atme ich tief durch und lasse mich auf den Hocker sinken, der neben mir steht. »Ich habe gestern und vorgestern ein paar Nachrichten bekommen«, flüstere ich so leise, dass ich mich selbst kaum verstehen kann.

»Von wem?«, fragt sie. Doch noch im selben Moment schlägt sie die Hände vor den Mund. »Ist das dein Ernst?«

Als Antwort nicke ich nur.

»Wieso jetzt? Nach all der Zeit?« Immer noch sieht sie mich an, als würde sie nicht wissen, was sie denken oder sagen soll.

Ich kann ihre Reaktion verstehen, mir selbst ging es auch nicht anders. Niemals hätte ich gedacht, dass mein Ex sich nach dem, was zwischen uns vorgefallen ist, wieder bei mir melden würde.

»Was wollte er?«

Eine Weile ist es ruhig in der Küche, während ich nach den richtigen Worten suche. Es fällt mir nicht leicht darüber zu sprechen, obwohl Lindsay meine beste Freundin ist. Ich könnte mir einfach noch immer in den Arsch treten, weil ich mich jemals auf ihn eingelassen habe. »Erst hat er mich gefragt, wie es mir geht und so. Halt total normale Sachen.«

»Aber?«, fragt Lindsay mich weiter.

»Ich habe nicht zurückgeschrieben. Eigentlich habe ich gehofft, dass er so versteht, dass ich keinen Kontakt mehr zu ihm will. Aber da hatte ich mich wohl geirrt.« Ich beobachte meine Freundin dabei, wie sie die Lippen zu einer dünnen Linie zusammenpresst.

»Irgendwann fand er die Sache wohl nicht mehr ganz so lustig und hat angefangen mir zu drohen.«

»Er hat was?« Lindsays Stimme ist ein wenig zu laut, so dass Millie kurz erschrocken zusammenzuckt und den Kopf in die Richtung ihrer Mutter dreht.

»Hast du darauf reagiert?«

»Ich habe seine Nummer geblockt.«

»O Mann, ich verstehe ihn nicht. Ich wusste ja schon immer, dass mein Ex einen Schaden hat, aber deiner ist wirklich eine ganz andere Nummer.« Lindsay streicht sich ein paar Haare aus dem Gesicht.

»Ja, ich habe mir keinen Gefallen getan, als ich mich auf ihn eingelassen habe. Rückgängig kann ich es nun aber auch nicht mehr machen.«

»Soll ich mit Mike reden? Er kann ein wachsames Auge auf dich haben, sobald ihr wieder in Las Vegas seid.«

Am liebsten würde ich *Ja* sagen. Bei dem Gedanken daran, dass Mike dann auch erführe, was zwischen mir und meinem Exfreund vorgefallen ist, wird mir allerdings schlecht. Ich könnte es nicht ertragen zu wissen, dass er jedes Mal, wenn wir uns treffen, diese Geschichte im Hinterkopf hat.

»Nein, brauchst du nicht. Ich komme schon klar«, erwidere ich.

»Bist du dir sicher?«

»Sicher. Mit dem werde ich schon fertig.« Ich bin mir zwar selbst nicht so sicher, aber Mike als meinen Babysitter will ich auch nicht haben.

»Dann versprich mir wenigstens, dass du dich bei meinem Bruder meldest, falls du es doch nicht schaffst. Wenn ich so etwas höre, mache ich mir wirklich Sorgen.«

Das ist einer der Gründe, wieso ich Lindsay so liebe. Wie könnte ich auch nicht? Sie ist meine beste Freundin und für mich da, genauso wie ich es immer für sie war.

»Versprochen«, sage ich. Auch wenn es mir schwerfällt es zuzugeben, aber ich fühle mich gerade besser. Ihr von den Nachrichten zu erzählen hat mir geholfen, lockerer zu werden.

»Und jetzt werden wir nicht mehr an diesen Idioten denken, sonst bekomme ich nur schlechte Laune«, bestimmt sie mit fester Stimme.

Nur zu gerne lasse ich mich darauf ein. »Ich werde mich dann mal fertigmachen«, erwidere ich.

»Super«, meint Lindsay mit einem strahlenden Lächeln auf dem Gesicht und klatscht dabei begeistert in die Hände.

Während ich die Küche verlasse, spüre ich ihren Blick in meinem Rücken. Ich brauche mich nicht umzudrehen, um zu wissen, dass sie sich vergewissern will, dass es mir wirklich gutgeht.

»Jo, kommst du?«, höre ich eine Stunde später die Stimme von Lindsay.

Schnell schlüpfe ich in meine Schuhe und stehe auf. Ein letztes Mal betrachte ich mich prüfend im Spiegel. Ich trage einen kurzen Rock, der jedoch nicht so kurz ist, dass man ihn eher als breiten Gürtel betrachten könnte. Dazu habe ich mir ein enges schwarzes Top angezogen und mich passend dazu für schwarze High Heels entschieden.

Ich war mir erst nicht sicher, ob ich dieses Outfit mitnehmen soll. Nun bin ich aber froh darüber.

Meine Haare habe ich mit einem Lockenstab bearbeitet, so dass sie mir nun in leichten Wellen über die Schultern fallen. Das Make-up habe ich schlicht gehalten, so dass es nicht gleich jedem ins Auge sticht, dass ich geschminkt bin.

Nachdem ich mich noch einmal um meine eigene Achse gedreht habe, um den Sitz meiner Klamotten zu überprüfen, greife ich nach meiner Handtasche und verlasse mein Zimmer. Doch kaum habe ich den oberen Absatz der Treppe erreicht, dringen die Stimmen von Mike und Sean an meine Ohren. Sie sorgen dafür, dass ich ruckartig stehen bleibe.

Bei dem Gedanken daran, dass Mike mich gleich in diesen Kleidern sehen wird, beginnt mein Herz schneller zu schlagen. Ich muss kurz stehen bleiben, um meine Empfindungen wieder in den Griff zu bekommen. Mehrmals atme ich tief durch, aber dadurch wird es auch nicht viel besser.

Ich kann nicht leugnen, dass ich nervös bin, obwohl es dazu überhaupt keinen Grund gibt. Es ist ja nicht so, als würde er mich zu Hause abholen, weil wir ein Date haben. Trotzdem bekomme ich meinen Puls nicht in den Griff, als ich eine Stufe nach der anderen nach unten gehe. Bei jedem Schritt halte ich mich am Geländer fest, da ich die Befürchtung habe, dass ich sonst stolpere und falle.

Es fühlt sich einfach anders an. Doch schnell erinnere ich mich daran, dass ich wahrscheinlich die Einzige bin, die das denkt. Ich bin mir sicher, dass Mike mich überhaupt nicht beachten wird, genauso, wie er es immer getan hat.

»Wow«, ruft Lindsay, nachdem sie mich entdeckt hat. »Du siehst phantastisch aus, oder Jungs?«, fragt sie die beiden Männer, die nebeneinander auf dem Sofa sitzen.

Erst schauen die beiden noch auf den Fernseher und diskutieren über irgendein Footballspiel. Doch kaum hat Lindsay ausgesprochen, drehen beide gleichzeitig ihre Köpfe in meine Richtung.

Während Sean nickt und so seine Zustimmung zeigt, betrachtet Mike mich aufmerksam. Jeden Zentimeter, den er abtastet, setzt er mit seinem Blick in Flammen, so dass ich das Gefühl habe, als hätte jemand die Heizung angestellt. Und da er wirklich keine Stelle auslässt, weiß ich schon bald nicht mehr, wo oben und unten ist. Mein Kopf hat das Denken eingestellt und meine Füße kleben am Boden. So gut es geht versuche ich mich dazu zu zwingen, mich von der Stelle zu bewegen, aber ich schaffe es nicht, einen Fuß vor den anderen zu setzen. Und irgendwie habe ich das Gefühl, als würde er das genau wissen, denn ein unwiderstehliches schiefes Grinsen erscheint auf seinen Lippen. Die nächsten Sekunden kommen mir wie eine Ewigkeit vor. Am Rande bekomme ich mit, dass Lindsay sich von Sean und Millie verabschiedet.

Am liebsten würde ich gerade aus dem Haus stürmen. Doch zum zweiten Mal seit unserer Ankunft bin ich nicht in der Lage, das zu tun, was ich will. Mir bleibt nichts anderes übrig, als hier stehen zu bleiben und zu warten. Und das gefällt mir überhaupt nicht. Ich hoffe im Stillen, dass Lindsay gleich fertig ist und wir endlich das Haus verlassen können.

»Na komm, lass uns los. Da ich heute fahre, kann ich leider nichts trinken, aber das heißt nicht, dass du es nicht kannst«, sagt Lindsay, und zieht mich hinter sich her.

Es kostet mich meine gesamte Selbstbeherrschung, ihr zu folgen. Ich trete jedoch nicht durch die Tür, ohne einen letzten Blick in Richtung ihres Bruders zu werfen. Noch immer sitzt er auf dem Sofa und beobachtet mich. Würde ich es nicht besser wissen, dann würde ich sagen, dass er nicht glücklich ist. Ich kann mir allerdings nicht vorstellen, wieso das der Fall sein sollte, so dass ich diese Vermutung schnell wieder von mir schiebe.

»Wo fahren wir denn hin?«, frage ich meine Freundin, nachdem ich mich auf den Beifahrersitz gesetzt habe. Nach den letzten Sekunden fällt es mir schwer, mich auf eine Unterhaltung zu konzentrieren. Ich bin mir jedoch sicher, wenn ich es nicht mache, wird Mike meine Gedanken in den nächsten Tagen nur noch mehr vereinnahmen. Und das muss ich irgendwie unterbinden.

»Es gibt in der Stadt eine richtig coole Bar. Die machen die besten Cocktails. Also quäle ich mich selbst ein wenig. Aber die muss man probiert haben«, schwärmt sie mir vor.

»Wäre es nicht einfacher gewesen, wenn wir uns ein Taxi

gerufen hätten? Oder Mike oder Sean hätten uns bringen können«, werfe ich ein.

»Ja, wahrscheinlich. Ich will aber nicht von einem der beiden abhängig sein, wenn wir später wieder nach Hause fahren wollen. Dann müssten wir erst warten, bis sie da sind, und irgendwie habe ich das Gefühl, als könnte das etwas dauern. Und das Geld für das Taxi möchte ich gerne sparen.« Während Lindsay spricht, sucht sie sich einen Weg durch den Verkehr.

Es dauert ein wenig, doch schließlich parkt Lindsay den Wagen von Sean in einer freien Lücke am Straßenrand. Nachdem sie den Motor ausgestellt hat, zeigt sie auf eine Bar, die sich in einiger Entfernung befindet. Die Bar ist hellerleuchtet und mehrere Menschen gehen rein und raus. Ohne ein Wort zu verlieren, zieht Lindsay ihre Tasche vom Rücksitz und steigt aus. Ein letztes Mal atme ich tief durch, ehe ich es ihr gleichtue.

Kaum habe ich die Tür geöffnet, dringen die lauten Unterhaltungen der Menschen, die sich um mich herum befinden, an mein Ohr. Alle wirken, als würden sie sich auf einen schönen Abend mit ihren Familien und Freunden freuen. Und das gleiche mache ich auch. Trotzdem hält sich der Gedanke an Mike beharrlich in meinem Hinterkopf.

Nachdem ich die Tür hinter mir geschlossen habe, gehe ich zu Lindsay und lasse mich von ihr in den Laden führen.

Überall im Raum stehen Gäste, die sich angeregt unterhalten. Hinter ihnen an den Wänden hängen große Bildschirme, die irgendwelche Bilder einer feiernden Meute zeigen. Die Musik, die aus den Lautsprechern dringt, ist zwar laut, trotzdem versteht man sie kaum, da sie bei der Geräuschkulisse fast untergeht.

Nachdem ich mich einmal im Kreis gedreht habe, damit mir nichts entgeht, konzentriere ich mich darauf, dass ich Lindsay nicht in dem Gedränge verliere. Sie bahnt sich ein paar Schritte vor mir einen Weg auf die andere Seite des Tresens. Dort winkt sie einem Kellner zu, der sofort zu uns kommt.

»Was darf ich euch Hübschen bringen?«, fragt er sie, nachdem er sich ein Stück nach vorne gebeugt hat.

Da Lindsay sich ebenfalls nach vorne gebeugt hat, kommt er ihr meiner Meinung nach dabei ein wenig zu nahe. Lindsay scheint das nicht zu bemerken, denn sie bewegt sich nicht weg.

»Ich nehme ein Wasser und für meine Freundin einen Sex on the Beach.«

Kurz mustert er sie skeptisch, als würde er sie fragen wollen, ob es ihr ernst ist. Doch nachdem sie sich etwas zurückgelehnt hat, dreht er sich ebenfalls um und verschwindet wieder.

»Wahrscheinlich fragt er sich, ob du schwanger bist oder so«, sage ich und lache.

»Ich glaube eher, dass er sich denken kann, dass ich noch fahren muss«, erwidert sie nach einer Weile.

Ich habe keine Chance mehr, mich zu erkundigen, woher sie das wissen will, weil der Barkeeper in diesem Moment wieder auftaucht. Wortlos reicht er ihr die Getränke und beugt sich erneut ein Stück nach vorne. »Wo ist Sean?«

»Der ist zu Hause und passt auf Millie auf. Meine Freundin und mein Bruder sind aus Las Vegas zu Besuch und deswegen werden wir uns heute einen Mädelsabend gönnen.«

Während sie spricht, deutet sie mit dem Kopf in meine Richtung. Kurz dreht er seinen zu mir, bevor er sich wieder auf Lindsay konzentriert.

»Bestell Sean schöne Grüße«, ruft er ihr über den Lärm hinweg zu, dann macht er sich wieder an die Arbeit.

Lindsay kommt mit den beiden Gläsern in der Hand zu mir und reicht mir eines.

»Ah, er kennt euch«, stelle ich fest, während ich einen wissenden Gesichtsausdruck aufsetze. »Das hätte ich mir auch denken können.«

»Sean und Luca trainieren zusammen«, antwortet sie und zeigt dabei auf einen Stehtisch, der gerade frei geworden ist.

Die nächsten zwei Stunden lachen und tanzen Lindsay und ich gemeinsam. Aber genauso viel trinke ich auch, wahrscheinlich mehr, als gut für mich ist. All das zusammen sorgt dafür, dass ich es schaffe, Mike endlich mal aus meinen Gedanken zu verbannen. Mich einfach zu entspannen. Und darüber bin ich froh.

»Hallo, Ladys«, ertönt es neben uns, als wir uns gerade auf der Tanzfläche befinden.

Da ich annehme, dass jemand anderes gemeint ist, tanze ich einfach weiter. Erst als Lindsay stehen bleibt, merke ich, dass wir angesprochen wurden.

Suchend drehe ich mich um, bis ich schließlich den Mann gefunden habe, der zu der Stimme zu gehören scheint. Da es so voll auf der Tanzfläche ist, steht er nur wenige Zentimeter von uns entfernt.

Ich kann erkennen, dass er ein paar Jahre älter als Lindsay und ich ist. Sein Shirt ist so eng, dass ich seinen Oberkörper erkennen kann. Er ist nicht ganz so muskulös wie Mike, doch die einen oder anderen Muskeln kann ich erahnen, da sich sein Oberteil an seine Brust schmiegt. Um mir nicht anmerken zu lassen, dass ich ihn betrachtet habe, hebe ich sofort wieder meinen Kopf und schaue in sein Gesicht.

Lindsay, die hinter mir steht, zwickt mich in den Rücken, damit ich endlich antworte.

»Hi«, erwidere ich schnell.

»Darf ich euch etwas ausgeben?«, fragt er uns sofort und nickt dabei in Richtung der Bar.

Ich will gerade den Mund aufmachen, um etwas zu antworten, als die Stimme von Lindsay an meine Ohren dringt. »Für mich nicht, danke. Ich muss noch fahren«, erklärt sie.

Ich kann mir vorstellen, was in ihrem Kopf vor sich geht. Für einen Moment denke ich tatsächlich darüber nach, ob ich *Nein* sagen soll. Doch dann kommen mir die Provokationen von Mike, dass ich kein Interesse an Männern habe, wieder in den Sinn. Und nur aus diesem Grund entscheide ich mich anders.

Dieser Mann setzt so gar keine Gefühle in mir frei, die auch nur ansatzweise so sind, wie die, die Mike in mir heraufbeschwört. Aber darum geht es mir heute auch nicht. Ich will Lindsays Bruder nur zeigen, dass er falsch liegt.

»Danke, gerne«, sage ich also und lächle ihn dabei an. Freundlich erwidert er es und geht dann voraus. Ich will nach der Hand meiner Freundin greifen, doch sie schüttelt nur den Kopf.

»Ich wünsche euch viel Spaß«, erklärt Lindsay, nachdem er aus unserer Hörweite verschwunden ist.

Kurz schaue ich sie an und versuche in ihrem Gesicht irgendwelche Anzeichen dafür zu erkennen, dass es sie stört. Ich finde aber nichts. Trotzdem habe ich ein schlechtes Gewissen ihr gegenüber. »Ist es wirklich in Ordnung für dich, wenn ich dich alleine lasse?« Ich bin mir nicht sicher, ob ich das wirklich machen kann. Schließlich ist sie meine Freundin und ich bin eigentlich in Flagstaff, um sie zu besuchen. Nicht um mit irgendeinem Typen zu verschwinden.

»Mach dir um mich keine Sorgen«, widerspricht sie, bevor ich mehr sagen kann. »Falls ich dich daran erinnern darf, ich habe einen Mann, der zu Hause auf mich wartet. Geh ruhig. Ich werde mich einfach mit Luca unterhalten.« An ihrer festen Stimme erkenne ich, dass sie es wirklich ernst meint.

»Du brauchst nicht auf mich zu warten. Fahr nach Hause zu Sean und Millie. Die beiden vermissen dich bestimmt schon. Ich werde mir später einfach ein Taxi nehmen«, erkläre ich. Nun bin ich diejenige, die nicht diskutieren will. Ich bin ja kein kleines Kind mehr. Ich bin sehr wohl in der Lage, alleine den Weg zurück zu finden.

Lindsay verzieht nachdenklich das Gesicht. Ich erkenne den Kampf in ihren Augen. Auch ohne dass sie etwas sagt, weiß ich, dass sie mich nicht alleine lassen will. Ich wohne ja schließlich nicht in dieser Stadt.

»Es ist wirklich in Ordnung«, rufe ich ihr über die Musik

hinweg zu. »Du brauchst dir um mich keine Sorgen zu machen. Ich komme schon klar.«

»Okay«, sagt sie und gibt damit schließlich nach endlosen Sekunden nach. Erleichtert atme ich durch.

Ich weiß, dass sie sich wegen meinem Exfreund und dem, was zwischen und passiert ist, Sorgen macht. Aber ich muss das heute tun. Und das hat nicht nur etwas mit Mike zu tun. Ich will endlich wieder nach vorne schauen und den ganzen Mist hinter mir lassen.

»Wenn etwas ist, dann kannst du dich jederzeit bei mir melden. Oder bei Mike. Wenn er ebenfalls unterwegs ist, wird er zwar nicht sehr begeistert sein, aber das wird er schon überleben.« Ein freches Grinsen erscheint auf ihrem Gesicht, was dafür sorgt, dass ich ebenfalls lachen muss. Allerdings bin ich mir sicher, dass man hört, dass es mehr oder weniger erzwungen ist.

Um Lindsay zu beruhigen, nicke ich. »Na los, jetzt verschwinde schon«, fordere ich sie auf und zeige dabei zur Tür.

»Du willst mich doch nur loswerden. Ich hab dich lieb, pass auf dich auf.« Mit diesen Worten umarmt sie mich noch einmal, bevor sie sich von mir löst und mich in die Richtung dreht, in die der Typ gerade verschwunden ist.

Ein letztes Mal atme ich tief durch, ehe ich mich in Bewegung setze. Mein Herz schlägt mir bis zum Hals, so aufgeregt bin ich. Mir ist klar, dass es wahrscheinlich leichtsinnig ist, dass ich mich darauf einlasse, schließlich weiß ich nichts von dem Typen. Nicht einmal seinen Namen. Hier drin befinden sich jedoch genug Menschen, so dass ich mir sicher bin, dass mir nichts passieren wird. Außerdem, wie soll ich neue Menschen kennenlernen, wenn ich nicht auf sie zugehe?

Tief in mir drin weiß ich, dass diese beiden Punkte nur kleine Vorwände sind. Die Wahrheit ist, dass ich nicht so stark bin, wie es nach außen hin den Anschein macht. Ich habe mir zwar vorgenommen, dass ich mein Leben in die Hand nehme und niemand jemals wieder so wie mein Ex die Kontrolle über mich haben wird. Die Umsetzung ist allerdings nicht so leicht, wie man es sich vorstellt. Mike ist der Einzige, der es in der letzten Zeit geschafft hat, mich aus meinem Schneckenhaus zu locken. Unwissentlich natürlich.

Ich setze meinen Weg durch die Menge fort, weiche den Menschen um mich herum aus, bis ich den Mann entdeckt habe, der mich angesprochen hatte. Er steht ein paar Schritte von mir entfernt und lächelt mich an.

»Ich dachte schon, dass du es dir vielleicht anders überlegt hast«, begrüßt er mich, als ich neben ihm zum Stehen komme.

»Ich wollte mich nur von meiner Freundin verabschieden, bevor sie nach Hause fährt«, antworte ich ihm und zeige dabei in die Richtung, in die Lindsay vorhin verschwunden ist.

»Ich hoffe, ich habe euch nicht gestört«, wendet er ein.

»Nein, sie wollte eh nach Hause zu ihrem Freund.« Mir ist klar, dass das nur die halbe Wahrheit ist, aber mehr braucht er nicht zu wissen.

Die nächsten Sekunden betrachtet er mich stumm. Innerlich winde ich mich. Lügen konnte ich schon als Kind nicht und auch jetzt habe ich das Gefühl, als würde er merken, dass ich nicht die Wahrheit gesagt habe. Andererseits habe ich keine Ahnung, wieso ihn das stören sollte. Es ist doch eigentlich offensichtlich, worauf das hier hinauslaufen wird.

»Ich bin Tim«, stellt er sich vor.

»Joleen«, erwidere ich und ergreife seine ausgestreckte Hand. Noch in der gleichen Sekunde, in der meine Haut seine berührt, merke ich, dass er nicht die gleiche Reaktion in mir hervorruft wie Mike. Ich spüre zwar ein leichtes Knistern zwischen uns, aber mehr nicht.

Tim scheint nichts davon zu merken. Mit einem schiefen Grinsen auf dem Gesicht reicht er mir den Cocktail, den der Barkeeper ihm gerade in die Hand gedrückt hat.

Sogar das würde bei Mike ein Feuer in mir entfachen. Bei

Tim hingegen spüre ich nichts. In letzter Sekunde kann ich mir ein Seufzen verkneifen.

»Und was verschlägt dich hierher?«, fragt er mich nun.

»Woher willst du wissen, dass ich nicht von hier bin?«, stelle ich die Gegenfrage und verziehe dabei ein wenig das Gesicht.

»Du machst nicht den Eindruck, als würdest du aus einer Kleinstadt wie Flagstaff kommen.«

»Als Kleinstadt würde ich es nicht bezeichnen«, erwidere ich.

»Aber auch nicht als Weltmittelpunkt. Es gibt größere Städte.«

»Ehrlich gesagt, hast du recht. Meine Freundin und ihr Freund sind gemeinsam mit ihrer Tochter vor ein paar Monaten hergezogen und ich besuche sie«, erkläre ich ihm.

»Ihr steht euch also nahe«, ruft er mir über die Musik hinweg zu.

»Ja, so könnte man es auch nennen«, erwidere ich. Da ich mir nicht sicher bin, ob er mich bei dem Lärm verstanden hat, nicke ich dazu.

»Wollen wir ein wenig nach draußen gehen?«, fragt er mich, als hätte er meine Gedanken lesen können. »Dort ist es ruhiger und wir können uns besser unterhalten.«

Ich muss zugeben, dass es hier drin wirklich sehr laut ist. Seit unserer Ankunft musste ich immer mehr oder weniger schreien, damit Lindsay mich verstehen konnte. Aus diesem Grund habe ich die Befürchtung, dass meine Stimme mich bald verlassen wird. Also lasse ich mich darauf ein und folge ihm hinaus an die etwas kühlere Luft.

Kaum habe ich endlich wieder etwas Platz, atme ich erstmal tief durch. Die frische Luft sorgt dafür, dass die Wirkung des Alkohols ein wenig nachlässt.

Tim sucht uns einen ruhigen Platz, der etwas abseits liegt, so dass sich nicht immerzu irgendwelche Menschen um uns herum befinden. Allerdings sind auch hier noch genug, so dass ich nicht das Gefühl habe, als wäre ich komplett alleine mit ihm.

»Ist alles in Ordnung?«, erkundigt Tim sich, nachdem er mich eine Weile schweigend beobachtet hat.

»Ja, mir geht's bestens.« Auch das ist wieder eine Lüge, aber das muss er nicht wissen.

Niemand muss wissen, dass ich nach dem ganzen Mist mit meinem Exfreund genau deswegen allen Männern aus dem Weg gegangen bin. Ich habe einfach kein Vertrauen mehr zu ihnen. Wenn ich Mike mal außen vor lasse, dabei ist es lächerlich, dass ausgerechnet er der Mann ist, bei dem ich diese Mauern sinken lasse.

So unauffällig wie möglich atme ich tief durch und konzentriere mich wieder auf Tim. Er steht dicht vor mir und ich spüre seine Anwesenheit. Ich lasse mir nicht anmerken, wie nervös er mich eigentlich macht. Auf jeden Fall hoffe ich das.

Um das Eis zu brechen, erzählt er mir alles Mögliche von sich. Nach wenigen Minuten weiß ich, dass er beim Straßenbau arbeitet und hier schon wohnt, seitdem er denken kann. Er nimmt kein Blatt vor den Mund, was ihn irgendwie sympathisch macht.

Ich berichte ihm von meinem Studium in Erziehungswissenschaften und von meinem Berufswunsch, mit Kindern zu arbeiten. Trotzdem halte ich mich bedeckt. Zum einen liegt das daran, dass ich selbst noch nicht so gut weiß, in welche Richtung es mich genau verschlägt. Andererseits will ich nicht ganz so viel von mir preisgeben.

Neugierig hört er mir zu. Tim scheint ehrliches Interesse an mir zu haben, was mich freut. Ich bin mir trotzdem darüber bewusst, dass er nicht Mike ist. Unfreiwillig ziehe ich alle paar Sekunden Vergleiche zwischen den beiden Männern. So merkwürdig es auch klingen mag, aber Mike schneidet besser ab.

Verdammt, schießt es mir durch den Kopf, als sein Gesicht vor meinem inneren Auge auftaucht. Mit Lindsay an meiner Seite habe ich nicht ein einziges Mal an ihn gedacht. Dass ich es ausgerechnet jetzt mache, passt mir überhaupt nicht.

Stumm stehe ich Tim gegenüber, doch plötzlich nähert er sich mir. Auch jetzt verspüre ich nichts. Nicht den kleinsten Schmetterling in meinem Bauch, nicht das kleinste Gefühl. Nichts.

Alles in mir schreit danach, dass ich einen Schritt nach hinten machen soll, ich zwinge mich jedoch dazu, es nicht zu tun. Ich will mir selbst beweisen, dass ich nicht so verklemmt bin, wie Mike meint.

Ich nehme wahr, wie er seine Hand hebt und spüre sie in der nächsten Sekunde an meiner Wange. Langsam schiebt er mir eine Strähne aus dem Gesicht. Dabei steht er so dicht vor mir, dass seine Brust meine berührt. Mein Mund wird trocken. Ich habe die Befürchtung, dass ich die Nervosität, die sich in meinen Körper geschlichen hat, nicht vor ihm verstecken kann.

In diesem Moment wird mir klar, dass es schon zu lange her ist, dass ich mich in so einer Situation befunden habe. Langsam hebe ich meinen Kopf. Doch seine Gesichtszüge verraten mir, dass er nichts von meinen kurzen Zweifeln bemerkt hat.

Mit einem Blick, den ich nicht deuten kann, beobachtet er mich. Nicht für eine Sekunde wendet er sich von mir ab.

»Weißt du, was ich schon die ganze Zeit machen wollte?«, fragt er mich mit leiser Stimme.

»Was?«, erwidere ich, obwohl ich es mir denken kann.

»Dich küssen«, raunt Tim mit rauer Stimme. Obwohl er mir einen leichten angenehmen Schauer über den Körper jagt, ist meine Reaktion auf ihn nicht die gleiche wie bei Mike. Sie kommt dem nicht einmal ansatzweise nah.

Wenn Mike so mit mir spricht, dann habe ich das Gefühl, als würde ich meinen Verstand verlieren.

»Und wieso machst du es dann nicht?«, frage ich ihn trotzdem.

Kaum habe ich meine Frage ausgesprochen, spüre ich seinen warmen Mund auf meinem. Am Anfang ist dieser Kuss noch unschuldig und beinahe zahm. In mir macht sich die Vermutung breit, dass er nicht weiß, wie weit er bei mir gehen kann.

Im nächsten Moment spüre ich jedoch, wie seine Zunge über meine Lippen fährt. Die Berührung ist so sanft, dass ich mir erst gar nicht sicher bin, ob ich es mir nicht einfach nur eingebildet habe. Doch dann gleiten seine Hände über meine nackten Arme und ich bin mir sicher.

Dies ist der Moment, in dem ich mich frage, ob ich das hier wirklich will. Normalerweise lasse ich mich nicht von Mike provozieren, obwohl er es schon sehr oft versucht hat. Aber das ist gerade nebensächlich. Denn auch bei diesem Kuss frage ich mich, wie es wohl wäre, wenn nicht Tim vor mir stehen würde, sondern Mike. Wie es sich wohl anfühlen würde, wenn er mich küssen würde.

Ich bin mit meinen Gedanken immer wieder bei ihm und alleine deswegen kann ich das hier nicht durchziehen, egal wie sehr ich es möchte. Solange ich mich nicht auf Tim konzentrieren kann, wäre es unfair. Aus diesem Grund lege ich meine Hände auf seine Oberarme und trete einen Schritt zurück. Ich nehme mir die Zeit, um mich kurz zu sammeln. Doch dann schaue ich ihn entschuldigend an. »Es tut mir leid«, murmle ich leise. »Ich kann das nicht.«

Für einen kurzen Moment ist es still zwischen uns. Obwohl es nur wenige Sekunden sind, kommt es mir doch so vor, als würde es sich um Minuten handeln. Je länger er nichts sagt, umso mehr frage ich mich, was er wohl denkt. In dieser Situation wird mir mal wieder bewusst, wie wenig Erfahrung ich doch eigentlich im Umgang mit Männern habe, obwohl ich schon ein paar Beziehungen hatte. Es war jedoch selten nur ein One-Night-Stand.

»Okay«, antwortet er. An seiner Stimme kann ich erkennen, dass er nicht sehr erfreut darüber ist, aber das kann ich ihm nicht krumm nehmen. Andersherum würde es mir wahrscheinlich auch so gehen.

Ich will gerade den Mund öffnen, um noch etwas zu sagen, da spricht er schon weiter.

»Ich hoffe, der Typ ist es wert.«

Fast ein wenig geschockt starre ich ihn an. Ich bin zu perplex, um etwas darauf zu erwidern. Es dauert einen Moment, bis ich wieder in der Lage bin, seine Worte zu verarbeiten und den Sinn dahinter zu verstehen. Ich weiß nicht, woran er es gemerkt hat. Es reicht mir schon zu wissen, dass er es bemerkt hat. Automatisch frage ich mich, wie viel Lindsay und Sean in den letzten Tagen mitbekommen haben. Die beiden kennen mich schließlich viel besser als Tim.

Aber vor allem will mir die Frage nicht aus dem Kopf, wie viel Mike mitbekommen hat. Bei dem Gedanken daran, dass er irgendeine Vermutung haben könnte, bildet sich ein Kloß in meinem Hals. Mir wird schlecht bei der Vorstellung.

In meinem Kopf wirbeln zu viele Gedanken herum. Deswegen lächle ich, anstatt etwas zu sagen.

Ohne mich von Tim zu verabschieden, drehe ich mich um und gehe zum Straßenrand, um nach einem Taxi Ausschau zu halten.

8

Nachdem der Taxifahrer vor meinem Ziel gehalten hat, drücke ich ihm das Geld in die Hand. Beinahe erleichtert steige ich aus. Ich habe nur noch den Wunsch, mich endlich in mein Bett zu legen und einzuschlafen, in der Hoffnung, dass morgen alles wieder normal ist.

Ich höre, wie das Taxi hinter mir anfährt und mich alleine in der Stille der Nacht zurücklässt. Kurz schaue ich ihm nach, bis die Rücklichter verblassen.

Weil mir die Füße weh tun und um niemanden zu wecken, streife ich mir meine Schuhe ab. Barfuß gehe ich auf die vordere Veranda zu und steige die Treppen hinauf. So leise wie möglich öffne ich die Haustür und betrete den Flur. Nachdem ich die Tür wieder hinter mir geschlossen habe, drehe ich mich zu dem spärlich beleuchteten Wohnzimmer um, das direkt zu meiner Rechten liegt.

Die Lichter der Straßenlaternen, die von außen hereinscheinen, sorgen dafür, dass die Möbel lange Schatten werfen. Auch die Ruhe, die sich über das ansonsten laute Haus gelegt hat, wirkt irgendwie unreal. Ja, ich gebe zu, dass ich kein Fan davon bin, nachts alleine in einem Zimmer zu stehen. Dabei ist es mir egal, ob ich alleine im Haus bin oder nicht. Was das angeht, bin ich wirklich ein kleiner Schisser.

Doch dann sehe ich, dass unter der Küchentür noch ein schmaler Lichtschein zu erkennen ist. In mir regt sich die Hoffnung, dass Lindsay noch wach ist. Schließlich bin ich ja nicht lange alleine mit Tim gewesen. Eigentlich kann sie erst seit einer halben Stunde wieder zu Hause sein.

Um mir nicht irgendwo die Zehen zu stoßen, gehe ich vorsichtig zur Küchentür hinüber und öffne sie. »Zum Glück schläfst du noch nicht«, seufze ich und betrete dabei die geräumige Küche.

Doch kaum habe ich ausgesprochen, erstarre ich.

Denn es ist nicht Lindsay, die hinter der geöffneten Küchentür zum Vorschein kommt, sondern Mike.

Und er trägt nichts weiter als enganliegende Boxershorts, die sein bestes Stück mehr betonen als verdecken.

Für wenige Sekunden bin ich zu geschockt, um irgendwie reagieren zu können. Ich kann weder etwas sagen, noch die Flucht ergreifen. Als hätte man mich am Boden festgeklebt, bleibe ich an Ort und Stelle stehen und schaue ihn an.

Es dauert eine gefühlte Ewigkeit, bis ich meine Reaktion wieder im Griff habe. Viel zu lange, wenn man bedenkt, dass Mike mir gegenüber steht und mich belustigt betrachtet. Doch schließlich gehe ich zur Kücheninsel und stelle meine Schuhe auf die Arbeitsplatte.

»Du weißt schon, dass Lindsay dich killen würde, wenn sie das sähe, oder?«, fragt Mike mich und zeigt dabei auf die Schuhe.

»Ich weiß«, murmle ich und stelle meine Tasche daneben.

Meine Stimme klingt eindeutig zu hoch, doch ich kann es nicht ändern.

Sein leises Lachen erfüllt den Raum und sorgt dafür, dass sich eine Gänsehaut auf meinem gesamten Körper bildet. »Ich würde mal sagen, dass du nicht mit mir gerechnet hast. Bestimmt dachtest du, dass Lindsay hier steht.«

Ausdruckslos schaue ich ihn an. Dabei gehen mir wieder die Worte von Tim durch den Kopf.

Ich hoffe, er ist es wert.

Immer wieder kreisen diese Worte ohne Unterbrechung in meinem Kopf herum.

Als ich Mike wieder anschaue, merke ich, dass er auf eine Antwort von mir wartet. Deswegen hole ich tief Luft und hoffe dabei, dass meine Stimme mich jetzt nicht im Stich lässt. »Ehrlich gesagt habe ich gedacht, dass du dir irgendwo mit einem Haufen Frauen das Bett teilst«, kontere ich in spitzem Ton.

Alles in mir wehrt sich gegen diese Vorstellung, da ich froh darüber bin, dass er es nicht macht. Aber er soll ja nicht mitbekommen, was in mir vorgeht.

Im Taxi hatte ich gehofft, dass ich bis morgen früh Zeit habe, mich wieder zu fangen. Doch nun steht Mike vor mir und die Wahrscheinlichkeit, dass er doch etwas merkt, ist ein gutes Stück gestiegen.

Kaum habe ich ausgesprochen, macht sich ein freches Grinsen auf seinem Gesicht breit und sorgt dafür, dass ich schlagartig nüchterner bin. Ich spüre den Alkohol zwar noch immer, jedoch hat die Wirkung beträchtlich abgenommen. Ich bin jetzt jedenfalls in der Lage zu stehen, ohne mich dabei am Stuhl festzuhalten.

»Ich bin heute zu Hause geblieben. Ich bin ja nicht hier, um reihenweise Frauen abzuschleppen.«

Das klingt zur Abwechslung mal vernünftig, sein Blick scheint jedoch noch sehr viel mehr zu sagen. Dieser wandert nämlich ohne Unterbrechung über meinen Körper. Meine Haut beginnt zu kribbeln und meine Brustwarzen richten sich auf. Meine Gedanken werden von dem Wunsch beherrscht, ihn zu küssen. Ihm nah zu sein.

»Und wieso kommst du alleine nach Hause?«, fragt er mich und lenkt meine Aufmerksamkeit so wieder auf unser Gespräch. Um mich besser konzentrieren zu können, schließe ich kurz meine Augen und versuche meinen Herzschlag in den Griff zu bekommen. »Woher willst du wissen, dass ich alleine gekommen bin?« Fragend schaue ich ihn an.

Ein sexy Grinsen umspielt seine Lippen. »Wenn ich das vorhin richtig mitbekommen habe, ist meine Schwester schon da.« Mit diesen Worten nickt er in die Richtung der Küchentür.

Kurz überlege ich, ob Lindsay irgendetwas gesagt hat, dass er mitbekommen haben könnte. Doch dann drehe ich mich wieder in seine Richtung. Ich frage mich, ob ich ihn nicht einfach anlügen soll. Es wäre um so vieles leichter für mich. Allerdings ist es nicht das, was ich will.

Ich will ihm die Wahrheit sagen. Ich will, dass er weiß, dass es durchaus Männer gibt, die ich haben kann. Auch, wenn ich vielleicht nicht so viel Erfahrung habe wie die Frauen, mit denen er sich abgibt. Ich habe aber auch nie behauptet, dass ich die habe. »Ich habe jemanden kennengelernt«, antworte ich also auf seine Frage.

Bei meinen Worten spannt sich sein Körper kurz an. Bereits in der nächsten Sekunde hat er sich aber wieder im Griff. Aus diesem Grund weiß ich nicht, ob ich es mir nur eingebildet habe. Die Tatsache, dass er kein Wort sagt, ist mir allerdings dann doch Beweis genug.

»Hoffentlich hast du ihn nicht hergebracht«, versucht er in einem strengen Ton zu sagen. Ich bemerke jedoch, dass da noch etwas anderes in seiner Stimme ist. Etwas, das ich nicht ganz zuordnen kann. Ich weiß nur, dass ich es noch nie an ihm bemerkt habe.

Ich gehe nicht weiter darauf ein. Meine Angst davor, dass wir so einen Weg einschlagen, der mir nicht gefallen könnte, ist zu groß.

Stattdessen verenge ich meine Augen ein Stück und zeige ihm so, dass ich seine Worte nicht ganz so lustig finde wie er. »Für wie blöd hältst du mich eigentlich?«, frage ich.

Ich genieße es, dass er nicht weiß, was genau zwischen Tim und mir vorgefallen ist. Ich kann genau erkennen, dass er ungeduldig ist. Am liebsten würde er mich fragen, aber das kann er sich gerade noch verkneifen.

Ein leichtes Lächeln erscheint in meinem Gesicht. »Nur falls du dich das gerade fragst, ich habe nicht mit ihm geschlafen. Ich hatte es auch überhaupt nicht vor. Wir haben uns geküsst, mehr war da nicht.« Irgendwie kommt es mir gerade so vor, als würde ich mich rechtfertigen müssen, obwohl ich dazu überhaupt keinen Grund habe. Mike ist schließlich nicht mein Vater und ich bin erwachsen. Doch noch während ich ihm diese Worte um die Ohren haue, entspannt sich seine Körperhaltung. »Ist alles in Ordnung mit dir?«, hake ich nach, da ich nicht mehr weiß, woran ich bei ihm bin. In den letzten Tagen benimmt er sich immer merkwürdiger und nicht mehr so, wie ich ihn kenne.

»Ja, mir geht es bestens«, antwortet er mir. »Es war also nur ein Kuss? Mehr nicht?«

Da ich nicht weiß, worauf diese Unterhaltung hinausläuft, ziehe ich es vor, nichts zu sagen. In meinem Bauch macht sich allerdings Vorfreude breit. Tief in mir spüre ich die Hoffnung, dass seine Frage etwas zu bedeuten hat. Und genau dieses Gefühl kann ich nicht einfach zur Seite schieben. Es ist hartnäckig und nimmt mich immer mehr in Beschlag. Obwohl ich weiß, wie gefährlich es ist.

Er konzentriert sich auf mich, während er sich von den Schränken, die sich hinter ihm befinden, abstößt und mir nähert. Ich beobachte ihn dabei, wie er mit geschmeidigen Bewegungen immer näher kommt. Seine Muskeln arbeiten bei jedem Schritt. Nur schwer gelingt es mir, ein Seufzen zu unterdrücken, als ich mir vorstelle, wie sich seine gebräunte Haut wohl unter meinen Fingernägeln anfühlt. Ich muss mich regelrecht zwingen, meinen Kopf wieder zu heben und ihm in die Augen zu schauen.

»Mehr nicht. Ich weiß schon, was du sagen willst«, fahre ich ihn an und ziehe dabei meine Schutzmauer hoch.

»Was denn?«, erkundigt er sich. Normalerweise würde mindestens ein kleines Grinsen bei dieser Frage auf seinem Gesicht erscheinen, aber dem ist nicht so. Nicht die kleinste Regung ist zu erkennen.

»Dass ich zu brav bin.«

»Eigentlich wollte ich dich fragen, ob du einem Idioten über den Weg gelaufen bist.«

»Was?«, entfährt es mir. Ich habe keine Ahnung, wovon er eigentlich spricht.

»Er lässt dich einfach gehen, obwohl du so aussiehst?«, spricht er weiter, ohne auf meine Bemerkung einzugehen. Dabei zeigt er auf mein Outfit.

Ich schlucke schwer. Es kommt mir vor, als würde ich neben mir stehen und diese Szene als eine Außenstehende betrachten.

»Deswegen ist er ein Idiot. Ich an seiner Stelle hätte es nicht getan.«

Dies ist der Moment, in dem ich wahrscheinlich verschwinden sollte. Ich sollte *Gute Nacht* sagen und gehen. Doch ich kann es nicht. Es ist fast so, als würde mich eine unsichtbare Kraft an Ort und Stelle festhalten.

Kurz schließe ich meine Lider und versuche mich zu sammeln. Als ich sie wieder öffne, bemerke ich, dass Mike mich abwartend beobachtet. Er wartet auf eine Antwort von mir und ich bin mir nicht sicher, ob ich ihm diese geben kann. Dann müsste ich nämlich zugeben, dass ich diejenige war, die einen Rückzieher gemacht hat und nicht Tim. Und das wiederum würde zur Folge haben, dass er mich fragen würde, wieso ich das gemacht habe.

Also ziehe ich es vor, einfach gar nichts zu sagen. Stattdessen stehe ich dicht vor ihm und lasse ihn nicht aus den Augen. Keine noch so kleinste Bewegung von ihm entgeht mir.

Mike beugt sich ein Stück hinunter, so dass sein heißer Atem mein Gesicht streift. Scharf ziehe ich die Luft ein. Sein freches Grinsen zeigt mir, dass er das genau bemerkt hat.

»Soll ich dir mal etwas verraten?«, raunt er mit gefährlich leiser Stimme in mein Ohr.

In dieser Sekunde kommt es mir vor, als wäre ich seine Beute. Er ist auf der Jagd. Schon oft genug habe ich ihn dabei beobachtet und aus diesem Grund erkenne ich sein Verhalten sofort.

»Was?«, entgegne ich tonlos. Ich könnte mir in den Hintern treten, weil ich meine Reaktion auf ihn nicht besser im Griff habe. In Gegenwart eines Mannes ging es mir noch nie so, und deswegen weiß ich nicht, wie ich damit umgehen soll.

»Ich an seiner Stelle wäre über dich hergefallen.«

Diese Worte sagt er so selbstverständlich, dass ich nun vollends verunsichert bin. Macht er sich über mich lustig? Oder meint er es ernst? Mein Herz setzt einen Schlag aus.

Ich versuche mich daran zu erinnern, dass er zu den Männern gehört, die über jede Frau herfallen, als wäre sie nur irgendein Stück Fleisch. Aber auch das ändert nichts daran, dass mein Mund trocken ist.

In der nächsten Sekunde spüre ich seine warmen Hände auf meinem Rücken und seine Brust an meinem Oberkörper. Bevor ich auch nur daran denken kann zu reagieren, hat er seinen Kopf gesenkt und küsst mich.

Und das ist nicht irgendein freundschaftlicher Kuss. Nein, dieser hier ist heiß und macht vom ersten Moment an klar, dass er seine Worte ernst meint.

Wie von alleine öffnet sich mein Mund, als er sanft mit seiner Zunge über meine Lippen streicht. Unsere Zungen beginnen einen heißen Tanz miteinander, während meine Hände über seine Haut fahren und sich schließlich an seinen Schultern festklammern.

Ich fühle mich, als würde ich mich in einem Traum befinden.

Mikes Hände streichen immer wieder über meinen Rücken und am Ansatz meines Hinterns entlang. Ich will nicht, dass dieser Kuss jemals endet. Als Mike sich von mir löst, bin ich völlig außer Atem und ringe nach Luft.

»Ich wette, dass er dich nicht auf diese Weise geküsst hat.« Seine Stimme ist so leise, dass ich sie kaum verstehen kann.

Trotzdem bin ich mir sicher, dass er genau diese Worte zu mir gesagt hat.

»Woher willst du das wissen?«

»Das sagt mir mein Gefühl, und für gewöhnlich kann ich mich darauf verlassen«, antwortet er und grinst mich an. Er macht keine Anstalten, die Hände von mir zu nehmen.

Ich fühle mich beschützt, und das ist etwas, was ich schon lange nicht mehr empfunden habe.

Bei seinen Worten kann ich nicht anders, als leise zu lachen. Doch im nächsten Moment vergeht es mir. Mike hat recht und das weiß er auch. Ich muss gestehen, dass ich Tim gar keine Chance gegeben habe, mich genauso zu küssen.

»Mike …«, beginne ich, doch er bringt mich mit einem Kopfschütteln zum Schweigen.

Er sagt nichts. Stattdessen greift er nach meinen Hüften und hebt mich hoch. Erschrocken kralle ich mich an seinen Armen fest und beiße mir dabei auf die Lippen, damit ich keinen zu lauten Ton von mir gebe.

Nachdem er mich sicher auf der Arbeitsplatte abgesetzt hat, drückt Mike meine Beine auseinander, so dass er sich dazwischen stellen kann. Seine kühlen Hände gleiten über die nackte Haut meiner Beine.

Stumm betrachtet er mich, als würde er nach irgendetwas suchen. Ich habe keine Ahnung, wonach. Das heißt, irgendwie weiß ich es schon, ich kann es ihm nur nicht zeigen. So sehr ich es auch versuche, ich kann ihm nicht signalisieren, dass er mich in Ruhe lassen soll. Die Wahrheit ist nämlich, dass ich mich nach seinen Berührungen sehne, seitdem wir in Las Vegas losgefahren sind.

Aus diesem Grund beiße ich mir auf die Lippen. Niemals hätte ich gedacht, dass ich so von ihm angefasst werden will, doch nun bekomme ich nicht genug davon.

»Es gibt eine Sache, die du wissen solltest«, flüstert er in die Stille hinein, und streift dabei mit den Lippen meine Wange.

Völlig verwirrt schaue ich ihn fragend an.

Sein schwerer Atem hallt in meinen Ohren wider, während ich darauf warte, dass er mir seine Worte erklärt.

»Du treibst mich in den Wahnsinn, egal, was du trägst.«

Noch bevor ich nachhaken kann, was er damit meint, hat er meine Lippen wieder in Besitz genommen. Während er mich küsst, schiebt er mein Top nach oben und streicht dabei sanft über meinen Bauch. Ein Schauer überkommt mich, den ich nicht vor ihm verbergen kann.

In der nächsten Sekunde hat er das Stück Stoff so weit nach oben geschoben, dass mein mit Spitze besetzter BH zum Vorschein kommt. Mike löst sich von mir, zieht es mir komplett über den Kopf und betrachtet mich.

Als nächstes fährt er mit dem Zeigefinger an meiner Halsschlagader immer weiter hinunter, bis er die Kante meiner Unterwäsche erreicht hat. Kurz stockt er. Mir ist klar, dass dies womöglich die letzte Chance ist, die ich habe, um das hier zu beenden, trotzdem ergreife ich sie nicht.

Die Wahrheit ist, dass ich es viel zu sehr will, um es jetzt noch zu stoppen.

Ehe ich mich versehe, liegen seine Hände auf meinem Rücken und mit flinken Fingern hat er den Verschluss meines BHs geöffnet. Kaum hat er mir die Träger von den Schultern geschoben, beugt er sich nach unten und nimmt einen meiner steifen Nippel in den Mund.

Ein Stöhnen kommt mir über die Lippen. Ich greife in seine Haare und halte ihn auf diese Weise dort gefangen. Immer wieder gleitet seine Zunge sanft über meine empfindliche Brustwarze, während ich spüre, dass ich zwischen den Beinen feuchter werde.

Ich will ihn.

Während er sich auf meine zweite Brust konzentriert, fahren seine Hände über meinen Bauch nach unten, bis er meinen Rock erreicht hat. Schnell öffnet er den Verschluss, während ich mich ein wenig nach oben stütze, damit er mir den Rock mitsamt meinem Höschen herunterziehen kann.

Nur am Rande nehme ich wahr, dass wir uns noch immer in der Küche von Lindsay und Sean befinden. In einem weit entfernten Teil meines Gehirns ist mir klar, dass einer von ihnen jederzeit hereinkommen kann. Doch das ist mir egal. Mike hält mich gefangen, und ich bin nicht in der Lage, mich zu befreien.

Als seine Finger meine angeschwollene Scham erreichen, lasse ich meinen Kopf nach hinten fallen. Es fühlt sich einfach zu gut an. Mit der Zunge fährt er über meinen Bauch den Weg nach, den vorhin schon seine Hände genommen haben. Meine Hände greifen nach seinen Boxershorts und ziehen sie immer weiter nach unten. Es dauert etwas länger, doch schließlich erhasche ich einen Blick auf seinen steifen Schwanz.

»Da staunst du, was?«, fragt Mike mich.

Ich werde rot.

Sein leises Lachen geht mir auf eine positive Art durch Mark und Bein. Es lockert diese Situation ein wenig auf.

Aus einem Reflex heraus greife ich nach seinem besten Stück und lasse meine Hand ein paarmal an ihm rauf und runter fahren. Dabei beobachte ich, wie Mike seinen Mund einen Zentimeter öffnet und leise stöhnt.

Es macht mich an zu wissen, dass ich gerade die Kontrolle über den Mann habe, der sonst nur mit mindestens zwei Frauen schläft.

Als ich fester zugreifen will, weicht er zurück. Mit einem fragenden Gesichtsausdruck betrachte ich ihn. Ich will ihm meine Enttäuschung nicht zeigen, bin jedoch auch nicht in der Lage, sie zu verstecken.

»Ich habe kein Kondom hier«, flüstert er und küsst mich dann verlangend.

»Ich glaube, ich habe eines in meiner Tasche«, gebe ich heiser von mir, noch bevor ich näher darüber nachdenken kann.

Langsam streckt er sich nach meiner Tasche aus, die irgendwo neben uns auf der Arbeitsplatte liegt. In der nächsten Sekunde hält er sie mir vor die Nase.

Schnell suche ich das Kondom heraus und zeige es ihm triumphierend. Dann lasse ich meine Tasche fallen und reiße mit meinen Zähnen die Verpackung auf. Im nächsten Moment nimmt er es mir aus der Hand und rollt es sich über seinen erigierten Penis.

Mir wird klar, wie sehr ich ihn in mir spüren will. Ich will ihm gehören, auch wenn es nur dieses eine Mal ist.

Meine Mitte pocht vor freudiger Erwartung und ich werde immer feuchter, je länger er sich Zeit lässt. Doch nachdem er das Kondom übergestreift hat, bringt er sich nicht in Position wie von mir erwartet.

Er kümmert sich wieder um meine Brüste, die immer schwerer werden und danach verlangen, von ihm berührt zu werden. Während er die eine mit der Zunge umspielt, reizt er die andere, indem er sie zwischen Daumen und Zeigefinger nimmt und dreht.

Ich konzentriere mich so sehr auf dieses Gefühl, dass ich völlig überrascht bin, als er plötzlich mit seinem Schwanz in mich eindringt. Erschrocken schnappe ich nach Luft, als ich ihn tief in mir spüre.

Meine Lippen öffnen sich und ein lautes Stöhnen dringt aus meiner Kehle. Allerdings beiße ich mir sofort auf die Lippen, da mir bewusst ist, dass wir uns nicht alleine im Haus befinden.

»Du bist so eng und feucht«, murmelt er an meinen Lippen, bevor er sie mit seinen zu einem leidenschaftlichen Kuss verschließt.

Immer wieder dringt Mike so tief in mich ein, dass ich schon bald nicht mehr weiß, wo oben und unten ist. Seine Bewegungen werden immer schneller und treiben mich bei jedem Stoß weiter auf den Höhepunkt zu, der sich tief in mir bereits ankündigt. Das Ziehen in meinem Unterleib ist kaum auszuhalten und meine Brüste fühlen sich von Sekunde zu Sekunde empfindlicher an, was Mike ausnutzt. Mehr als einmal lehnt er sich nach vorne, um sie in den Mund zu ziehen und mir so ein Stöhnen zu entlocken.

Als ich schließlich komme, muss ich mich zusammenreißen, damit ich nicht seinen Namen rufe. Meine Muskeln spannen sich an und ziehen Mike noch tiefer in mich hinein. Zwei Stöße später kommt auch er und verlängert so meinen eigenen Orgasmus. Er stößt in mich hinein, bis mein Kopf erschöpft auf seine Brust sinkt.

Die Erkenntnis, dass Mike es vielleicht als falsch betrachtet, was wir gerade getan haben, schießt schlagartig durch meinen Kopf. Ich habe Angst vor seiner Reaktion, weiß jedoch, dass ich ihm nicht aus dem Weg gehen kann.

Es dauert eine Weile, bis ich den Mut dafür aufgebracht habe. Doch schließlich hebe ich langsam und zögerlich meinen Kopf. Seine Gesichtszüge wirken noch immer gefährlich. Sein Blick wandert verlangend über meinen nackten Oberkörper.

»Das wollte ich«, brummt er und fährt dabei sanft mit seinen Händen über meinen Körper, so dass sich eine Gänsehaut bildet.

»Was?«, frage ich leise, nicht sicher, ob ich die Antwort darauf überhaupt hören will.

»Wie du die Kontrolle verlierst und mir die Führung überlässt. Und ich wollte spüren, wie es sich anfühlt, wenn ich derjenige bin, der dich zum Höhepunkt bringt.«

Seine Worte, zusammen mit seiner dunklen und rauen Stimme, sorgen dafür, dass ich sofort wieder feucht werde. Obwohl wir gerade erst übereinander hergefallen sind, will ich erneut seine volle Aufmerksamkeit. Aber ich bin mir nicht ganz sicher, ob das auch auf Gegenseitigkeit beruht, da er nun ja bekommen hat, was er wollte. »Mike«, raune ich seinen Namen.

Er schüttelt nur den Kopf und bringt mich so zum Schweigen. »Die gute Nachricht ist, dass die Nacht gerade erst angefangen hat.« Kaum hat er ausgesprochen, zieht er sich aus mir zurück, greift nach unseren Sachen und legt mich nackt über seine Schulter.

In diesem Moment bin ich zu überrascht, um darüber nachdenken zu können, was passiert, wenn Lindsay oder Sean uns erwischen.

Wahrscheinlich würde Mike meine Einwände aber auch nicht interessieren. Deswegen halte ich mich an ihm fest und hoffe, dass wir es in mein Zimmer schaffen, ohne dass uns jemand entdeckt.

Mit sicheren Schritten trägt Mike mich ins obere Stockwerk und wirft mich auf das Bett, nachdem die Tür leise ins Schloss gefallen ist.

Ich weiß nicht, wie oft er mich in dieser Nacht kommen lässt. Ich genieße es einfach, dass ich seine volle Aufmerksamkeit habe und sie nicht teilen muss. Erst recht nicht mit einer anderen Frau.

9

Als ich am nächsten Morgen wach werde, scheint die Sonne in mein Zimmer. Es verspricht ein wunderschöner Tag zu werden. Durch die geschlossenen Fenster kann ich sogar den leisen Gesang der Vögel hören.

All das nehme ich nur am Rande wahr, denn als ich mich bewege, spüre ich jeden einzelnen Muskel. Sie tun so sehr weh, dass ich mich kaum rühren kann und mir ein leises Stöhnen über die Lippen dringt. Nachdem Mike und ich in der letzten Nacht definitiv mehr als einmal miteinander geschlafen haben, wundert mich das nicht.

Er hat mich nach allen Regeln der Kunst von einem Orgasmus zum nächsten getrieben. Zum Schluss war ich so fertig, dass ich froh bin, jetzt überhaupt schon wach zu sein.

Ich bin auch darüber glücklich, dass Lindsay und Sean nichts mitbekommen haben. Auf jeden Fall haben sie nicht an die Tür geklopft. Wirklich sicher kann ich mir allerdings erst sein, wenn ich meine Freundin gesehen habe. Schon der Gedanke daran sorgt dafür, dass ich Magenschmerzen bekomme.

Um mich davon abzulenken, betrachte ich die Stelle, an der Mike gestern lag, nachdem er mich das letzte Mal atemlos zum Höhepunkt gebracht hat. Ich kann dort nun nichts mehr erkennen, was darauf schließen lässt, dass er bei mir war. Wenn man mal außer Acht lässt, dass der Geruch von Sex in der Luft liegt, ist alles normal.

Ein leiser Seufzer dringt über meine Lippen. All die Gefühle, die er in mir hervorgerufen hat, sind mir so gut in Erinnerung, als wäre es gerade erst ein paar Minuten her. Und genauso gut kann ich mich daran erinnern, dass ich nicht wollte, dass diese Nacht jemals endet. Doch irgendwann bin ich eingeschlafen. Ich war so müde, dass ich nicht einmal gemerkt habe, wie er verschwunden ist.

Ich muss zugeben, dass ich froh darüber bin. So blieb mir wenigstens der Moment erspart, in dem ich mich unweigerlich von ihm trennen hätte müssen. Irgendwie habe ich die Befürchtung, dass es peinlich geworden wäre.

Ein paar Minuten bleibe ich noch liegen. So sehr ich mich auch nach Mike sehne, ich habe Angst vor seiner Reaktion.

Nachdem ich einen letzten Blick auf den strahlend blauen Himmel geworfen habe, seufze ich leise und stehe auf. Es bringt nichts, wenn ich es noch weiter hinausschiebe.

Mit leisen Schritten gehe ich zur Tür und öffne sie. Zufrieden stelle ich fest, dass weit und breit niemand zu entdecken ist. Schnell husche ich mit meinen Sachen unterm Arm ins Badezimmer und verschließe dort die Tür hinter mir.

Eine Stunde später habe ich endlich meinen gesamten Mut zusammengenommen und den Weg zur Küche eingeschlagen. Mein Herz klopft mir bis zum Hals und mit jedem Schritt, den ich mich den anderen nähere, wird es noch schlimmer.

Irgendwie fühlt es sich an, als hätte ich etwas Falsches getan, als ich die Nacht mit dem Bruder meiner besten Freundin verbracht habe.

Etwas Falsches, von dem ich aber sagen muss, dass es sich in diesem Moment verdammt richtig angefühlt hat. Ich konnte endlich einmal loslassen und mich fallen lassen. Es gab nur ihn und mich. Keine Probleme und auch kein richtig oder falsch.

Mit jedem Schritt, den ich hinter mich bringe, werde ich nervöser. Aber mir ist klar, dass ich mich nicht vor ihnen verstecken kann. Mit festen Schritten gehe ich durch das Wohnzimmer und steuere auf die Küchentür zu. Vorsichtig öffne ich sie.

Sean und Lindsay sind so sehr in ihre Arbeiten vertieft, dass sie gar nicht mitbekommen, dass ich sie beobachte. *O Mann, was habe ich nur getan?*, frage ich mich, während ich wieder ein schlechtes Gewissen bekomme. Ich schiebe den Gedanken aber gleich wieder von mir. Ich rufe mir in Erinnerung, dass ich nichts Böses getan habe. Mike ist erwachsen und ich bin es auch. Aus diesem Grund ist es nicht verboten, was wir getan haben.

»Guten Morgen«, begrüßt Lindsay mich mit guter Laune, nachdem ich eingetreten bin. Sie strahlt mich glücklich von einem Ohr zum anderen an.

Kurz überlege ich, ob ich sie nach dem Grund für ihre gute Laune fragen soll, aber dann entscheide ich mich dagegen. Lindsay ist allgemein zufriedener, seitdem sie hier wohnt. Da wundert es mich nicht, dass sie auch morgens so gut drauf ist, obwohl es in der Vergangenheit nicht ihre liebste Tageszeit war.

»Morgen«, erwidere ich und versuche mir dabei meine Unsicherheit nicht anmerken zu lassen. Das ist jedoch nicht so einfach, wenn man bedenkt, dass Lindsay mich so gut kennt wie sich selbst.

Kurz dreht Sean sich in meine Richtung. »Alles klar?«, fragt er mich.

Für einen Moment spannt sich mein Körper an. Die Gedanken in meinem Kopf überschlagen sich. Ich bin mir nicht sicher, was ich darauf sagen soll, da ich nicht weiß, ob es einen bestimmten Grund für seine Frage gibt. Doch nachdem ich einige Sekunden nichts gesagt habe, kommt es mir vor, als hätte er mich und Mike in der vergangenen Nacht nicht gehört. Und das trifft auch auf Lindsay zu.

Wahrscheinlich hat er einfach nur gefragt, weil Lindsay gestern alleine wiedergekommen ist, versuche ich mich selbst zu beruhigen. Denn wirklich sicher bin ich mir nicht. Ein kleiner Rest Zweifel bleibt und der sorgt dafür, dass ich mich am liebsten umdrehen und aus der Küche rennen würde.

Ich will gerade den Mund aufmachen, als ich höre, wie die Tür erneut geöffnet wird. Ich brauche mich nicht umzuschauen, um zu wissen, dass Mike hinter mir steht.

Zum einen ist er der Einzige, der hier noch fehlt. Zum anderen reagiert mein Körper nach der letzten Nacht noch stärker auf ihn.

Meine Nackenhaare stellen sich auf und die Schmetterlinge in meinem Bauch werden wieder wach. Nur mit größter Mühe gelingt es mir, das Zittern zu unterdrücken. Kurz überlege ich, ob ich mich in seine Richtung drehen soll. Da ich jedoch die Befürchtung habe, dass ich meine Arme dann um ihn schlinge, lasse ich es lieber sein.

Mike bleibt neben mir stehen. Dabei ist er mir so nah, dass sich unsere Arme beinahe berühren. Das hat zur Folge, dass ich wieder eine Gänsehaut bekomme.

»Na, ihr zwei Turteltäubchen«, begrüßt er seine Schwester und ihren Freund.

Ich höre einen ungewohnten Unterton in seiner Stimme. Irritiert über die Worte wende ich mich in seine Richtung und starre ihn an. Doch er steht entspannt neben mir, ein breites Grinsen auf den Lippen.

Ich erkenne, dass Lindsay ein wenig rot im Gesicht geworden ist. Sean hingegen beachtet seinen Freund überhaupt nicht und kümmert sich weiter um seine Tochter.

»Ihr solltet nachts vielleicht ein wenig leiser sein. Sonst könnte es passieren, dass ihr euer Töchterchen weckt«, erklärt Mike. Dabei geht er zu der Kochinsel. Er lässt sich an der Stelle auf einen Stuhl sinken, an der wir gestern das erste Mal intim geworden sind. Bis zu diesem Moment habe ich es vermieden, dorthin zu schauen. Nun kann ich das jedoch nicht mehr. Ein warmes Gefühl breitet sich in mir aus, als ich daran denke, wie er mich geküsst und berührt hat. Die Bilder der vergangenen Nacht erscheinen vor meinem inneren Auge.

Ich richte meine Aufmerksamkeit auf Millie, die in diesem Moment einen vergnügten Ton von sich gibt. Eine willkommene Ablenkung. »Ich habe euch nicht gehört«, erkläre ich Lindsay, nachdem ich sie mit einem aufmunternden Blick bedacht habe. Dankbar erwidert sie ihn.

»Kein Wunder, als wir uns kurz über den Weg gelaufen sind, sahst du auch so aus, als wärst du mit anderen Dingen beschäftigt.« Ein hinterhältiges Grinsen erscheint auf Mikes Lippen, für das ich ihm am liebsten eine verpassen würde. Ich weiß nicht, worüber ich mehr sauer bin: Dass er es wirklich gesagt hat, oder dass er eine Anspielung auf die letzte Nacht gemacht hat. Aber ich kann nichts zu meiner Verteidigung hervorbringen, ohne mich zu verraten.

»Ist etwas passiert?«, wendet sich Lindsay nun an mich.

Verdammt, schießt es mir durch den Kopf, während ich langsam wieder in ihre Richtung schaue. »Nein, alles in Ordnung. Ich habe nur eine Nachricht von einem Studienkollegen bekommen, wegen der Prüfungen in zwei Wochen. Deswegen war ich ein wenig in Gedanken«, antworte ich ihr und zucke dabei gleichgültig mit den Schultern.

Ich weiß, dass sie keinen Verdacht schöpft, sie würde nie auf die Idee kommen, ich hätte etwas mit Mike. Jedoch habe ich die Befürchtung, dass sie denkt, dass sich mein reizender Exfreund wieder bei mir gemeldet hat. Und das finde ich beinahe noch schlimmer.

»Wirklich?«, fragt Mike und wirkt dabei fast beunruhigt.

»Ja, mir geht es wirklich gut. Ich habe in der letzten Nacht nur nicht sehr viel geschlafen«, gebe ich zurück und lächle ihn dabei charmant an.

Obwohl sich in seinem Gesicht nicht ein einziger Muskel verzieht, erkenne ich das Grinsen. Seine Augen funkeln und verraten ihn damit.

Ohne Mike noch weiter zu beachten, hole ich mir einen Kaffee. Allerdings bin ich nicht schnell genug.

Als ich auf seiner Höhe bin, spüre ich, wie seine Hand über meinen Hintern fährt. Die Berührung ist nur sanft und kaum spürbar. Trotzdem hinterlässt sie einen Hauch des Knisterns der letzten Nacht.

Da ich nicht damit gerechnet habe, zucke ich unbewusst zusammen. Ich ermahne mich aber sofort, dass ich mir nichts anmerken lassen darf. Zumindest, wenn Lindsay oder Sean in unserer Nähe sind. Die beiden würden es sofort merken, wenn sich irgendetwas zwischen Mike und mir ändert, auch wenn es nur eine Kleinigkeit ist. Und das wiederum würde ein Gespräch nach sich ziehen, von dem ich nicht bereit bin, es zu führen. Ich bin mir nicht einmal sicher, ob ich es jemals führen kann.

Aus diesem Grund ignoriere ich Mike so gut es geht. Alles in mir schreit danach, meinen Kopf auf seine Schulter sinken zu lassen und mich an ihn zu kuscheln. Allerdings ist Mike niemand, der gerne kuschelt. Und ich tue mir selbst gut damit, wenn ich das nicht vergesse.

»Ihr zwei seid auf jeden Fall nicht zu überhören, wenn ihr es miteinander treibt«, fährt Mike fort, ohne mit der Wimper zu zucken.

Obwohl ich in diesem Moment erleichtert darüber bin, dass er sich nicht mehr auf mich konzentriert, tut Lindsay mir doch leid.

Mike grinst von einem Ohr bis zum anderen und zwinkert mir sogar einmal kurz zu. Ich kann nicht anders, als ein wenig das Gesicht zu verziehen. Das dient jedoch eher dem Selbstschutz, denn sonst würde ich ihm wahrscheinlich um die Ohren hauen, dass er auch nicht gerade leise war. Mit mir.

»Wenn ich deinen dreckigen Gesichtsausdruck richtig deute, dann hattest du letzte Nacht auch deinen Spaß«, erwidert Sean, der die derben Sprüche seines Freundes gewohnt ist.

»Ja, den hatte ich. Beschweren kann ich mich wirklich nicht«, erwidert Mike und sorgt dafür, dass ich mich verschlucke.

Hustend versuche ich mich wieder in den Griff zu bekommen, was ein paar Sekunden dauert.

»Ja, die Kleine gestern war heißer, als ich gedacht habe.« Während Mike spricht, zucke ich kurz zusammen. Es kostet mich zwar einiges an Überwindung, jedoch schaffe ich es schließlich, einen Fuß vor den anderen zu setzen und mich an den Tisch zu setzen.

»Ah, diesmal also nur eine«, ruft Lindsay laut. Dabei klatscht sie begeistert in die Hände.

Mir ist klar, dass ihr nicht bewusst ist, dass sie noch mehr Benzin in das Feuer gibt, doch ich muss mich zusammenreißen.

»Ja, was soll ich sagen? Erst als Jo nach Hause kam, habe ich mich dazu entschlossen doch noch auszugehen. Und da habe ich sie getroffen. Sie sah einfach so verführerisch aus, dass ich sie nicht teilen wollte.«

Seine Stimme hat plötzlich etwas Weiches und Einfühlsames angenommen. Ich bin unsicher, ob ich mich geschmeichelt fühlen soll oder nicht.

Der Schlagabtausch zwischen den beiden Geschwistern geht noch ein wenig weiter, worüber ich froh bin. Auf diese Weise konzentriert Mike sich nicht darauf, noch weitere Kommentare in meine Richtung abzugeben, die ich nur schwer ignorieren kann.

Ich halte seine Anwesenheit irgendwann nicht mehr aus. »Komm, Millie, du brauchst dringend eine frische Windel«, ertönt die Stimme von Lindsay.

»Lass nur, ich mach das schon«, wende ich schnell ein. Kaum habe ich ausgesprochen, betrachtet Lindsay mich mit einem fragenden Gesichtsausdruck. Ich gehe nicht darauf ein und nehme die Kleine stattdessen aus ihrem Hochstuhl.

»Ich wollte nachher endlich mal die ganzen Sachen durchsehen, die ihr mitgebracht habt. In den letzten Tagen war so viel los, dass ich es einfach nicht geschafft habe. Hilfst du mir?«

»Sicher«, gebe ich zurück und verlasse die Küche.

Ich muss hier raus. Wenn ich noch länger in seiner Nähe bin, dann kann ich nicht mehr dafür garantieren, dass mir nicht doch etwas über die Lippen dringt, von dem eigentlich niemand etwas wissen sollte.

* * *

Erschrocken öffne ich meine Augen, als ich sanfte Lippen auf meiner Haut spüre. Es dauert einen Moment, bis mir klarwird, dass ich zusammen mit Millie auf dem Sofa eingeschlafen bin, nachdem Lindsay und Sean sich auf den Weg zum Einkaufen gemacht haben.

Sofort weiß ich, dass mir etwas fehlt. Das Gewicht von Millie. Panisch lege ich meine Hände auf die Stelle, an der sie vorhin noch lag, allerdings ist sie nicht da. Ruckartig will ich mich aufrichten, doch ich werde von starken Händen zurück auf das Sofa gedrückt.

»Keine Panik. Ich habe Millie in ihren Laufstall gelegt und zugedeckt«, dringt die leise Stimme von Mike an meine Ohren.

Ich brauche einen Moment, bis seine Worte bei mir angekommen sind. Doch schließlich richte ich mich auf und schaue ihn verwirrt an. »Wie spät ist es?«, frage ich ihn und will nach meinem Handy greifen.

Doch Mike ist schneller. Noch bevor ich überhaupt in die Nähe meines Telefons komme, hat er es bereits in der Hand und reicht es mir.

Es ist vier Uhr nachmittags.

O Mann, denke ich und sehe dabei in die Richtung des Laufstalls. Und tatsächlich liegt dort Millie seelenruhig und bekommt nichts von der Angst mit, die ich gerade noch verspürt habe.

»Ich habt den Inhalt der Tüten also abgearbeitet«, dringt nun die Stimme von Mike zu mir durch und reißt mich aus meinen Gedanken.

»Ja, es hat ein wenig gedauert, aber schließlich haben wir es doch geschafft«, murmle ich noch immer ein wenig verschlafen.

Ich erwarte schon fast, dass Mike mir nun vorhält, dass er das alles viel schneller geschafft hätte, aber das tut er nicht. Er sagt nichts. Gar nichts.

Stattdessen sitzt er neben mir auf dem großen Sofa. Seine rechte Hand liegt auf meinem Arm und streicht immer wieder sanft über meine nackte Haut. Diese Geste sorgt dafür, dass meine Haut zu kribbeln beginnt.

Seine Nähe, zusammen mit dem Wissen, dass wir alleine sind, stellt Dinge mit mir an, von denen ich nicht weiß, wie ich sie einordnen soll. Einerseits verspüre ich den Drang, mich an ihn zu lehnen und seine Wärme in mir aufzunehmen. Andererseits will ich auch etwas Abstand zwischen uns bringen, da ich weiß, dass die Nähe zu ihm gefährlich ist.

»Anscheinend, habe ich dich in der letzten Nacht wirklich sehr gefordert.«

Bei seinen Worten sehe ich automatisch vor mir, wie er mich verwöhnt. Es gab eigentlich keine Stelle meines Körpers, der er keine Aufmerksamkeit geschenkt hat, was ich auch wirklich genossen habe.

Ich werde rot. »Ich habe einfach zu wenig geschlafen. Das hat nichts mit dem zu tun, was zwischen uns geschehen ist«, erwidere ich. Dabei hoffe ich, dass sich meine Stimme so selbstsicher anhört, wie ich es will.

Er öffnet gerade den Mund, um etwas zu erwidern, als die Tür hinter ihm aufgeschlossen wird. Erschrocken will ich mich etwas von ihm entfernen, doch da ich bereits dicht an der Sofalehne sitze, kann ich mich kein Stück bewegen. Mike hingegen könnte es, aber er macht es nicht. Seelenruhig bleibt er sitzen, als sei es das normalste in der Welt. Er nimmt nicht einmal seine Hände von mir. Ich muss ihm zu Gute halten, dass er sie ein wenig versteckt, so dass Lindsay und Sean nicht bemerken, dass er mich berührt.

»Entschuldige, dass es etwas länger gedauert hat. Sean hat erst einen Arbeitskollegen getroffen und sich eine Ewigkeit mit ihm unterhalten und dann standen wir mindestens genauso lange in der Schlange an der Kasse«, erklärt Lindsay stöhnend und stellt ihre Tasche dabei auf die Kommode.

Erst danach dreht sie sich in unsere Richtung und betrachtet uns. Ich erkenne die Verwirrtheit, die sich in ihrem Gesicht breitmacht.

Ich weiß nicht genau, was ich sagen soll, um diese Situation auch nur ansatzweise zu erklären. Also weiche ich ihr aus und hoffe, dass sie nicht danach fragt.

»Jo und Millie sind auf dem Sofa eingeschlafen. Jedoch sah das nicht sehr bequem für die kleine Maus aus, so dass ich sie in den Laufstall gelegt habe«, erklärt Mike sofort. Auch dabei macht er keine Anstalten, sich von mir zu entfernen. Nicht einmal wenige Zentimeter.

»Du bist ja so aufmerksam«, grummle ich leise vor mich hin.

Etwas noch Bescheuerteres hätte ihm nicht einfallen können. Zumal es nur eine Erklärung dafür ist, dass Millie nicht hier liegt. Da wäre es ja schon fast besser gewesen, wenn er einfach den Mund gehalten hätte.

Lindsay scheint das Gleiche zu denken, das sagt mir zumindest ihre Körperhaltung. Doch bevor sie etwas sagen kann, kommt Sean ins Haus und reicht ihr die Tüten.

»Ich helfe dir«, ruft Mike sofort und geht hinter seinem Freund her.

Kaum haben die Männer das Haus verlassen, dreht Lindsay sich wieder in meine Richtung. »Ist alles in Ordnung?«, fragt sie mich schließlich vorsichtig.

»Ja, du kennst ja Mike. Der hat immer eine große Klappe«, gebe ich gespielt genervt von mir und stehe dabei auf. Mit dieser Situation umzugehen fällt mir leichter, wenn ich etwas zu tun habe.

»Danke, dass du auf Millie aufgepasst hast. Sie findet einkaufen wirklich schrecklich langweilig.«

»Kein Problem. Nach dem letzten Abend hatte ich so die Chance, mich ein bisschen auszuruhen.«

»Gut, dass du davon anfängst«, beginnt sie und geht dabei in die Küche. Kurz überlege ich, ob ich abhauen soll, entscheide mich dann jedoch dagegen. Wahrscheinlich würde sie merken, dass etwas nicht stimmt, wenn ich mich auf einmal so verhalte. Schließlich bin ich noch nie einem Gespräch mit ihr ausgewichen. Also folge ich Lindsay, wenn auch ein wenig zögerlich, da ich mir genau vorstellen kann, worüber sie sprechen will.

»Vorhin hatten wir ja leider keine Gelegenheit dazu, weil entweder Sean oder Mike immer daneben standen, aber jetzt sag mir doch schnell, wie es mit dem Typen lief.«

Ich suche nach den richtigen Worten. »Es hat sich herausgestellt, dass wir einfach nicht zusammenpassen«, antworte ich schließlich und hoffe, dass sie nicht nach dem Grund dafür fragt.

Sie schafft es auch gar nicht, da in diesem Moment Sean und Mike in der Küche erscheinen. Auch wenn das bedeutet, dass Mike mir wieder näher ist, bin ich doch erleichtert darüber. Es bedeutet nämlich, dass ich mich nicht länger über Tim unterhalten muss.

»Ist es in Ordnung, wenn Mike und ich heute Abend in die Sportsbar gehen?«, fragt Sean.

»Du erkundigst dich wirklich, ob du darfst?« Ich kann die Überraschung in Mikes Stimme hören.

»So macht man das in einer funktionierenden Beziehung«, erklärt ihm Sean. »Solltest du dir merken. Vielleicht würde es dann bei dir auch mal besser laufen.«

Noch bevor Sean ausgesprochen hat, weiß ich, dass Mike kurz zu mir hinüber schaut. Damit Lindsay nicht doch noch etwas merkt, zeige ich ihm die kalte Schulter. »Bei dem ist Hopfen und Malz verloren«, murmle ich noch leise vor mich hin und helfe Lindsay dabei, die Tüten auszupacken.

Ich muss zugeben, dass ich bei dem Gedanken daran, dass Mike heute Abend alleine unterwegs ist, eifersüchtig werde.

Und obwohl ich weiß, dass es lächerlich ist, gefällt es mir nicht, dass er vielleicht eine andere abschleppt.

* * *

Ich spüre, wie Mike hinter mir das Zimmer betritt. Es ist fast so, als hätte er seit dieser Nacht irgendeinen unsichtbaren Draht zu meinem Unterbewusstsein.

Fast schon krampfhaft versuche ich mich auf Lindsay zu konzentrieren, die mir an der Kücheninsel gegenübersteht und Wäsche sortiert. Doch von dem Augenblick an, in dem Mike in der Küche auftaucht, kann ich das nicht mehr. Meine Sinne fixieren sich auf ihn, obwohl ich es nicht will. Mein Körper scheint eigene Pläne zu haben, er nimmt keine Rücksicht darauf, was ich will oder nicht will.

»Joleen?«, dringt die fragende Stimme meiner Freundin an meine Ohren.

»Ja«, erwidere ich schnell.

»Ist alles in Ordnung bei dir? Du scheinst mir zurzeit etwas abwesend zu sein.«

»Ich war gerade in Gedanken, aber nichts Schlimmes«, sage ich nur und lächle sie dabei an.

Skeptisch betrachtet sie mich, sagt aber nichts weiter dazu.

»Und an was hast du gedacht?«, mischt sich nun Mike ein. Seine dunkle Stimme jagt mir einen Schauer über den Körper, so dass ich für den Bruchteil einer Sekunde das Atmen vergesse. Allerdings habe ich meine Reaktion auf ihn schnell wieder im Griff. Das ändert jedoch nichts an meinem klopfenden Herzen.

Langsam drehe ich mich in seine Richtung und schaue ihn vorsichtig an. Frech grinst er mich an. Mein Gefühl sagt mir jedoch, dass es nichts damit zu tun hat, dass er sich einen Scherz auf meine Kosten erlauben will. Nein, dieses eine Mal kommt es woanders her.

»Ich wüsste keinen Grund, aus dem dich das etwas angeht«, gebe ich zurück.

In diesem Moment kommt es mir vor, als würde es nur uns beide geben, obwohl sich Lindsay noch immer im Zimmer befindet.

Doch bevor die Situation zu merkwürdig werden kann, grinst Mike mich von einem Ohr bis zum anderen an.

»Kann ich euch kurz alleine lassen, oder werdet ihr euch dann wieder in die Haare bekommen?«, fragt Lindsay uns.

»Was denkst du von mir?«, fragt Mike und wendet sich dabei in die Richtung seiner Schwester.

»Nur das Beste«, murmelt diese und greift nach dem Wäschekorb. »Ich hole nur eben die nächste Fuhre Wäsche.« Ein letztes Mal schaut sie ihren Bruder ermahnend an, bevor sie die Küche verlässt.

Schlagartig wird mir klar, dass Mike und ich alleine sind. Alleine in dem Raum, in dem alles angefangen hat. Diese Erkenntnis sorgt dafür, dass ich noch nervöser werde, als ich es in seiner Gegenwart sowieso schon bin.

Einige Sekunden vergehen, ohne dass einer etwas sagt. Allerdings weiß ich auch gar nicht, was ich sagen soll.

Langsam beugt sich Mike zu mir. Erst als seine Nasenspitze meine berührt, hält er inne. »Ich weiß genau, an was du gedacht hast«, flüstert er so leise, dass ich seine Worte kaum verstehen kann. Trotzdem bin ich mir sicher, dass er genau das gesagt hat.

Unbewusst halte ich die Luft an, während ich nach irgendetwas suche, was ich darauf erwidern kann.

Doch bevor ich meinen Mund öffnen kann, um etwas zu sagen, spüre ich seine warmen Lippen auf meinem Hals. Zärtlich küsst er die Stelle über meiner Halsschlagader. Eine Gänsehaut bildet sich auf meinem Körper.

So ungern ich auch zugebe, dass er diese Kontrolle über meinen Körper hat, muss ich es doch mir selbst gegenüber gestehen. Seine Hand streicht über meinen Rücken und bleibt knapp über meinem Hintern liegen. Seine Handfläche brennt sich durch mein Oberteil auf meine Haut.

Dieser Kuss scheint eine Ewigkeit zu dauern. In mir macht sich die Befürchtung breit, dass Lindsay uns erwischen könnte, aber ich bin nicht in der Lage, Abstand zwischen uns zu bringen. Dafür genieße ich es viel zu sehr.

Als er sich endlich von mir löst, weiche ich ihm aus. Ich muss mich erstmal wieder sammeln, bevor ich schließlich langsam meinen Kopf hebe und ihn vorsichtig betrachte.

Mike verzieht keine Miene. Nichts, was darauf schließen lässt, was gerade in seinem Kopf vor sich geht.

Erschrocken zucke ich zusammen und weiche einen Schritt zurück, als ich die Tür hinter mir höre. Das letzte, was ich gerade gebrauchen kann, ist, dass Lindsay uns in einer Situation erwischt, die ich ihr nicht erklären kann. Doch da sie in der nächsten Sekunde an uns vorbeigeht, hat sie wohl nichts bemerkt. Mit einem lauten Knall lässt sie den vollen Wäschekorb auf die Arbeitsplatte fallen.

»Ich habe euch nicht schreien hören, also gehe ich mal davon aus, dass ihr euch nicht gestritten habt«, stellt sie mit einem zufriedenen Ton in der Stimme fest.

»Wir streiten uns nicht immer«, kontert Mike, greift nach einem Apfel und verlässt den Raum.

Bei der Erinnerung daran bekomme ich schlagartig wieder ein schlechtes Gewissen. In den letzten Tagen häufen sich solche Vorfälle. Immer wieder berührt er mich an den unterschiedlichsten Stellen und bringt mein Herz zum Rasen. Manchmal ist das Ziehen in meinem Inneren sogar so schlimm, dass ich mich einfach mit ihm streite, nur damit es aufhört.

Aber es funktioniert nicht wirklich.

Ich bin mir sicher, dass Lindsay etwas gemerkt hat, schließlich müsste man schon sehr blöd sein, damit es an einem vorbei geht. Mikes Verhalten mir gegenüber hat sich komplett geändert. Er gibt nur noch selten einen spitzen Kommentar in meine Richtung ab und er hat überhaupt nichts mehr über mein Sexleben gesagt.

Doch Lindsay geht nicht darauf ein. Auf jeden Fall hat sie das bis jetzt noch nicht getan, und ich kann nur hoffen, dass es dabei bleibt. Denn ich habe Angst vor diesem Gespräch.

»O Mann«, seufze ich leise und beiße in meine Banane.

»Hier bist du«, ertönt die Stimme meiner Freundin hinter mir, als sie die Küche betritt. »Ich habe dich schon gesucht.«

Während sie spricht, lässt sie sich gegen die Tischplatte sinken. Sie scheint zu rätseln, wieso ich mich versteckt habe. Jedoch habe ich nicht vor, ihr das zu verraten. Sie muss nicht wissen, dass ich ihrem Bruder aus dem Weg gehen will.

»Sorry«, murmle ich.

Als ich meinen Blick kurz an ihr hinunterwandern lasse, erkenne ich, dass sie bereits umgezogen ist. Und das ist das nächste Problem auf meiner Liste. Ich habe ihr versprochen, dass ich heute Abend auf Millie aufpassen werde. Das alleine wäre keine große Sache. Mike hat ihr allerdings ebenfalls versichert, dass er ein wachsames Auge auf seine Nichte haben wird.

»Ist alles in Ordnung? Du bist schon seit Tagen so komisch. Um genau zu sein, seitdem ich dich mit dem Typen in der Bar alleine gelassen habe.«

»Ja, klar. Mir geht's bestens«, antworte ich ihr.

»Falls er dir zu nahe getreten ist, sag es ruhig. Ich bin mir sicher, dass Mike und Sean ihm gerne in den Hintern treten würden.«

Als sie ihren Bruder erwähnt, zucke ich zusammen.

»Es ist wirklich nichts. Ich habe nur ein wenig Stress wegen der ganzen Prüfungen«, versuche ich die Sache herunterzuspielen. Dabei zeige ich auf die Unterlagen, die vor mir liegen.

Lindsay betrachtet sie kurz, ehe sie sich mir wieder zuwendet. »Und wieso habe ich dann das Gefühl, dass nicht alles in Ordnung ist? Ich meine, mal abgesehen von den Prüfungen«, hakt sie nach.

Eine Weile ist es ruhig zwischen uns, weil ich nicht genau weiß, was ich antworten soll. Ich würde gerne mit ihr darüber sprechen, dass ich mit Mike geschlafen habe und welche Gefühle er in mir weckt. Ich bin mir einfach nicht sicher, ob sie es verstehen würde. Er ist schließlich ihr Bruder und hat einen gewissen Ruf.

Ich könnte es sogar nachvollziehen, wenn sie mich deswegen einen Kopf kürzer machen würde. Was jedoch nicht heißt, dass ich das gut fände.

»Hast du dich mit Mike gestritten?«

Ruckartig drehe ich meinen Kopf in ihre Richtung. Wenn sie wüsste, wie nah sie dran ist, dann wäre sie mit Sicherheit nicht mehr so ruhig.

»Okay«, flüstert sie. »Ich weiß, er ist ein Idiot. Trotzdem ist er mein Bruder. Na ja, egal. Ihr zwei habt euch schon oft gestritten, aber so hast du dich noch nie verhalten.«

Wir haben uns nicht gestritten, denke ich, sage es aber nicht. So sehr ich es auch will, ich bekomme diese Worte einfach nicht über die Lippen. Auch wenn ich mir sicher bin, dass es mir dann besser gehen würde.

»Könnt ihr denn zusammen auf Millie aufpassen? Oder muss ich mir Sorgen machen?«, fragt sie mich und verzieht dabei beinahe belustigt das Gesicht.

»Du brauchst dir um Millie keine Sorgen zu machen. Sie ist bei uns in guten Händen.«

»Das weiß ich. Ich mache mir eher um euch Sorgen.«

»Auch das brauchst du nicht. Seine große Klappe habe ich im Griff«, erwidere ich mit fester Stimme.

Kurz betrachtet Lindsay mich, als würde sie sich fragen, ob ich meine Worte wirklich ernst meine. Doch noch bevor ich etwas hinzufügen kann, lächelt sie mich an. »Das ist meine Jo. Ich wünsche euch auf jeden Fall einen schönen und vor allem ruhigen Abend. Am liebsten würde ich ihn mit euch verbringen, schließlich seid ihr morgen ja schon wieder weg.«

»Wir wohnen nur ein paar Stunden voneinander entfernt und werden uns bald wiedersehen. Ihr habt es euch verdient, mal einen Abend alleine zu verbringen. Und wir passen gerne auf unser Patenkind auf.«

»Daran habe ich auch keinen Zweifel. Na komm, bevor Sean sich noch Sorgen macht.« Kurz zwinkert sie mir zu und steht dann wieder auf. Ich greife nach meinen Unterlagen und rutsche vom Hocker.

Mein Herz schlägt mir bis zum Hals, als ich ihr hinaus ins Wohnzimmer folge. Die beiden Männer sitzen auf dem Sofa und unterhalten sich. Vor ihnen auf dem Wohnzimmertisch steht das Babyphon, was still ist.

»Millie ist eigentlich ein sehr ruhiges Kind. Wenn sie schläft, dann schläft sie. Und wenn sie mal wach wird, dann hat sie eigentlich nur ihren Schnuller verloren«, erklärt Lindsay mir, als sie nach ihrer Handtasche greift. »Sollte sie weiter weinen, dann gibt ihr ein wenig Wasser aus der Flasche, die neben dem Bett steht. In den meisten Fällen reicht ihr das. Es ist wirklich sehr selten, dass sie nachts noch eine Flasche Milch will.«

»Babe, ich glaube, die beiden haben das in den letzten Nächten bereits mitbekommen.« Auch wenn die Worte von Sean genervt klingen, ist er es nicht. Das sagt mir der liebevolle Unterton, mit dem er sie ausspricht.

»Ich weiß, ich wollte es nur noch mal sagen.«

»Wir kommen schon klar«, erklärt Mike mit seiner tiefen Stimme.

Schnell rufe ich mir in Erinnerung, dass wir nicht alleine sind. Dieser Gedanke hilft mir, konzentriert zu bleiben.

Ohne dass Lindsay die Chance hat, etwas zu erwidern, greift

Sean nach ihrer Hand und führt sie aus dem Haus. Ein letztes Mal winkt er uns noch zu, ehe die Tür hinter den beiden ins Schloss fällt.

Schlagartig ist es ruhig. Weder Mike noch ich sagen etwas.

»Bist du mir in den letzten Tagen mit Absicht aus dem Weg gegangen?«, fragt er nach einer Weile und kommt damit ohne Umwege auf das Thema, das ich eigentlich vermeiden wollte.

»Und wenn dem so wäre?«, frage ich herausfordernd.

»Dann würde ich sagen, dass du vor mir keine Angst haben musst.«

»Mike, ich habe garantiert keine Angst vor dir«, sage ich.

»Und was ist es dann?« Sein Gesichtsausdruck macht mir klar, dass ich ihm nicht entkommen kann. Gerade das würde ich in dieser Sekunde aber gern. Ich war noch nie sonderlich gut darin, über meine Gefühle zu sprechen. Und eigentlich hatte ich gedacht, dass Mike das auch nicht will. In diesem Moment wäre mir das auf jeden Fall nur recht gewesen.

Dass er mich nun dazu zwingt, zeigt mir, dass er anders ist, als ich ihn eingeschätzt habe. Und das macht mir Angst. Ich habe nämlich keine Ahnung, in welchen Punkten ich noch danebengelegen habe.

»Das ist schwierig«, murmle ich nach einigen Sekunden.

»Versuch doch einfach, es mir zu erklären.«

Ich muss zugeben, dass ich es wirklich gerne aussprechen würde, es mir aber schwerfällt.

»Jo, sag es mir schon. Ich werde dir bestimmt nicht den Kopf abreißen.«

»Du willst es also wirklich wissen?«

»Ja, sonst hätte ich dich nicht gefragt.«

»Es ist das, was zwischen uns in den letzten Tagen geschehen ist. Die Tatsache, dass wir Sex hatten und das mehr als einmal. Und deine ganzen Berührungen. Das warst nicht du. Auf jeden Fall nicht so, wie ich dich in den letzten Jahren kennengelernt habe.«

Jetzt, wo die Worte aus meinem Mund sind, habe ich das Gefühl, als hätte mir jemand eine riesige Last von den Schultern genommen. Ich kann plötzlich befreiter atmen und fühle mich besser.

Mikes Augen ruhen auf mir. Als würde er darauf warten, dass ich noch etwas sage, steht er still auf der anderen Seite des Sofas. Da ist nichts mehr, was ich hinzufügen kann. Das, was ich ihm sagen wollte, habe ich gesagt. Nun liegt es an ihm, wie er damit umgeht.

»Ja, ich habe dich immer wieder berührt, jedoch nur, weil ich dachte, dass es dir gefällt. Du hättest auch einfach etwas sagen können.«

Für einen Moment bin ich sprachlos. So viele verschiedene Gedanken und Empfindungen beherrschen mich, dass ich nicht weiß, um welche ich mich zuerst kümmern soll. »Es ist ja nicht nur das.« Ich kann nicht verhindern, dass sich meine Stimme beinahe verzweifelt anhört, während ich mir eine Strähne aus dem Gesicht streiche.

»Und was ist dann das Problem?« Mike schaut mich verwirrt an. Ich merke, dass er es wirklich nicht weiß.

»Ich würde es nicht direkt als Problem bezeichnen.«

»Sondern?«

Ich muss mir einen Ruck geben, damit ich ihm auf diese Frage eine Antwort geben kann. Nun habe ich den Anfang gemacht, weswegen ich es auch zu Ende führe. »Ich bin dir auch deshalb aus dem Weg gegangen, weil du der Bruder meiner besten Freundin bist und ich mich nicht mit ihr deswegen streiten will.« Mir ist klar, dass dies nur die eine Hälfte der Wahrheit ist, aber darüber zu sprechen fällt mir leichter. Die andere Hälfte ist nämlich, dass ich es seit dieser Nacht nicht lange mit ihm in einem Raum aushalte, weil ich dann an nichts anderes mehr denken kann als ihn.

Mike scheint ein schlechtes Gewissen zu haben und es ist das erste Mal, dass ich das bei ihm erlebe. Normalerweise würde ich behaupten, dass er über diesen Dingen steht, nun scheint es jedoch anders zu sein.

»Ich meine das nicht böse, Mike«, fahre ich fort, als ich die Stille nicht mehr ertrage. »Lindsay ist nun mal meine Freundin und ich habe keine Ahnung, wie sie wohl darauf reagiert, wenn ich ihr eröffne, dass ich mit ihrem Bruder geschlafen habe, mehrmals. Und das auch noch, während sie und Sean gerade im Nebenzimmer anscheinend selber Sex hatten.« Meine Stimme klingt verzweifelt, während ich versuche, wenigstens meinen Körper unter Kontrolle zu behalten.

»Ich will ja nichts sagen, aber ich glaube nicht, dass das ein Problem ist.« Mike klingt ein wenig unsicher, was mir ein leises Lachen entlockt. Schnell versuche ich wieder ernst zu werden und ihm stumm zu verstehen zu geben, dass mir das gerade überhaupt nicht hilft.

Noch im gleichen Moment ertönt sein Lachen und beschert mir eine Gänsehaut. »Okay, folgender Vorschlag: Wie wäre es, wenn wir uns einfach zusammen einen Film ansehen?«

Nachdenklich betrachte ich die Unterlagen, die auf dem Regal neben mir liegen. Eigentlich hatte ich vorgehabt zu lernen, aber ich muss sagen, dass seine Idee auch verlockend klingt.

Zu verlockend. Bei dem Gedanken daran schlägt mein Herz Purzelbäume und die Schmetterlinge in meinem Bauch werden wach.

»Ich verspreche auch, dass ich meine Finger bei mir behalten werde«, erklärt er, als er merkt, dass ich zögere. Um seine Aussage noch zu unterstreichen, hebt er seine Hände und wackelt kurz mit ihnen herum.

Ich kann nicht anders, als leise zu lachen. »Du bist ein Idiot«, murmle ich und schüttle dabei ein wenig den Kopf.

»Aber einer, der dich in einer Nacht mehrmals hat kommen lassen.«

Ja, in diesem Punkt kann ich nicht widersprechen. Deswegen sage ich einfach gar nichts. Stattdessen nicke ich und gebe so mein Einverständnis. Wenn ich ehrlich bin, dann werde ich mich wahrscheinlich eh nicht aufs Lernen konzentrieren können. Schließlich hätte ich immer im Hinterkopf, dass Mike sich nur wenige Meter von mir entfernt befindet.

Ein glückliches Lächeln erscheint auf seinen Gesichtszügen. Es dauert ein paar Sekunden, doch schließlich geht er zum Sofa und setzt sich darauf. »Kommst du?«, fragt er und wendet sich dabei in meine Richtung.

Ein letztes Mal atme ich tief durch, ehe ich ihm folge. Langsam gehe ich um das Möbelstück herum und setze mich neben ihn. Meine Beine ziehe ich an den Oberkörper heran, da ich nicht weiß, was ich sonst mit meinen Händen machen soll. Dann greife ich nach der Decke, die hinter mir über der Lehne hängt.

Bevor ich auch nur in ihre Nähe kommen kann, hat Mike sie bereits in der Hand und breitet sie über mich aus. Dabei streichen seine Finger sanft über meine Beine, was dafür sorgt, dass ich für einen Moment das Atmen vergesse. Auch mein Herz beginnt plötzlich schneller zu schlagen und mein Kopf ist wie leer gefegt.

Ich verfluche mich selbst für diese Reaktion auf seine beiläufige Berührung, kann sie jedoch auch nicht ändern.

»Siehst du? Ich kann auch anders.« Seine Stimme ist kaum mehr als ein Flüstern.

Vorsichtig drehe ich meinen Kopf in seine Richtung. Von seiner normalen Überheblichkeit ist nichts zu erkennen. Stattdessen mustert er mich unsicher.

»Danke«, murmle ich ein wenig verlegen, nachdem mir aufgefallen ist, dass ich noch nicht geantwortet habe.

»Möchtest du irgendetwas Bestimmtes schauen?«, fragt er mich und greift gleichzeitig nach der Fernbedienung.

»Nein, such du etwas aus.«

Mike schaltet von einem Sender auf den nächsten, bis er schließlich bei einem Actionfilm anhält.

Während der folgenden halben Stunde sitzen wir beide in

unseren Ecken und schauen wie gebannt auf den Fernseher. Ich bekomme nichts von dem Film mit. Alle paar Sekunden wandern meine Augen zu Mike. Er sitzt ruhig da und macht keine Anstalten, sich mir zu nähern.

Eigentlich sollte ich die Ruhe genießen, die gerade zwischen uns herrscht, aber das kann ich nicht. Diese ganze Situation erinnert mich an das erste Date von zwei Teenagern. Ich bin nervös, weswegen mein ganzer Körper zittert.

»Ist dir kalt?«, erkundigt sich Mike. Fragend betrachtet er mich. Ich bin der Meinung, dass er wenig besorgt wirkt, doch sicher bin ich mir nicht.

»Ein wenig« Ich weiß, dass es gelogen ist, aber es ist einfacher, als ihm die Wahrheit zu sagen.

»Komm her«, fordert er mich auf und klopft dabei auf die freie Stelle direkt neben sich.

Ich starre sie an und komme mir dabei vor wie eine Idiotin. Alles in mir schreit danach, es zu machen, aber ich kann es einfach nicht. Aus irgendeinem Grund bin ich nicht in der Lage, näher an ihn heranzurücken.

Ehe ich reagieren kann, greift er nach mir und zieht mich an seinen warmen Körper heran. Ohne dass ich es will, entspanne ich mich noch in der gleichen Sekunde. Sein Geruch steigt mir in die Nase und sorgt dafür, dass mir beinahe ein leiser Seufzer über die Lippen dringt.

Mike schlingt seine Arme um mich und verhindert so, dass ich mich auch nur einen Zentimeter von ihm entfernen kann. Dabei will ich das auch gar nicht. So dicht neben ihm zu sitzen verschafft mir nämlich eine innere Ruhe.

Als ich seine Haut an meiner spüre, sinkt mein Kopf an seine Brust.

»Lass mich raten: Du fragst dich, was ich mit dem alten Mike angestellt habe.«

»Ja, unter anderem auch das«, gebe ich nachdenklich zurück.

Seine Hände fahren immer wieder über meinen Arm, während er sich so hinsetzt, dass er die Beine auf das Sofa legen kann. Dabei zieht er mich mit sich.

Hier mit ihm zu liegen fühlt sich so normal an, dass es mir Angst macht. Ich weiß, dass es unmöglich gut enden kann, wenn ich ihn so dicht an mich heranlasse. Trotzdem hat er die Begabung, meine Schutzmauer innerhalb weniger Sekunden zum Einsturz zu bringen.

»Ich bin nicht nur der Frauenheld, der mit wilden Sprüchen um sich schmeißt. Ich kann auch umgänglich sein. Allerdings muss ich zugeben, dass ich das nicht allen und auch nicht sehr oft zeige.« Nachdem er ausgesprochen hat, zuckt er mit den Schultern.

Ein leises Lachen bildet sich in meiner Kehle. Ich räuspere mich. »Dann fühle ich mich geschmeichelt, dass du bei mir eine Ausnahme machst«, flüstere ich.

»Das hoffe ich doch.«

Bei seinen Worten hebe ich meinen Kopf und schaue ihn nachdenklich an. Sein Gesicht ist meinem so nah, dass ich mich nur ein Stück nach vorne beugen müsste, um ihn zu küssen. Und genau das ist es, was ich gerade will. Obwohl ich weiß, dass es falsch ist. Würde ich diesem Wunsch wirklich nachgeben, könnte ich mich nicht mehr zurückhalten.

Als könnte er meine Gedanken lesen, legt er seine Hand an meinen Hals und fährt mit seinem Daumen über meine Wange. Seine Berührung ist so leicht, dass ich mich kurz frage, ob ich sie mir nur eingebildet habe. Doch mein Herz sagt mir, dass sie wirklich stattgefunden hat.

Mein Mund öffnet sich ein Stück, weil ich etwas sagen möchte. Ich bekomme die Worte, dass es falsch ist, allerdings einfach nicht über die Lippen.

In Zeitlupe kommt Mike auf mich zu, bis sich unsere Lippen sanft berühren. Es ist schon fast unschuldig, wenn ich daran denke, wie wir uns beim letzten Mal geküsst haben.

Unschuldig und trotzdem verlangend.

Meine Lider schließen sich von alleine, während Mike keine Anstalten macht, weiter zu gehen. Stattdessen zieht er sich zurück. Ein fast schon enttäuschter Seufzer dringt mir über die Lippen. Eine Leere nimmt mich in Besitz.

Langsam öffne ich sie wieder und schaue ihn an. Ohne einen Muskel zu verziehen, betrachtet er mich. Es kommt mir vor, als könnte er jedes Wort, das gerade in meinem Kopf vor sich geht, erraten. Obwohl es mir Angst machen müsste, ist es nicht so. Auf eine merkwürdige Weise erleichtert es mich.

Dieser kleine Kuss hat gereicht, damit ich mehr will. Ich will, dass er mir gehört, genauso, wie ich ihm gehören will. Er hat ein Feuer in mir entfacht, das von Sekunde zu Sekunde immer größer wird. Meine Gefühle werden von einem Verlangen beherrscht, das völlig neu für mich ist.

Obwohl kaum noch ein Blatt zwischen uns passt, rücke ich näher an ihn heran. Seine Körperwärme vertreibt die Kälte, die in den letzten Monaten in mir geherrscht hat.

Als würde er wissen, was gerade in mir vorgeht, verstärkt er seinen Griff um meine Hüfte. Fast erscheint es mir, als würde er mich nicht loslassen wollen. Und das ist auch das letzte, was ich gerade will.

Mit der linken Hand halte ich noch immer die Decke, doch Mike schafft es mit einer einfachen Bewegung, meine Hände ein wenig zu lockern. Er nimmt meine Finger und drückt sie sanft. Gleichzeitig nimmer er mir einen Teil meiner Angst. Nachdem er mich eine Weile betrachtet hat, lässt er mich los. Als nächstes spüre ich, wie seine Hände über mein Shirt fahren und schließlich auf dem nackten Streifen Haut liegenbleiben, das sich zwischen meinem Oberteil und meiner Hose befindet.

Für einen kurzen Moment erscheint es mir so, als würde er sich überwinden müssen, den nächsten Schritt zu machen. Als ich meine freie Hand auf seine Brust lege, greift er nach dem Bund meines Shirts und zieht mich auf seinen Schoß.

Im Hintergrund höre ich noch immer den Fernseher laufen,

doch das ist mir egal. All meine Sinne konzentrieren sich auf diesen Mann und auf die Gefühle, die er in mir auslöst.

Kaum habe ich mich auf seine Beine gesetzt, schiebt er das Shirt nach oben und streift es mir über den Kopf. In der nächsten Sekunde treffen sich unsere Lippen erneut. Doch der Kuss ist nun nicht mehr sanft und zurückhaltend. Er ist wild und wird immer wilder.

Ich stöhne leise, als er meinen BH öffnet und seine Lippen über meinen Hals und meine Schulter wandern lässt, bis er schließlich meine Brüste erreicht hat.

Ausgiebig massiert er meine Nippel, so dass sich mein Rücken weiter durchbiegt und sich ihm meine Brüste noch besser präsentieren. Ich liebe das Gefühl, wenn er sie mit seiner Zunge bearbeitet. Dieses Mal fällt es mir noch schwerer leise zu sein, als vor wenigen Tagen. Aber das muss ich auch nicht. Schließlich sind wir alleine. Bis auf Millie ist niemand hier, und die schläft eine Etage über uns tief und fest. Aus diesem Grund lasse ich meinen Gefühlen freien Lauf.

Als ich es nicht mehr aushalte, greife ich ebenfalls nach seinem Shirt und befreie ihn von dem dünnen Stoff. Seine durchtrainierte Brust kommt zum Vorschein und lässt mir das Wasser im Munde zusammenlaufen. Seine dunklen Tattoos sorgen dafür, dass er noch bedrohlicher wirkt.

In der einen Sekunde sind wir noch sanft zueinander und ich streiche mit meinen Händen über seine Haut, küsse sie zärtlich. In der nächsten wirft er mich mit einer ruckartigen Bewegung auf das Sofa, so dass ich auf dem Rücken liegend aufkomme. Mike kniet sich auf den Boden und zieht mir meine Trainingshose mitsamt meinem winzigen Tanga aus.

Ein letztes Mal grinst er mich schief an, ehe er seinen Kopf senkt und verlockend über meine empfindlichste Stelle leckt. Ein Stöhnen entfährt mir. Seine rechte Hand legt sich auf meinen Bauch, um mich an Ort und Stelle gefangen zu halten, während die linke weiter nach oben wandert und meine Brustwarze reizt. Dabei presst er seinen Mund in meinen Schoß und verwöhnt mich immer weiter mit der Zunge. Schon bald spüre ich, wie sich der Orgasmus in mir ankündigt. Immer mehr dränge ich mich ihm entgegen.

Als er meine Knospe schließlich sanft mit den Zähnen streift, explodiere ich. Immer wieder rufe ich seinen Namen, während meine Muskeln sich anspannen und sich gar nicht mehr lockern wollen. Es kommt mir vor, als würde ich fliegen.

Mike lässt nicht von mir ab und zögert meinen Orgasmus so immer weiter hinaus. Es dauert eine Ewigkeit, bis ich wieder zu mir komme und schwer atmend vor ihm liege.

Doch dann schaue ich in sein Gesicht und bemerke den zufriedenen Ausdruck. Langsam steht er auf und zieht sich die Jeans aus. Bevor er sich seine engen Boxershorts über den Hintern schiebt, grinst er mich noch ein letztes Mal frech an.

Kurz wühlt er in den Taschen seiner Hose herum, bis er schließlich ein Kondom herausholt. »Ich wusste doch, dass ich da drin eins habe«, gibt er in einem zufriedenen Ton von sich.

»Hast du das geplant?«, hake ich nach.

»Nein, was ich vorhin zu dir gesagt habe, war mein Ernst. Ich habe wirklich versucht, meine Finger bei mir zu behalten.« Mit diesen Worten nimmt er die Verpackung zwischen seine Zähne, reißt sie auf und zieht sich das Kondom über seinen steifen Schwanz. Dann lässt er sich wieder auf seine Knie sinken und drückt meine Beine ein Stück auseinander. Nur zu gerne lasse ich es zu, weil ich es kaum noch erwarten kann, ihn endlich wieder in mir zu spüren.

Er unternimmt nichts, um in mich einzudringen. Stattdessen streicht er mit einem sanften und zugleich festen Druck über meine Vagina, die sofort noch feuchter wird.

»Mike«, bettle ich, mit einem sehnsüchtigen Unterton in der Stimme.

Sein heiseres Lachen erfüllt das Wohnzimmer und entspannt die Situation ein wenig. »Ich hätte nicht gedacht, dass du mich mal anbettelst, damit ich dich endlich ficke.« Ein teuflisches Grinsen erscheint auf seinem Gesicht.

»Wenn du das jetzt nicht machst, dann fürchte ich, dass ich gleich selber Hand anlegen muss«, erwidere ich und versuche meine Stimme dabei so ernst wie möglich klingen zu lassen. Ich habe keine Ahnung, ob mir das gelingt, da die Sehnsucht nach ihm immer größer wird und ich deswegen kaum noch einen vernünftigen Ton herausbekomme.

»Wag es nicht«, knurrt er und dringt gleichzeitig in mich ein.

Da ich damit nicht gerechnet habe, schnappe ich überrascht nach Luft. Meine Fingernägel kratzen über seine Haut und hinterlassen rote Spuren auf seinen Schultern und Armen, während er aus mir hinausgleitet, um im nächsten Moment wieder tief in mir zu verschwinden.

Am Anfang sind seine Stöße noch langsam und zurückhaltend. Doch sie werden schneller und härter, je mehr ich die Kontrolle verliere. Ich genieße die Lust, die er in mir freisetzt und die er immer weiter steigert.

Seine Muskeln spannen sich unter meinen Händen an. Der Höhepunkt fegt über mich hinweg, ohne dass ich eine Chance habe, mich auf ihn vorzubereiten. Ich habe nicht einmal gespürt, dass er sich anbahnte, aber plötzlich ist er da und raubt mir alle Sinne.

Im gleichen Moment merke ich, wie auch Mikes Muskeln sich verhärten. Ein paarmal dringt er noch in mich ein, bevor er auf mir zusammenbricht und seinen Kopf auf meinen Bauch legt.

Endlose Sekunden ist es ruhig im Zimmer. Nur der Fernseher gibt die Stimmen der Schauspieler wieder. Mit meinen Gedanken weit weg, streiche ich Mike immer wieder mit den Spitzen meiner Fingernägel über den Rücken. Obwohl es ziemlich unbequem ist, wie wir hier liegen, genieße ich die Ruhe zwischen uns. Langsam hebt er schließlich seinen Kopf und zieht sich dabei aus mir zurück.

Er legt sich längs auf das Sofa und greift dann nach meinem Arm, um mich im nächsten Moment an seine Brust zu ziehen. Ich lasse meinen Kopf auf seine Schulter fallen und male mit dem Zeigefinger eines seiner Tattoos nach. Dies mache ich so lange, bis ich in einen ruhigen Schlaf falle.

10

Als ich wieder wach werde, fühle ich mich desorientiert. Es dauert eine Weile, doch schließlich fällt mir auf, dass ich in meinem Bett liege, alleine. Die Wärme von Mike, die ich beim Einschlafen noch gespürt habe, ist verschwunden.

Ich richte mich ein paar Zentimeter auf und schaue mich in dem vom Licht schwach erhellten Zimmer um. So wirklich weiß ich nicht, wonach ich eigentlich suche, schließlich weiß ich nicht einmal, wann er mich ins Bett gebracht hat. Ich habe so tief und fest geschlafen, dass ich nichts mitbekommen habe. Nicht einmal, dass er schon wieder verschwunden ist. Zum zweiten Mal.

Seufzend lasse ich mich wieder in die Kissen sinken, zucke in der nächsten Sekunde erschrocken zusammen. Neben mir habe ich eindeutig etwas gehört. Doch als ich meinen Kopf nach rechts wandern lasse, erkenne ich, dass sich dort niemand befindet. In der nächsten Sekunde bemerke ich das Babyphon, das auf dem Nachttisch steht. Die Lichter blinken, als es erneut einen Ton von sich gibt.

Alarmiert setze ich mich auf und schwinge meine Beine aus dem Bett. Doch noch bevor ich nach meinem Shirt greifen kann, ertönt die Stimme von Mike.

»Na Süße, kannst du auch nicht schlafen?«, fragt er Millie leise.

Gespannt halte ich die Luft an. Als nächstes höre ich es rascheln und gehe davon aus, dass er Millie aus ihrem Bett genommen hat.

»Deine Mama hat gesagt, wenn du nachts wach wirst, dann hast du entweder deinen Schnuller verloren, oder du möchtest etwas trinken. Da es der Schnuller nicht sein kann, schließlich hast du den in der Hand, kann es also nur der Durst sein.«

Bei seinen Worten muss ich kichern. Dabei gehöre ich normalerweise nicht zu den Frauen, die das machen. Aber in diesem Fall mache ich gerne eine Ausnahme.

Eine Weile ist es still. Nur ein schlürfendes Geräusch dringt zu mir hindurch, Millie scheint wirklich etwas zu trinken.

»Sei froh, dass du ein Mädchen bist. Ich glaube, ihr habt euch in manchen Dingen besser im Griff als wir Männer.« Bei seinen Worten halte ich unbewusst die Luft an.

Ich weiß nicht, wieso er das gesagt hat, jedoch klingt es so gar nicht nach dem Mike, den ich kenne. Der würde nämlich niemals zugeben, dass Frauen Männern überlegen sind.

»Das gilt auch für deine Tante. Ich denke, dass sie manche Dinge besser im Griff hat als ich. Oder zumindest kann sie besser für sich behalten, was sie beschäftigt.«

Seine Worte verwirren mich. Und im Zusammenhang mit dem, was er in den letzten Tagen getan und vorhin zu mir gesagt hat, weiß ich überhaupt nicht mehr, was ich eigentlich denken soll.

Kurz bleibe ich noch sitzen, doch schließlich stehe ich auf. Ich entdecke ein Shirt, das auf dem Boden liegt und definitiv nicht mir gehört. Nachdem ich es kurz betrachtet habe, ziehe ich es mir über. Sofort werde ich von Mikes Geruch eingehüllt. Einem Geruch, der eine beruhigende Wirkung auf mich hat.

Ein letztes Mal versuche ich meine aufgebrachten Nerven zu beruhigen, bevor ich die Tür öffne und den Flur betrete. Kurz horche ich in das Haus hinein, aber die einzigen Geräusche, die ich wahrnehme, kommen aus dem Kinderzimmer. Leise schleiche ich mich an und stelle mich so neben den Türrahmen, dass Mike mich nicht sofort entdecken kann.

Millie liegt wieder in ihrem Bettchen. Allerdings steht Mike nicht daneben, sondern hat sich so auf den Boden gesetzt, dass sie ihn durch die Gitterstäbe erkennen kann.

»Wenn du auch nur ansatzweise so wirst wie deine Mama und deine Tante, dann tut mir der arme Mann, der ein Auge auf dich geworfen hat, jetzt schon leid. Ich bin mir sicher, dass du ihn in den Wahnsinn treiben wirst.«

Überrascht schnappe ich nach Luft. Im nächsten Moment halte ich mir die Hand vor den Mund, so dass er mich nicht hören kann. Aber er konzentriert sich auf die Kleine. Ich lehne mich gegen den Türrahmen und betrachte die beiden. Mit Millie ist er ganz anders, als ich ihn sonst erlebe. Wobei das auch nicht ganz richtig ist. In den letzten Tagen hat er mir definitiv eine andere Seite an sich gezeigt. Ich hätte nie gedacht, dass er einen so guten Draht zu seiner Nichte hat. Wieder einmal stelle ich ihn mir mit seinen eigenen Kindern vor. Obwohl das nichts ist, womit ich ihn in den letzten Jahren in Verbindung gebracht hätte, scheint es nun doch nicht mehr ganz so abwegig zu sein. Vor allem, wenn ich die beiden betrachte. Er liebt seine Nichte, daran besteht überhaupt kein Zweifel. Sonst würde er sich nicht so um sie kümmern, wie er es tut. Ich bin mir sogar sicher, dass er die Hälfte der Sachen gekauft hat, die bereits im Wagen lagen, als er mich abgeholt hat.

Wahrscheinlich wollte er nicht als Weichei dastehen und hat seiner Stiefmutter alles in die Schuhe geschoben, denke ich.

Deswegen bin ich der Überzeugung, dass er mit seinen eigenen Kindern nicht anders wäre. Eine Weile stehe ich dort und beobachte ihn dabei, wie er Millie alles Mögliche erzählt. Das eine oder andere Mal muss ich mir auf die Zunge beißen, damit ich nicht lache. Ich finde es wirklich zu süß und bin mir sicher, dass Millie immer sein größter Fan sein wird.

Langsam schläft sie ein. Ich will mich gerade umdrehen und in meinem Zimmer verschwinden, als sich Mike zu mir umdreht.

Kurz bleibt er regungslos neben dem Babybett sitzen, doch

dann steht er auf und kommt langsam auf mich zu. Automatisch weiche ich einen Schritt zurück, als er leise die Tür hinter sich schließt.

Dieser Mann braucht nichts zu machen, und mein Herz schlägt schneller. Wenn er dann aber dieses unwiderstehliche, schiefe Grinsen aufgesetzt hat, dann weiß ich nicht mehr, was ich machen soll.

»Ich würde dich ja fragen, wie viel du mitbekommen hast von unserer Unterhaltung. Allerdings glaube ich, dass ich mir das sparen kann.« Seine Stimme ist dunkel und gefährlich.

»Ich würde nicht sagen, dass es eine Unterhaltung war. Schließlich hat Millie kaum ein Wort von sich gegeben«, werfe ich ein.

»Doch, das war es.« Seine Stimme klingt belustigt, während er noch näher an mich herantritt und mich so an der Wand festnagelt, die sich direkt hinter mir befindet.

»Na wenn das so ist, dann habt ihr auf jeden Fall ein sehr interessantes Gespräch geführt«, erwidere ich und kann dabei nicht verhindern, dass ein leichtes Lächeln auf meinem Gesicht erscheint. »Eine Frage habe ich. Nein, eigentlich sind es zwei.«

»Und die wären?«

»Zum einen würde ich gerne wissen, warum du Millie gehört hast, wenn das Babyphon doch bei mir steht.«

»Nachdem ich dich ins Bett gelegt habe, war ich so frei und habe mich dazugelegt.«

Bei seinen Worten öffnet sich mein Mund. Ich habe ja mit so ziemlich allem gerechnet, aber nicht mit dieser Antwort.

»War das falsch?«, fragt er mich nun, da ich noch immer nichts von mir gegeben habe.

»Nein, alles in Ordnung. Ich hätte nur nicht gedacht, dass du …«, beginne ich, weiß jedoch nicht, wie ich den Satz zu Ende sprechen soll.

»Dass ich mich neben dich lege? Dass ich neben dir schlafen will?« Mit einem neugierigen Blick traktiert er mich.

In meinem Hals bildet sich ein dicker Kloß, den ich schnell hinunterschlucke. »Ja«, sage ich nur, da ich zu mehr nicht in der Lage bin.

»Falls ich dich daran erinnern darf, aber wir haben erst vor einigen Tagen die Nacht miteinander verbracht.«

»Das war irgendwie etwas anderes. Schließlich hast du mich nicht einfach ins Bett gelegt. Wir haben mehrmals in dieser Nacht etwas sehr Intimes gemacht.«

Ein leises Lachen dringt über seine Lippen, doch so schnell wie es angefangen hat, so schnell ist es auch wieder vorbei. Mike hebt seine Hand, legt sie sanft auf meine Wange und betrachtet mich. In diesem Moment fühle ich mich beschützt. Es kommt mir vor, als würde er alles dafür tun, dass es mir gutgeht. Und dieser Gedanke verwirrt mich.

»Und was ist die zweite Frage?«

Da ich noch immer über seine Worte nachdenke, brauche ich eine Zeitlang, bis ich merke, dass er etwas gesagt hat. Doch dann schüttle ich ein wenig den Kopf und versuche mich wieder auf unsere Unterhaltung zu konzentrieren.

»Ich würde gerne wissen, was du meintest, als du gesagt hast, dass Lindsay und ich die Männer in den Wahnsinn treiben würden?« Ich muss mich zusammenreißen, damit ich diese Frage aussprechen kann. Es ist immer noch besser, als über seinen Kommentar nachzudenken. Er hat zugegeben, dass er neben mir schlafen wollte. Dass er bei mir sein wollte. Und das macht mich nervös.

»Die Mutter hat das Talent und die Tante auch, da würde es mich nicht wundern, wenn Millie das in zwanzig Jahren auch beherrscht.«

»Du scheinst mich mit einer der Damen zu verwechseln, mit denen du dich sonst triffst. Ich treibe definitiv keinen Mann in den Wahnsinn«, erkläre ich mit fester Stimme.

»Du treibst mich in den Wahnsinn.«

Ich lache ungläubig. Entschuldigend schaue ich ihn an und

verziehe dabei das Gesicht. »Ja, natürlich.« Mehr sage ich nicht, sondern mache Anstalten, an ihm vorbei zu gehen. Doch Mike drückt seine Hände gegen die Wand und hindert mich auf diese Weise daran. Unverwandt betrachtet er mich, während sein Gesicht meinem noch etwas näher kommt.

»Das ist mein Ernst. Die Art, wie du sprichst, deine Klamotten, dein Lachen, einfach alles an dir treibt mich in den Wahnsinn. Und das ist nicht erst seit ein paar Tagen so.« Kaum hat er ausgesprochen, küsst er mich. Sanft und besitzergreifend nimmt er mich in Beschlag. »Allein zu wissen, dass du mein Shirt trägst und darunter nackt bist, treibt mich in den Wahnsinn«, raunt er zwischen zwei Küssen an meinen Lippen.

Seine Worte sorgen dafür, dass sich meine Nippel aufrichten. In der nächsten Sekunde spüre ich, wie er seine warmen Hände auf meine Beine legt und langsam nach oben streicht. Dabei gibt das Shirt immer mehr meines Körpers frei, so dass ich die Luft anhalte.

An meinen Hüften angekommen stoppt er jedoch und trennt sich ein Stück von mir. Dann bedenkt er mich mit einem schiefen Grinsen. »Du hast nicht einmal ein Höschen angezogen?«

»Wie du schon gesagt hast, ich trage nichts weiter als dein Shirt.«

Ein gefährliches Knurren dringt über seine Lippen. Es zeigt mir, wie scharf er auf mich ist, und das bin ich auch auf ihn. Am Bund seiner Trainingshose ziehe ich ihn ein Stück zu mir und merke, dass auch er nichts darunter trägt. Stattdessen spüre ich seinen Schwanz unter meinen Fingern, der nur darauf wartet, dass ich ihn endlich von dem lästigen Stoff befreie.

Doch das werde ich mit Sicherheit nicht hier machen. Die Gefahr, dass Lindsay und Sean jeden Augenblick nach Hause kommen, ist viel zu groß, als dass ich es darauf ankommen lassen würde. Die beiden sind schon eine Zeitlang weg, so dass sie sicherlich bald wieder da sein werden.

Deswegen schiebe ich ihn ein Stück nach hinten und gehe

an ihm vorbei. Ein letztes Mal schaue ich ihn an, bevor ich ihm den Rücken zudrehe. An seinem Gesichtsausdruck kann ich erkennen, dass er nicht genau weiß, was ich vorhabe und unsicher ist. Langsam entferne ich mich ein paar Schritte. Bevor ich durch die Tür meines Schlafzimmers husche, greife ich nach dem Bund seines Shirts und ziehe es mir über den Kopf.

Erst, nachdem ich gehört habe, wie er scharf die Luft einzieht, betrete ich das Zimmer und verschwinde damit aus seinem Sichtfeld.

Es dauert nur ein paar Sekunden, bis er hinter mir steht. Seine Fingerspitzen wandern sanft von meinen Schultern bis zu den Händen. Mein Körper bebt vor Verlangen nach diesem Mann, doch ich versuche mich so gut es geht zurückzuhalten. Meine Brüste werden schwer, als er sie berührt. Wie von alleine lehne ich mich nach hinten, um näher bei ihm zu sein. Seine Hände wandern immer tiefer, bis er meine Hüften erreicht hat. Doch er geht nicht weiter. Stattdessen dreht er mich ruckartig zu sich herum, so dass ich mich an seinen Armen festhalten muss, damit ich nicht das Gleichgewicht verliere.

Atemlos schaue ich ihn an. In diesem merkwürdigen Augenblick fühle ich mich ihm verbundener, als es je bei einem anderen Mann der Fall gewesen ist. Ich schiebe seine Hose immer weiter nach unten, bis sie schließlich auf dem Boden landet. Mit festem Griff umfasse ich seinen Schwanz und lasse meine Hände einige Male daran entlanggleiten.

Ein leises Stöhnen dringt über seine Lippen, was mir zeigt, welche Macht ich gerade über ihn habe. Ich genieße es in dem Wissen, dass es das letzte Mal sein wird, dass es so ist. Morgen werden wir wieder nach Las Vegas zurückkehren. Dann wird jeder in sein eigenes Leben zurückkehren und wir werden uns wieder nur durch Zufall über den Weg laufen.

In Zeitlupe sinke ich vor ihm auf die Knie. Es kostet mich Überwindung, da ich so etwas eigentlich noch nie gerne gemacht habe, aber bei Mike will ich es. Ich umschließe seinen

Schwanz mit meinen Lippen und nehme ihn so tief wie möglich in mich auf. Dabei lasse ich sanft meine Zähne über seine Haut fahren. Mike greift in meine Haare und hält sie mir aus dem Gesicht, während ich kurz aufblicke. Sofort wird mir noch heißer. Meine Bewegungen werden schneller, allerdings entzieht sich Mike mir im nächsten Moment und packt mich an den Armen. Schwungvoll zieht er mich auf die Beine.

»Und du bist wirklich der Meinung, dass du einen Mann nicht um den Verstand bringen kannst?«, fragt er mich mit gefährlich leiser Stimme.

Ich bin viel zu sehr mit anderen Dingen beschäftigt, um zu nicken, oder ihm sonst irgendwie eine Antwort zu geben.

Kurz darauf spüre ich, wie ich auf der Matratze lande und Mike bereits auf mir liegt. Sein Gewicht drückt mich in die Kissen und fixiert mich dort. Ich will auch gar nicht flüchten. Seinen steifen Schwanz auf meinem Bauch zu spüren und zu wissen, dass er wegen mir so hart ist, lässt mich noch feuchter werden. Unsere Lippen vereinigen sich zu einem hemmungslosen Kuss. Dabei fahren seine Hände über meinen nackten Körper und erkunden ihn. Es kommt mir so vor, als würde er nicht einen Zentimeter auslassen. Mit dem Mund verwöhnt er meine Brüste.

Mit seinen Knien schiebt er meine Beine weiter auseinander. Ich bin so sehr in meiner eigenen Welt gefangen, dass ich nur weit entfernt merke, wie er seine Hand ausstreckt. Im nächsten Moment löst er sich von mir und richtet sich ein Stück auf. Ich beobachte ihn dabei, wie er die Verpackung des Kondoms aufreißt.

Wieder greife ich nach seinem Schwanz und bewege meine Hand. In der nächsten Sekunde hat er die Kontrolle wieder übernommen und streift sich das Kondom über. Mit einem Kopfnicken gibt Mike mir zu verstehen, dass ich ein wenig hochrutschen soll, was ich auch mache. Dann kniet er sich wieder zwischen meine Beine und dringt in mich ein.

Ich schnappe nach Luft, während ich versuche die Empfindungen, die er in mir wachruft, in den Griff zu bekommen. Er zieht sich fast komplett aus mir heraus, nur um sofort wieder in mich einzudringen. Ich recke mich ihm entgegen, um ihm noch näher zu sein. Obwohl sich jetzt schon keine Luft mehr zwischen uns befindet, kommt es mir vor, als wäre er noch zu weit von mir entfernt.

Immer wieder weitet er mich und trifft dabei den empfindlichen Punkt in meinem Inneren. Mit jeder Bewegung treibt er mich weiter und sorgt so dafür, dass ich schon bald das Kribbeln in meinem Bauch spüre.

»Komm mit mir«, dringt seine heisere Stimme zu mir vor.

Mit diesen drei einfachen Worten gibt er mir den Rest. Der Höhepunkt ergreift mich, und lässt mich nicht mehr los. Meine Muskeln spannen sich an, während ich mit meinen langen Fingernägeln über seinen Rücken kratze.

Mit seiner rechten Hand drückt er mich an seinen verschwitzten Körper, während er sich selbst mit der anderen abstützt.

Es scheint eine Ewigkeit zu dauern, bis ich wieder zu mir komme. Doch dann vergrabe ich mein Gesicht an seinem Hals, da ich nicht genau weiß, was ich sonst machen soll.

In meinem Kopf geht zu viel vor sich, so dass ich nicht in der Lage bin, auch nur einen einzigen vernünftigen Satz zu formulieren. Ich spüre, dass Mike gerade den Mund aufmachen will, um etwas zu sagen, als wir plötzlich Geräusche hören, die nicht vom Babyphon kommen. Automatisch spanne ich mich an.

Ich gebe Mike zu verstehen, dass er ruhig sein soll, indem ich meinen Zeigefinger an die Lippen hebe. Ein freches Grinsen erhellt sein Gesicht.

In der nächsten Sekunde legt er seine Lippen auf meine und küsst mich.

Die Stimmen von Sean und Lindsay kommen immer näher, während sie auf ihr Schlafzimmer zugehen.

»Es hätte mich gewundert, wenn Mike den letzten Abend hier zu Hause mit Joleen verbracht hätte«, dringt Lindsays leises Flüstern zu uns durch.

»Wenn sie wüsste«, raunt Mike und schneidet dabei eine Grimasse.

Um nicht laut auflachen zu müssen, halte ich mir schnell die Hand vor den Mund. Vorsichtig rutsche ich unter ihm hervor und schlüpfe dabei unter die Decke.

»Hast du Angst, dass die beiden ins Zimmer kommen?«

»Nein, das machst nur du.«

Nachdem mein Kopf auf das Kissen gesunken ist, ist es eine Weile still. Ich weiß nicht, was in seinem Kopf vor sich geht, bin mir aber gerade auch nicht sicher, ob ich es wissen will.

Als ich schon glaube, dass Mike nur darauf wartet, bis die beiden zu Bett gehen, um zu verschwinden, legt er sich neben mich. Nachdem er die Decke über seinen Körper gezogen hat, schlingt er seine Arme um mich.

Er riecht gut und ist warm, ich fühle mich geborgen, so dass ich plötzlich spüre, wie müde ich bin.

»Solltest du nicht in dein Zimmer gehen?«, frage ich ihn nach einer Weile.

»Mach dir darum mal keine Sorgen. Die beiden werden nichts erfahren.«

Ich hebe kurz meinen Kopf ein Stück und versuche, ihn im Dunkeln zu erkennen. Dies ist das erste Mal, dass ich mich frage, ob er es vielleicht bereut. Denn schließlich ist Mike sonst keine Person, die etwas für sich behält. Und schon gar nicht das hier.

Noch bevor ich darüber nachdenken kann, ob ich ihm die Frage stellen soll, hat er mich wieder an seine Brust gezogen. »Und jetzt schlaf. Es ist spät und morgen früh solltest du wenigstens etwas fit sein, damit Lindsay erst gar nicht misstrauisch wird, weil du wie ein Gespenst aussiehst.«

Ich weiß, dass Mike recht hat. Trotzdem möchte ich es nicht.

Ich will mich noch länger mit ihm unterhalten, da ich die Befürchtung habe, dass dies wirklich meine letzte Chance dazu ist.

Aber ich kann nichts dagegen unternehmen, als ich immer müder werde. Ich höre Mike noch etwas sagen. Da ich jedoch schon halb im Reich der Träume bin, verstehe ich ihn nicht.

* * *

»Schreib mir eine Nachricht, wenn ihr wieder in Las Vegas seid«, weist Lindsay mich am nächsten Tag an und umarmt mich.

»Klar, mach ich«, erwidere ich und drücke meine Freundin fest an mich.

Ich spüre, dass Mike mich beobachtet, obwohl er sich gerade noch mit Sean unterhält. Mein Körper reagiert mit jeder Faser auf diesen Mann.

Damit weder Sean noch Lindsay etwas davon merken, versuche ich ihn so gut es geht zu ignorieren.

»Und schau nicht so, in ein paar Stunden bist du wieder zu Hause und ihr beide könnt euch aus dem Weg gehen.« Lindsay lächelt mich aufmunternd an.

Genau das ist mein Problem. Dass wir in wenigen Stunden wieder getrennte Wege gehen werden. Obwohl es schwachsinnig ist, sorgt alleine der Gedanke daran dafür, dass meine Laune in den Keller sinkt.

Ich will gerade Luft holen, um etwas zu erwidern, als die Männer zu uns kommen.

»Pass gut auf deine beiden Frauen auf«, weise ich Sean an und schließe ihn ebenfalls in meine Arme.

»Keine Sorge.«

Zum Schluss nehme ich Millie noch in den Arm und drücke sie fest an mich.

»Und lass dir von niemandem auf der Nase herumtanzen«, erklärt ihr Mike und drückt Millie einen Kuss auf die Schläfe.

Seine Worte erinnern mich an die *Unterhaltung*, die er in der letzten Nacht mit Millie geführt hat. Wobei ich immer noch der Meinung bin, dass das eher ein Selbstgespräch war.

Ein gut gelauntes Quietschen ist ihre Antwort, was mich leise lachen lässt.

Als ich Millie auch noch einen Kuss auf die Wange drücke, begegne ich dem Blick von Mike. Angesichts der letzten Monate und Jahre erwarte ich schon fast, dass er irgendeinen Spruch von sich gibt. Aber es kommt keiner. Stattdessen haben seine Gesichtszüge etwas Sanftes. Etwas, was ich vorher noch nie an ihm festgestellt habe.

Um mich nicht weiter damit befassen zu müssen, drehe ich mich wieder zu Lindsay und gebe ihr ihre Tochter zurück. Dann lächle ich die beiden kurz an, ehe ich nach meiner Handtasche greife und Mike hinaus an die frische Luft folge.

Die Aussicht darauf, die nächsten Stunden mit ihm in einem Wagen zu verbringen, lässt mich nervös werden. Ich überspiele es und setze mich auf den Beifahrersitz. Mit flinken Fingern schnalle ich mich an und warte darauf, dass er losfährt, aber er macht es nicht.

»Was?«, frage ich ihn ein wenig irritiert.

»Nichts, ich beobachte dich einfach gerne.«

Seine Antwort verschlägt mir die Sprache. Mein Mund öffnet sich ein wenig, da ich das Gefühl habe, als würde ich gerade nicht genug Luft bekommen. »Du beobachtest mich gerne?«, frage ich vorsichtig nach.

Mike sagt nichts, sondern nickt nur.

»Glaub mir, so interessant bin ich nicht.«

»Doch, das finde ich schon.«

Und schon wieder schafft er es mit ein paar einfachen Worten, dass meine Welt kurz aufhört sich zu drehen.

Noch bevor ich die Chance habe, etwas zu erwidern, dringt sein leises Lachen an meine Ohren. Dann dreht er den Zündschlüssel um und der Wagen springt mit einem leisen Knurren an.

Die Fahrt zurück nach Las Vegas verläuft mehr oder weniger schweigend. Das ändert nichts daran, dass Mike seine Hand auf mein Bein gelegt hat und immer wieder zärtlich darüber streicht.

Als wäre ich nicht schon nervös genug gewesen, beginnt mein Herz zu rasen, als wolle es sich aus meiner Brust befreien. Fast schon krampfhaft schaue ich aus dem Fenster hinaus und betrachte die Umgebung, die nur so an uns vorbeifliegt. Es bringt jedoch nichts. Ich bin mir darüber bewusst, dass Mike nur wenige Zentimeter neben mir sitzt und mich zärtlich streichelt. Davon habe ich vor wenigen Tagen nicht einmal geträumt. Ich lege meine Hand auf seine.

Als er nach vier Stunden endlich vor meinem Haus hält, macht sich Erleichterung in mir breit. Es ist nicht die gleiche Art Erleichterung wie bei der Hinfahrt. Da wollte ich ihm entkommen, weil ich seine Sprüche nicht mehr hören konnte. Doch nun will ich hier raus, weil ich der Anziehungskraft, die zwischen uns herrscht, entkommen will. Es kommt mir vor, als könnte ich kaum noch atmen. Er verwirrt mich, auf jede nur erdenkliche Weise.

Nachdem er den Wagen ausgeschaltet hat, steige ich aus und gehe zum Kofferraum, um meine Tasche herauszuholen. Ich kann noch nicht einmal meine Hand nach dem Knopf ausstrecken, als Mike schon vor mir steht. Er ist mir so nah, dass mir schwindelig wird.

»Hast du morgen schon etwas vor?«, fragt er mich schließlich.

Kurz überlege ich, aber so sehr ich es auch versuche, mir fällt nichts ein.

»Ich dachte, ich frage dich, ob du Lust hast, etwas mit mir zu unternehmen.«

Ungläubig betrachte ich Mike. Er steht vor mir, hat die Hände in den Hosentaschen vergraben und zuckt mit den Schultern.

»Und an was hast du gedacht?«, hake ich vorsichtig nach.

»Keine Ahnung. Was man halt so macht, wenn man ein Date hat.«

In diesem Moment bin ich mir sicher, dass meine Gesichtszüge entgleisen.

»Ein Date? Du meinst ein richtiges?« Ich muss ihn das einfach fragen, da es mir noch immer so vorkommt, als hätte ich mich verhört. Wenn man bedenkt, wer mir hier gerade gegenübersteht, ist meine Reaktion darauf wahrscheinlich gar nicht so schwer nachzuvollziehen.

Tausend verschiedene Gedanken gehen mir durch den Kopf. Am liebsten würde ich laut *Ja* rufen. Ich bin mir jedoch sicher, dass das wahrscheinlich ziemlich bekloppt herüber kommen würde. Und ich habe auch Bedenken. Mir ist klar, sollte das schiefgehen, dann würden wir in Zukunft wahrscheinlich kein vernünftiges Wort mehr miteinander wechseln können. Andererseits bin ich mir nicht sicher, ob wir diesen Punkt nicht bereits damit überschritten haben, dass wir Sex hatten.

Mike sagt nichts, sondern betrachtet mich abwartend.

»Gerne«, höre ich mich sagen, noch bevor ich einen weiteren Gedanken an die Konsequenzen verschwenden kann.

Glücklich lächelt er mich an und streicht sanft mit dem Daumen über meine Wange. »Ich hole dich dann um neun Uhr ab.«

»Morgens?« Meine Stimme überschlägt sich. Ich habe noch nie von einem Date gehört, das um diese Uhrzeit stattfindet. Sind die normalerweise nicht immer abends?

»Abends würde es keinen Sinn ergeben.«

»Ich dachte, du hast nichts geplant.«

»Ich habe eine Idee.« Seine Stimme klingt geheimnisvoll, während er mir einmal zuzwinkert.

»Gibst du mir einen Tipp?«

»Lass dich überraschen. Du solltest vielleicht einen Bikini mitnehmen und ein Handtuch. Aber keinen von deinen winzigen. Der würde nur dafür sorgen, dass ich mich keine zwei Minuten auf ein vernünftiges Gespräch konzentrieren kann.«

Ich lache leise. »Winzig?«

»Ja, du weißt schon. So einen, der an deinen Brüsten nur aus jeweils einem winzigen Dreieck besteht und mehr von deinem Knackarsch zeigt, als er verbirgt.«

Ich kann mich nicht mehr beherrschen. Ich breche in lautes Gelächter aus. Schnell halte ich mir die Hand vor den Mund, aber dadurch wird es auch nicht besser. Es dauert, bis ich mich wieder so weit im Griff habe, dass ich etwas erwidern kann.

»Winzige Dreiecke, alles klar«, versuche ich dann möglichst ernst zu erwidern, aber so ganz gelingen will mir das nicht.

»Du findest es witzig, dass du mich mit den Teilen fest im Griff hast?«

»Das weniger. Es ist eher die Tatsache, dass du sie als winzig bezeichnest.« Und das ist nicht einmal gelogen. Der Gedanke daran, dass er auf diese Teile steht, sorgt dafür, dass ich mir am liebsten in den Hintern treten würde. Schließlich habe ich so einen schon mehr als einmal in seiner Gegenwart getragen und nie etwas gemerkt.

»Bis morgen«, flüstert Mike nun, beugt sich zu mir und gibt mir einen sanften Kuss auf die Wange.

In diesem Moment hoffe ich, dass weder meine Mutter noch mein Vater am Fenster stehen und uns beobachten. Gerade komme ich mir nämlich so vor, als hätte ich meine erste Verabredung gehabt, von der ich nach Hause gebracht werde.

Nur dass dieser Junge nicht Tommy heißt, sondern niemand anderes als Mike ist, der einen gewissen Ruf hat. Einen Ruf, der immer weiter in den Hintergrund tritt, je mehr Zeit ich alleine mit ihm verbringe.

»Ja«, murmle ich ein wenig verlegen und greife nach meiner Tasche, die er mir hinhält. Dabei berühren sich unsere Hände und ein kurzer Stromschlag durchfährt meinen Körper. Mein

Herz macht einen Hüpfer, und mir ist kurz ein wenig schwindelig.

Ohne ein letztes Mal in seine Richtung zu schauen, drehe ich mich um und gehe auf mein Elternhaus zu. Ich weiß nicht, ob es die richtige Entscheidung war. Trotzdem freue ich mich auf morgen.

11

»Joleen?«, ertönt die laute Stimme meiner Mutter aus der Küche, nachdem ich die ersten Stufen hinter mich gebracht habe.

Eigentlich hatte ich vor, so schnell wie möglich in meinem Zimmer zu verschwinden. Doch nun stelle ich meine Tasche auf die Stufen und schlage den Weg in die Küche ein.

Meine Mom sitzt vor einem Haufen Unterlagen, die alle auf dem Esstisch vor ihr verteilt liegen.

»Hi«, begrüße ich meine Mom, greife nach der Wasserflasche, die auf der Arbeitsplatte steht, und nehme einen großen Schluck.

»Wie war es? Wie geht es der kleinen Familie?«

»Denen geht es super. Millie entwickelt sich prima.«

Ich spüre ihren prüfenden Blick auf mir, was dafür sorgt, dass ich mich innerlich winde. Meine Mutter und ich hatten immer ein gutes Verhältnis, so dass sie mich auch dementsprechend gut kennt. Noch nie konnte ich ihr etwas verheimlichen. Und schon gar nicht so etwas.

»Und was ist mir dir? Du siehst ein wenig müde aus.«

Bei den Worten spanne ich mich an. Obwohl mir klar ist, dass sie nichts mitbekommen haben kann, kommt es mir trotzdem so vor. *Vielleicht ist es dieser mütterliche Instinkt*, überlege ich, während ich sie vorsichtig betrachte. Da ich an ihr nichts erkennen kann, was darauf schließen lässt, dass sie sich den Grund denken kann, entspanne ich mich wieder ein bisschen. »Ich habe in der letzten Nacht nicht sehr viel geschlafen«, antworte ich also und versuche ihr dabei irgendwie auszuweichen.

Da es sich hier jedoch um meine Mutter handelt, habe ich keine Chance, zu entkommen.

»Ach Kindchen. Nimm dir die Sprüche von Mike nicht so zu Herzen. Er hat eine große Klappe, aber ich bin mir sicher, dass tief in seiner Brust ein gutes Herz schlägt. Er ist schließlich Lindsays Bruder. In ihm steckt sicher auch etwas von ihr.«

Kurz betrachte ich sie und frage mich, woher sie das wissen will. Wenn ich sie danach frage, dann bekomme ich wahrscheinlich nur wieder die Antwort, dass Mike und mein Dad sich sehr ähnlich sind und sie es deswegen weiß.

Deshalb ziehe ich es vor, den Mund zu halten, und lehne mich an einem Schrank an.

»Woher willst du wissen, dass Mike derjenige ist, der für meine Laune verantwortlich ist?«, frage ich sie stattdessen, obwohl ich weiß, dass ich mich gerade sehr weit aus dem Fenster lehne. Schließlich ist Mike dafür verantwortlich, allerdings auf eine ganz andere Art und Weise, als sie es sich gerade denkt. Und über diesen Punkt bin ich froh.

Meine Mutter sagt nichts. Ihr Gesicht hat aber etwas Skeptisches angenommen, als würde sie mich fragen wollen, ob das wirklich mein Ernst ist. Und gerade frage ich mich das auch, schließlich ist nicht zu übersehen, dass wir uns die meiste Zeit nur streiten und ich nicht gerade glücklich darüber bin.

»Und was machst du da?« Einen noch offensichtlicheren Weg, um das Thema zu wechseln, konnte ich nicht einschlagen. Aber mich über Mike zu unterhalten würde mich noch nervöser werden lassen, und das würde mich verraten.

»Das sind alles Steuerunterlagen von deinem Dad. Und die wiederum fallen in den Bereich: Dinge, die die Welt nicht braucht.«

Ich verziehe ein wenig das Gesicht, da ich ganz genau weiß, was das immer eine Arbeit für meine Mutter ist. Mein Dad ist selbständig, jedoch zu geizig, um sich einen Steuerberater zu nehmen. Aus diesem Grund bleibt die Steuer immer an ihr hängen, da mein Dad keine Zeit dafür hat. Bis jetzt habe ich noch nicht gehört, dass sie sich darüber beschwert. Ich glaube sogar, dass sie sich darüber freut, ihm helfen zu können. Seitdem ich kein kleines Kind mehr bin, hat sie schließlich nicht mehr allzu viel zu tun.

»Viel Spaß noch. Ich werde jetzt erstmal meine Taschen auspacken und dann noch etwas lernen.«

Kurz glaube ich, dass sie noch etwas sagen will. Ich habe die Befürchtung, dass sie darauf zu sprechen kommt, ob Mike und ich uns wenigstens einigermaßen vertragen haben. Aber sie tut es nicht, worüber ich froh bin.

Bevor sie es sich doch noch anders überlegen kann, verlasse ich die Küche und greife im Vorbeigehen nach meinen Taschen. Nachdem ich mein Zimmer betreten habe, schiebe ich die Tür hinter mir zu und werfe meine Sachen auf mein Bett.

Mit den Zeigefingern massiere ich meine Schläfen, da ich das Gefühl habe, als würde ich Kopfschmerzen bekommen. Irgendwie habe ich die Hoffnung, dass es nur ein Traum war, wenn ich sie wieder öffne. Und damit meine ich all das, was zwischen Mike und mir vorgefallen ist. Doch nachdem ich meine Lider nach einigen Sekunden wieder geöffnet habe, merke ich, dass es kein Traum war. Es ist wirklich passiert.

Das leise Summen meines Handys dringt an meine Ohren. Kurz glaube ich, dass es Lindsay ist, die sich mittlerweile Sorgen macht. Nachdem ich das Display überprüft habe, stelle ich fest, dass es unsere gemeinsame Freundin Grace ist.

»Hi, wie geht's dir? In den letzten Tagen hat man ja nicht sehr viel von dir gehört.«

»Ich bin ein wenig müde. Das verschwindet auch wieder, wenn ich mich erstmal ins Bett gelegt habe«, erkläre ich ihr und setze mich dabei auf die Kante meines Bettes.

»Müde? Wieso bist du müde? Nein, sag es nicht. Du hast bestimmt nachts für die Prüfungen gelernt.«

»Ja, das habe ich«, murmle ich leise vor mich hin, während

ich wieder dieses eine männliche Gesicht in meinem Kopf habe, das mir einfach keine ruhige Minute lässt.

»Wie war's denn? Ich muss mir demnächst auch mal unbedingt frei nehmen, damit ich Lindsay besuchen kann. Zurzeit ist leider so viel auf der Arbeit zu tun, dass ich kaum aufs Klo gehen kann. Sonst hätten wir auch gemeinsam fahren können.« Wie bei einem Wasserfall sprudeln die Worte nur so aus ihr hervor. Ich habe Mühe, ihr zu folgen.

»Es war gut. Wir hatten eine Menge Spaß. Leider ist es nicht das Gleiche, wie wenn wir alle zusammen sind. Ich bin mir sicher, dass die beiden auch irgendwann für ein paar Tage nach Las Vegas kommen werden«, versuche ich sie aufzumuntern.

»Und wie lief die Fahrt mit Mike?« Ihre Frage ist eher zurückhaltend und zögerlich. Ich kann das verstehen. An ihrer Stelle würde es mir nicht anders gehen.

Ich weiß nicht, was ich ihr sagen soll, da ich ihr nicht die Wahrheit sagen kann. Obwohl wir Freundinnen sind und sie nicht mit Mike verwandt ist, kommen mir diese Worte einfach nicht über die Lippen. Dabei würde ich gerne mit ihr darüber sprechen. Einfach nur, um ihre neutrale Meinung zu hören.

»Jo? Bist du noch dran?«, ertönt im nächsten Moment ihre Stimme.

»Ja, ich räume gerade nur meine Taschen aus. Ich bin erst vor ein paar Minuten nach Hause gekommen«, lenke ich sie ab. Es ist zwar nur teilweise gelogen, trotzdem habe ich ein schlechtes Gewissen deswegen.

»Aha, und was war nun mit Mike?«

»Kann es sein, dass du etwas neugierig bist?«, frage ich nach und streiche mir dabei eine Haarsträhne aus dem Gesicht. Da ich die Antwort darauf kenne, ist das nur eine weitere Taktik, um das Thema zu wechseln.

»Ja, vielleicht. Morgen werde ich ihm bestimmt auf der Party über den Weg laufen. Und sollte er sich nicht benommen haben, dann trete ich ihm nur zu gerne in den Hintern.«

Bei ihren Worten zucke ich kurz zusammen. »Morgen ist eine Party?« Meine Stimme ist so leise, dass ich sie selbst kaum hören kann.

»Ja, im Verbindungshaus. Bist du etwa so sehr mit Lernen beschäftigt, dass du es vergessen hast?«

Will er sich deswegen schon so früh mit mir treffen? Damit er abends noch genug Zeit hat, sich eine andere zu suchen, falls er merkt, dass das mit uns nur schieflaufen kann?

Diese beiden Fragen treffen mich völlig unvorbereitet und werfen mich aus der Bahn. Doch so sehr ich auch darüber nachdenke, ich komme einfach zu keiner Antwort. Ein ungutes Gefühl macht sich in mir breit, da es zu dem Mike passen würde, den ich kenne.

»Also, sag schon. Hat er sich benommen?«

»Mike habe ich im Griff. Du kennst das ja«, gebe ich zurück, obwohl ich gerade mit meinen Gedanken ganz woanders bin.

»Bist du dir sicher? Ich frage nur, weil das ja mal etwas ganz Neues bei ihm wäre.«

»Grace, ich bin kein kleines Kind und kann mich durchaus gegen Mike durchsetzen.« Ein leises Lachen dringt über meine Lippen, welches sogar in meinen Ohren nicht ganz ehrlich klingt.

»Ich weiß, aber nun, da Lindsay nicht mehr hier ist und ihn nicht mehr unter Kontrolle hat, habe ich das halt übernommen.«

Schlagartig bekomme ich bei ihren Worten ein schlechtes Gewissen. Ich weiß, dass sie es nur gut meint und dafür bin ich ihr dankbar. Allerdings ist auch Grace keine Person, die sich besonders gut mit Mike versteht.

»Darf ich dich daran erinnern, dass ihr euch die letzten Male, als ihr euch über den Weg gelaufen seid, nur angeschrien habt?«, werfe ich ein.

»Ich weiß. Du siehst also, es fällt mir nicht schwer, ihm die Meinung zu sagen.«

»Ich hab dich lieb, Süße. Allerdings brauchst du dir um mich wirklich keine Sorgen zu machen. Mike ist kein Mann, von dem ich mir etwas sagen lasse.«

»Sehen wir uns morgen Mittag noch?«

»Ich kann nicht, sorry. Meine Mom hat mich gefragt, ob ich ihr bei der Steuerklärung helfe.« Ich hoffe, dass sie es mir glaubt. Gleichzeitig entschuldige ich mich im Stillen bei ihr, weil ich sie schon wieder angelogen habe.

»In den nächsten Tagen treffen wir uns doch, oder?«

»Sicher doch.«

»Na gut, ich werde dann auch mal wieder auflegen. Dann kannst du mir ja alles ganz genau berichten. Ich bin auf jeden Fall gespannt. Bis dann.«

»Ich melde mich bei dir«, sage ich noch, ehe ich die Hand sinken lasse und auf das rote Symbol drücke.

Als nächstes öffne ich das Textfeld meines Nachrichtendienstes und tippe auf Lindsays Namen.

Wir sind gut angekommen. Ich freue mich schon auf das nächste Mal.

Schnell sende ich die Nachricht ab und werfe das Telefon dann neben mich aufs Bett.

Es ist still um mich herum. Hier drin hat vor wenigen Tagen alles angefangen. Als Mike plötzlich in mein Zimmer geplatzt ist. Es fällt mir schwer, nicht daran zu denken, während ich mich hier aufhalte.

* * *

Zu sagen, dass ich nicht nervös bin, wäre gelogen.

Ich bin noch viel mehr als das. So aufgeregt war ich nicht einmal vor meiner ersten Verabredung. Das hier ist nicht irgendein Date. Sondern eines mit Mike. Dem Bruder meiner besten Freundin. Dem Mann, dem ich sonst eigentlich immer um die

Ohren haue, wie bescheuert die Frauen sein müssen, die sich auf ihn einlassen.

Aufgeregt habe ich so ziemlich jedes Outfit anprobiert, was sich in meinem Schrank befindet und zu meinem schwarzen Bikini passt, für den ich mich entschieden habe.

Ja, schwarz.

So ganz kann ich es dann doch nicht lassen, ihn wenigstens ein wenig um den Verstand zu bringen. Auch wenn ich darauf geachtet habe, dass der Bikini mehr versteckt als nur meine Brustwarzen.

In einer kurzen Jeanshose und einem engen Top gehe ich nun die Treppen hinunter. Als ich die Klingel höre, die durchs Haus schallt, bleibe ich ruckartig stehen. Sofort schlägt mein Herz schneller und mein Mund wird trocken. Ich brauche nicht durch das große Fenster zu schauen, um zu wissen, dass Mike sich auf der anderen Seite der Tür befindet.

Verzweifelt versuche ich mein rasendes Herz wieder in den Griff zu bekommen, weil ich Angst habe, dass ich sonst gleich ohnmächtig werde. Um mich herum nehme ich alles nur noch verschwommen wahr. Unbewusst halte ich sogar die Luft an.

Erst, als ich die schweren Schritte meines Vaters auf den Fliesen im Eingangsbereich höre, setzt meine Atmung wieder ein, obwohl ich nicht viel ruhiger werde.

»Hi! Wie war es in Flagstaff?«

Bei dieser Frage würde ich am liebsten vorstürmen und Mike aus dem Haus ziehen. Mir ist klar, dass das wahrscheinlich ziemlich merkwürdig wäre, weswegen ich es nicht tue. Trotzdem trete ich mir in Gedanken selbst in den Arsch, weil ich nicht eher mein Zimmer verlassen habe. Aber wahrscheinlich reagiere ich viel zu panisch. Ich glaube nicht, dass Mike meinem Vater auf die Nase binden wird, was zwischen uns passiert ist.

»Es war sehr aufschlussreich.«

Im Gegensatz zu meinem Vater weiß ich genau, was Mike

damit meint. Doch ich bin froh darüber, dass mein Dad nichts ahnt.

Als ich höre, dass mein Vater weiterspricht, ohne auf Mikes Kommentar einzugehen, fällt mir ein Stein vom Herzen und ich merke, wie ich mich wieder entspanne.

Eine Stufe nach der anderen gehe ich nach unten. Ich spüre genau den Moment, in dem er mich entdeckt. Seine Augen kleben an mir, während ich mit meiner großen Tasche in der Hand immer näher komme. Dabei versuche ich mich so normal wie möglich zu geben, jedoch weiß ich nicht, ob mir das wirklich gelingt. Ich zittere zu sehr.

»Hi«, begrüßt er mich mit gut gelaunter Stimme. »Bist du fertig?«

»Ja, von mir aus können wir losfahren.«

»Was habt ihr zwei denn vor?«, fragt mein Dad.

»Wir treffen uns mit ein paar Freunden«, erwidere ich schnell, bevor Mike auch nur Gelegenheit hat, Luft zu holen.

Da Mike schräg hinter meinem Dad steht, bekommt dieser nicht mit, dass Mike belustigt das Gesicht verzieht. Ich grinse.

»Dann wünsche ich euch viel Spaß, und pass auf mein Mädchen auf.« Die letzten Worte sind definitiv an Mike gerichtet. Als mein Vater ihn streng ansieht, nickt Mike ihm ernst zu.

»Das werde ich wohl schaffen.« Mehr sagt er nicht, sondern nimmt mir die Tasche ab.

Kurz bin ich irritiert, da er so etwas noch nie gemacht hat. Auf jeden Fall nicht bei mir. Wie es bei seinen anderen Bekanntschaften ist, weiß ich nicht, aber ehrlich gesagt will ich das auch gar nicht wissen. Ich würde nur eifersüchtig werden und das würde mir den Tag versauen.

Meinem Vater scheint diese kleine Geste nicht aufzufallen. Er verabschiedet sich ganz normal von Mike, ehe wir das Haus verlassen.

Schweigend gehen wir zu seinem großen Geländewagen, der mitten in der Hofeinfahrt steht. Erst nachdem wir eingestiegen sind und die Türen hinter uns geschlossen haben, bricht er sein Schweigen.

»Du siehst gut aus«, raunt er in mein Ohr und drückt mir einen Kuss auf die Wange.

Seine Worte kommen nur langsam in meinem Kopf an. Ich brauche ein paar Sekunden, um zu verarbeiten, dass er mir gerade wirklich ein Kompliment gemacht hat.

»Danke«, gebe ich zurück und lächle ihn dabei an. Meine Stimme ist jedoch nicht mehr als ein Piepsen.

»Das hätte ich dir gerne vorhin schon gesagt. Ich hatte aber die Befürchtung, dass dein Vater irritiert gewesen wäre.« Entschuldigend zuckt er mit den Schultern, während er nach meiner Hand greift. Unsere Finger verschränken sich miteinander. In sanften Berührungen fährt sein Daumen über meine Haut. Eine Gänsehaut bildet sich auf meinem Körper. Obwohl er mich in der Zeit bei Lindsay so oft berührt und noch ganz andere Dinge mit mir gemacht hat, ist so eine beiläufige Zärtlichkeit noch etwas ganz Neues für mich. Das liegt daran, dass ich niemals gedacht hätte, dass er so sein kann.

Kurz zögere ich, doch dann schaue ich ihn wieder an. »Das glaube ich auch. Vor allem nach deiner mehrdeutigen Anspielung auf den Besuch bei Lindsay.«

»Ich habe ihm nur die Wahrheit gesagt. Mir war aber klar, dass er die Bedeutung meiner Worte nicht erkennt.« Er bedenkt mich mit einem schiefen Grinsen.

Wieder einmal wird mir klar, wie nah wir uns gerade sind. Ich hatte gehofft, dass seine Wirkung auf mich ein wenig nachlässt, wenn er für ein paar Stunden nicht in meiner Nähe ist. Nun muss ich feststellen, dass genau das nicht der Fall ist. Falls das überhaupt sein kann, ist sie noch stärker geworden.

»Verrätst du mir, was du vorhast?«, frage ich ihn, um mich auf andere Gedanken zu bringen.

»Ich dachte mir, dass wir zum Wasser fahren.« Ein frecher Ausdruck erscheint auf seinem Gesicht.

»So weit war ich auch schon«, gebe ich zurück.

»Na siehst du? Dann hättest du ja nicht fragen müssen.«

Kurz überlege ich, ob ich ihn noch weiter nerven soll, entscheide mich allerdings dagegen. Ich will mich nicht deswegen mit ihm streiten. Um genau zu sein, will ich mich überhaupt nicht mit ihm streiten, egal, worum es geht. Streit hatten wir in der Vergangenheit genug.

Während der nächsten Stunde ist es ruhig zwischen uns. Seine Hand liegt auf meinem Knie und streicht darüber. Nicht ein einziges Mal unterbricht er den Kontakt zwischen uns. Ein wohliges Gefühl erfasst mich, und ich seufze leise. Kurz dreht er sich in meine Richtung und grinst mich an, bevor er sich wieder auf die Straße konzentriert. Aus einem Reflex heraus greife ich nach seiner Hand und umschließe sie mit meiner. Ich will ihm nah sein.

Als er endlich auf einem Parkplatz hält, auf dem bereits eine Menge Autos stehen, bin ich nur noch ein wandelnder Haufen Hormone. Obwohl wir kaum ein Wort gesprochen haben, war diese Autofahrt doch die schwerste für mich.

»Wir sind da«, verkündet er und zieht dabei den Schlüssel aus dem Zündschloss heraus.

Neugierig sehe ich mich um, kann jedoch nichts erkennen, was darauf schließen lässt, was wir hier machen. Wir sind mitten in der Wüste.

Langsam öffne ich die Tür und steige aus, so dass mir die warme Luft entgegenschlägt. Nachdem ich mich noch ein letztes Mal umgeschaut habe, bemerke ich, dass Mike vor dem Auto steht und auf mich wartet. Er streckt seine Hand nach mir aus und zieht mich an seine Seite, nachdem ich sie ergriffen habe. Seine Finger verschränken sich noch im gleichen Moment mit meinen. Eine gefühlte Ewigkeit stehen wir so dicht voreinander.

»Ich gebe zu, dass ich den ganzen Tag hier mit dir stehen könnte, aber deswegen sind wir nicht hergekommen.« Mehr sagt er nicht. Mike greift mit der anderen Hand nach der Tasche, die neben ihm auf dem Boden steht, und führt mich ein paar Schritte vom Auto weg. Vor uns erstreckt sich der Colorado River.

»Ich habe mir gedacht, dass wir Kanu fahren könnten.« Während er spricht, zeigt er auf einige Kanus, die mir schon vor wenigen Sekunden aufgefallen sind. Seine Stimme klingt verschwörerisch und auch der Gesichtsausdruck passt dazu.

Für einen Moment weiß ich nicht, was ich sagen soll. Ich habe nicht damit gerechnet, dass er sich solche Gedanken um unsere Verabredung macht. Wieder ist es ruhig zwischen uns, während ich nach den passenden Worten suche.

»Wenn du nicht willst, können wir auch etwas anderes machen«, sagt Mike schließlich unsicher.

Schlagartig wird mir klar, dass er mein Schweigen falsch gedeutet hat. »Nein, ich war nur überrascht«, werfe ich schnell ein. Dabei lächle ich ihn an.

»Ich glaube, wir sollten uns langsam fertigmachen. Sonst werden die noch ohne uns fahren.« Während Mike spricht, zeigt er auf die Boote und die Leute, die davor stehen und sich Schwimmwesten anziehen.

»Ja«, murmle ich heiser.

Mike scheint sich vergewissern zu wollen, dass ich das hier auch wirklich will. Doch als ich keine Anstalten mache, etwas Gegenteiliges zu sagen, wendet er sich in Richtung des Wassers und setzt sich in Bewegung.

Nachdem wir neben den kleinen Booten angekommen sind, bleibt er stehen und begrüßt einen etwas älteren Mann. Wie sich herausstellt, gehört er zu den Männern, die uns begleiten und helfen werden.

Mit einer Schwimmweste in der Hand nähert der Mann sich mir und macht Anstalten, sie mir anzulegen. Mike wirft dem Mann einen finsteren Blick zu.

Mike scheint eifersüchtig zu sein und das ist etwas, was man nicht allzu oft erlebt. Das Kribbeln in meinem Magen wird noch heftiger.

»Ich mach das schon«, ruft Mike in der nächsten Sekunde mit lauter Stimme. Noch bevor der Mann sich überhaupt in seine Richtung drehen kann, nimmt Mike ihm die Weste ab und kommt damit auf mich zu.

Ich erkenne, dass der Typ uns ein wenig irritiert beobachtet. Aber er sagt nichts. Darüber bin ich froh, denn ich bin mir nicht sicher, ob eine Diskussion mit Mike gut enden würde. Wenn dem etwas nicht passt, ist mit ihm nicht zu spaßen. Das habe ich selbst schon ein paarmal erlebt.

»Du weißt schon, dass das etwas übertrieben ist, oder?«, frage ich ihn, als ich mir sicher bin, dass sich niemand in unserer Nähe befindet, der uns hören kann. Trotzdem spreche ich die Worte nur leise aus.

»Übertrieben?«, fragt er mit verblüffter Stimme und wirkt überrascht.

»Na ja, er wollte mir nur helfen«, antworte ich, nachdem ich mich wieder gefangen habe. Während ich spreche, nicke ich kurz in die Richtung des Mannes, der nun einer anderen Frau hilft.

Mike folgt meinem Blick, seine Lippen bleiben jedoch verschlossen. Nur ein unheilvolles Knurren dringt tief aus seiner Kehle. Auf meinem Körper bildet sich eine Gänsehaut, obwohl es sehr warm ist. Auch meine Nippel richten sich auf und verlangen danach, dass er sich um sie kümmert. Ich bin froh darüber, dass ich bereits die Weste trage, so dass er es durch den dünnen Stoff meines Oberteils nicht erkennen kann. Ich erinnere mich nur zu gut an das Gefühl, wie sich seine Lippen auf meiner Haut anfühlen.

Als seine Hände sanft über meine Haut streichen, während er die Verschlüsse der Weste schließt, bleibt mein Herz fast stehen. Ich erschaudere. Gleichzeitig versuche ich mir nichts davon anmerken zu lassen, doch dieser Versucht geht nach hinten los. An seinen Gesichtszügen erkenne ich, dass er meine Reaktion genau mitbekommen hat. Ich erwarte schon fast, dass er irgendetwas sagt. Doch dem ist nicht so. Als nächstes beugt er sich zu mir und drückt mir einen zärtlichen Kuss auf die Stirn, ehe er zurückweicht.

Ausdruckslos begutachte ich ihn. Der Mike, den ich kenne, hätte irgendetwas gesagt, da bin ich mir sicher.

»Ich weiß genau, was gerade in deinem Kopf vor sich geht«, flüstert er leise in mein Ohr, so dass sein Atem mich streift.

»Bist du dir da wirklich sicher?«

Als Antwort nickt er nur. Dabei hat sich ein hinterhältiges Grinsen auf sein Gesicht geschlichen, was mir zeigt, dass er an das Gleiche denkt wie ich.

»O Mann«, flüstere ich leise.

Sein Lachen dringt an meine Ohren, bevor er nach meiner Hand greift und mich zu einem der Boote führt, um das sich schon ein paar der anderen versammelt haben. Während wir darauf warten, dass alle ihre Westen anziehen, führt er mich zu einem der Kanus.

»Du brauchst keine Angst haben«, erklärt er, nachdem er mich aufmerksam betrachtet hat.

»Ich würde es nicht Angst nennen«, gebe ich zurück und schaue dabei zu dem kleinen Boot, was Mike für uns ausgesucht hat.

»Sondern?«

»Obwohl ich das immer gerne machen wollte, muss ich doch zugeben, dass ich ein wenig nervös bin.«

Kaum habe ich ausgesprochen, nimmt Mike mich in seine Arme und zieht mich an seine Brust.

»Wie hast du es eigentlich geschafft, einen Platz zu bekommen? Ich dachte immer, die sind Wochen im Voraus ausgebucht.«

»Der Vater eines Freundes organisiert diese Fahrten. Ich habe ihn gestern angerufen und nachgefragt. Wenn es nicht geklappt hätte, wäre mir mit Sicherheit etwas anderes eingefallen. Aber umso schöner finde ich es, dass es funktioniert hat.«

Ich will etwas erwidern, komme aber nicht mehr dazu, da in

diesem Moment einer der Männer das Wort ergreift, um uns die Richtlinien zu erklären. Niemals hätte ich gedacht, dass man beim Kanufahren so viel beachten muss. Wir bekommen Anweisungen, wie wir uns in bestimmten Situationen verhalten müssen, wobei ich hoffe, dass ich die Hälfte davon niemals brauchen werde.

Es kommt mir wie eine Ewigkeit vor, bis wir endlich in die kleinen und engen Boote steigen dürfen. Doch als es endlich so weit ist, schwirrt mir der Kopf.

»Du steigst als Erstes ein, und sobald du sicher sitzt, werde ich mich setzen«, bestimmt Mike und hält mir seine Hand hin, damit ich mich festhalten kann.

»Wehe, du schmeißt das Boot um«, ermahne ich ihn in einem strengen Ton, bevor ich meine Hand in seine lege.

Doch kaum berührt sich unsere Haut, kann ich fast hören, wie die Luft zwischen uns knistert. Ich bin mir sicher, dass auch er es gespürt hat.

Ein schiefes Grinsen legt sich auf seine Lippen, für das ich ihn am liebsten küssen würde. »Meinst du wirklich, ich würde das machen?«, erkundigt er sich.

Mikes Blick wirkt ernst. Mir ist klar, dass er nur so guckt, um mir ein schlechtes Gewissen zu machen. Allerdings gelingt ihm das nicht. Ich höre ganz genau den belustigten Unterton in seiner Stimme.

Ein paar Sekunden bleibe ich regungslos stehen und betrachte ihn. Es gab mal eine Zeit, da hätte er sich sofort über meine Bemerkung aufgeregt. Und die ist noch gar nicht so lange vorbei.

»Na komm. Du kannst mir vertrauen. Ich will genauso sehr wie du, dass du es trocken wieder aus dem Teil heraus schaffst. Schließlich will ich ja nicht schuld sein, wenn du krank wirst.«

Langsam krabbele ich in das Boot hinein und setze mich vorsichtig auf einen Platz. Bei jeder noch so kleinen Bewegung wackelt das Teil, als würde es jeden Moment umkippen und mich ins Wasser befördern wollen.

Es dauert ein wenig, doch schließlich habe ich mein Gleichgewicht wiedergefunden, so dass ich nach dem Paddel greifen kann, das Mike mir reicht.

»Ist alles in Ordnung?«, fragt er mich.

»Ja, du kannst dich hinsetzen«, antworte ich. Dabei lege ich das Paddel über meine Beine, so dass ich mich an den Seiten festhalten kann.

Ein leises Lachen dringt über seine Lippen, für das ich ihm nur einen bösen Blick zuwerfe. Sofort verstummt er und tut so, als würde er seine Lippen abschließen. Als nächstes klettert er ebenfalls hinein, wobei das kleine Ding wieder gefährlich ins Schwanken gerät. Meine Hände verkrampfen sich an der Reling.

Kaum sitzt er vor mir, kommt einer der Männer vorbei und überprüft, ob bei uns alles in Ordnung ist. Dabei sagt er kein Wort. Nachdem er sich davon überzeugt hat, dass wir keine Probleme haben, geht er stumm weiter.

»Kann der überhaupt sprechen, oder hat er seine Zunge verschluckt?«, frage ich leise vor mich hin.

»Das kann ich dir leider auch nicht sagen.« Mike dreht sich kurz in meine Richtung und zuckt mit den Schultern. »Aber wenn du Interesse an ihm hast, kann ich ja mal einen seiner Kollegen fragen.«

Mike sagt das mit so einer Ernsthaftigkeit, dass ich einen Moment nicht weiß, ob das wirklich sein Ernst ist oder nicht. Verwirrt schaue ich ihn an, doch er verzieht keine Miene.

»Ich frage mich das bloß, weil er vorhin auch schon nichts gesagt hat«, erkläre ich Mike schnell. Er soll nicht denken, dass ich Interesse an einem anderen Mann habe, während ich hier mit ihm sitze. »Mike?«, frage ich vorsichtig nach, als sein Verhalten ein wenig unheimlich wird.

Ein paar Sekunden ist es noch still, doch als ich kurz davor stehe, ihm mein Paddel um die Ohren zu hauen, grinst er mich schließlich an.

»Das weiß ich. Dein Gesichtsausdruck war aber zu gut.«

»Mike«, stöhne ich. Gerne würde ich noch mehr dazu sagen, allerdings komme ich nicht mehr dazu. Im nächsten Moment spüre ich, wie unser Boot ins Wasser geschoben wird. Erschrocken halte ich mich fest, als uns die Strömung ein wenig mit sich trägt.

»Ist alles in Ordnung?«, fragt Mike und dreht sich dabei kurz zu mir um.

»Ja, alles bestens«, antworte ich nur und lächle ihn an. »Ich habe mich nur erschreckt, weil ich den Typen nicht bemerkt habe.«

Wortlos gibt Mike mir zu verstehen, dass ich nur etwas sagen brauche und er bläst das hier ab. Aber das will ich nicht. Ich freue mich darüber, dass er sich diese Arbeit gemacht hat.

»Vor und hinter Ihnen wird jeweils ein Kanu fahren und darauf achten, dass Sie keine Probleme bekommen. Mein Kollege und ich werden am Treffpunkt auf Sie warten«, ruft einer der Männer und nickt den anderen zu.

Ich schlucke den Kloß, der sich in meinem Hals gebildet hat, hinunter und lasse wie Mike das Paddel auf der entgegengesetzten Seite ins Wasser. Es dauert ein bisschen, doch schließlich haben wir ein Tempo gefunden, mit dem wir beide gut klarkommen. An ein paar Stellen ist die Strömung etwas stärker, so dass ich kurz die Befürchtung habe, dass wir doch gleich im Wasser landen. Aber Mike bringt uns jedes Mal gut durch.

Je länger ich mit ihm gemeinsam über den Fluss fahre, umso mehr bekomme ich den Eindruck, dass er das hier nicht zum ersten Mal macht. Aber vielleicht stellt er sich auch nur nicht ganz so blöd an wie ich, so genau kann ich das nicht sagen.

Die Fahrt beginnt mir Spaß zu machen. Als wir losgefahren sind, hatte ich noch die Befürchtung, dass ich mich nie an das Schwanken des Bootes gewöhnen würde. Allerdings hatte ich schneller raus, wie ich mein Gewicht am besten verlagere, damit ich mich nicht mit beiden Händen am Rand festkrallen muss, als gedacht.

Eine Stunde dauert die Tour, doch danach habe ich das Gefühl, als hätte ich die letzten vier Stunden im Fitnessstudio verbracht. Vor allem meine Arme tun mir weh, obwohl ich mir sicher bin, dass Mike die meiste Arbeit alleine gemacht hat. Ich kann mir nicht vorstellen, dass ich ihm eine große Hilfe war. Die meiste Zeit wusste ich nicht einmal, was ich überhaupt machen sollte.

Trotzdem scheint Mike noch sehr ausgeruht zu sein, als wir endlich unser Ziel erreichen. Er steigt als Erstes aus und zieht das Kanu an den Rand des Flusses, wo es fest auf dem Boden steht, so dass ich alleine aufstehen kann. Trotzdem greift er nach meiner Hand und stützt mich, während ich mein zweites Bein aus dem Kanu ziehe.

»Danke«, murmle ich ein wenig verlegen und lächle ihn an.

Kaum stehe ich mit beiden Beinen fest auf dem Boden, zieht mich Mike ruckartig an sich heran. Erschrocken hebe ich meine Hände und stütze mich an seiner Brust ab, damit ich nicht doch noch das Gleichgewicht verliere und im Wasser lande. Er senkt seinen Kopf und küsst mich. Zärtlich berühren seine Lippen meine und lassen so die Schmetterlinge in meinem Bauch wild umherfliegen.

Überrascht ziehe ich die Luft ein. Ich fühle mich überrumpelt. Aber es fühlt sich gut an, von ihm in der Öffentlichkeit geküsst zu werden. Auch wenn hier nur Menschen sind, die uns nicht kennen, macht er doch irgendwie klar, dass ich an seine Seite gehöre. Mit dieser kleinen Geste schafft er es, dass mein Herz schneller schlägt.

Leider ist dieser Kuss viel zu schnell wieder vorbei und Enttäuschung macht sich in mir breit. In meinem Kopf sammeln sich die Fragen und ich weiß nicht, wo ich anfangen soll.

Ich hoffe, dass sein Gesichtsausdruck etwas preisgibt. Aber dem ist nicht so. Seine Gesichtszüge sind verschlossen. Auch an seinen Augen kann ich nicht erkennen, was in seinem Kopf vorgeht.

Fast schon frustriert seufze ich leise. Dabei versuche ich mir nicht anmerken zu lassen, dass ich in dieser ganzen Situation weder vor noch zurück weiß.

»Du hast dich gut geschlagen«, erklärt Mike schließlich. Er öffnet die Verschlüsse meiner Weste und zieht sie mir vom Oberkörper.

Erst jetzt merke ich, wie sehr ich darunter geschwitzt habe und wie sie mich eingeengt hat. Ich war so sehr darauf konzentriert, nicht ins Wasser zu fallen, dass ich darüber überhaupt nicht nachdenken konnte. »Findest du?«, frage ich ihn skeptisch.

»Sonst hätte ich es nicht gesagt.«

Von einer Sekunde auf die nächste ist es ruhig zwischen uns. Seine nasse Haut schimmert in der Sonne. Auch seine Haare sind nass geworden, so dass sie ihm nun ins Gesicht hängen. Aber ich finde, dass er dadurch noch attraktiver ist als sonst.

»Danke«, murmle ich leise.

»Wofür?«

Am liebsten würde ich ihm sagen, dass er das genau weiß. Aber ich beschließe, dass ich in diesem Fall ausnahmsweise einmal auf sein Spielchen eingehen werde. Auch, wenn es mir schwerfällt.

»Dass du mich hergebracht hast.«

Mike zieht sich ebenfalls die Weste über den Kopf und wirft sie neben sich in den Sand. Dann lehnt er sich zu mir, so dass er sich sicher sein kann, dass ihn außer mir niemand hört.

»Das habe ich gerne gemacht. Und ich würde mich freuen, wenn wir das öfter zusammen machen würden.«

Mir stockt der Atem.

»Sobald ich meine Arme wieder spüre, können wir das gerne tun.« Mehr sage ich nicht, sondern gehe an ihm vorbei in Richtung unserer Autos.

Sein Lachen verfolgt mich den ganzen Weg über.

12

Als Mike den Wagen wieder nach Las Vegas lenkt, bin ich fix und fertig. Und das nicht nur körperlich, sondern auch in emotionaler Hinsicht. Zwischenzeitlich habe ich sogar Probleme, die Augen offenzuhalten. Da ich aber nicht eine Sekunde verpassen will, unterhalte ich mich mit ihm und versuche, meine Müdigkeit zu vergessen.

»Warum wohnst du noch bei deinen Eltern?«, frage ich ihn schließlich.

Schon seit einer Weile geht mir diese Frage im Kopf herum, allerdings habe ich immer auf den richtigen Moment gewartet, um sie zu stellen. Ob der jetzt gekommen ist, weiß ich nicht, aber ich würde seine Antwort gerne hören.

»Ich habe den Anmeldeschluss für die Polizeischule verpennt und deswegen erst einen Platz für nächstes Jahr in Los Angeles bekommen.«

»Polizeischule?«, frage ich nach.

»Ja, wieso nicht?« Mike zuckt mit den Schultern.

»Das habe ich nicht gewusst.«

»Lindsay weiß es auch noch nicht. Um genau zu sein, wissen es eigentlich nur Sean und mein Dad.«

»Dann wirst du dort wohnen?«, frage ich nach.

»Die meiste Zeit des Jahres.«

Ich kann nicht verhindern, dass mir bei seinen Worten schwer ums Herz wird. Der Gedanke daran, dass er von hier weggeht, gefällt mir überhaupt nicht. Obwohl mir klar ist, dass bis dahin noch ein wenig Zeit ist. Ich selbst weiß ja noch gar nicht, wohin es mich nach meinem Studium verschlägt.

Als würde er spüren, woran ich denke, greift er nach meiner Hand und drückt sie aufmunternd.

Den Rest der Fahrt schweigen wir. Ich habe Angst, dass ich mich selbst verraten würde, wenn ich etwas sage. Denn obwohl ich mir sicher bin, dass Mike Bescheid weiß, kann ich nicht darüber sprechen.

Ich bin so in meine Gedanken vertieft, dass ich gar nicht merke, wie er vor meiner Haustür anhält.

»Ich hoffe, dass du heute Spaß hattest«, flüstert Mike. Sanft streicht er mit dem Daumen über meine Haut. Seine Berührung sorgt dafür, dass ein Feuerwerk in mir erwacht.

Kurz schaue ich auf die Stelle, an der wir uns berühren, ehe ich meinen Kopf hebe. Wären Funken sichtbar, dann würden jetzt alle wissen, dass sie zwischen uns hin und her fliegen.

»Mike«, flüstere ich schließlich, als ich es nicht mehr aushalte. Dabei weiß ich gar nicht, was ich überhaupt sagen will.

Ich komme auch nicht mehr dazu, mir die passenden Worte zurechtzulegen. Noch in der gleichen Sekunde entdecke ich jemanden an der Straßenecke, mit dem ich definitiv nicht gerechnet habe. Vor allem habe ich gehofft, dass ich ihn nie wiedersehen muss.

Zuerst glaube ich, dass ich mir die Gestalt nur einbilde. Bisher konnte ich mich jedoch immer auf mein Sehvermögen verlassen. Aus diesem Grund bin ich mir sicher, dass er wirklich dort steht und in meine Richtung blickt.

Mike scheint zu merken, dass etwas nicht stimmt. Ich nehme wahr, wie er in die gleiche Richtung schaut. Doch ich habe im Moment keine Zeit für Erklärungen. Stattdessen greife ich nach dem Türgriff und öffne die Autotür. Ich fühle mich, als würde ich gerade neben mir stehen. Als würde ich bei allem, was nun passiert, nur zuschauen können. Als könnte ich nicht in das Geschehen eingreifen. Und das ist etwas, was mir Angst macht.

»Jo?«, dringt die Stimme von Mike durch den Nebel, der mich umgibt, zu mir hindurch.

Aber ich reagiere nicht darauf. Ich stelle nur einen Fuß nach dem anderen in die warme Luft und stehe auf.

Kaum dass ich den Wagen verlasse, setzt sich auch die andere Person in Bewegung.

»Joleen«, ertönt die Stimme meines Exfreundes aus weiter Ferne.

Wie angewurzelt bleibe ich an Ort und Stelle stehen, während ich fieberhaft überlege, wie ich ihn loswerden kann. Doch so sehr ich es auch versuche, mir fällt einfach nichts ein. Dan gehört nicht zu der Sorte Mann, die man einfach so loswird. Er lässt sich nicht abschütteln, egal, wie sehr man es auch versucht. Das hat er mir in den letzten Tagen durch seine Nachrichten leider wieder bewiesen.

»Was willst du hier?«, frage ich ihn, nachdem er ein paar Schritte von mir entfernt zum Stehen gekommen ist.

»Ich war in der Nähe und dachte mir, dass ich mal vorbeischaue. Schließlich ist es schon eine Weile her, dass wir uns das letzte Mal gesprochen haben.«

»Nicht lange genug«, erwidere ich und versuche dabei das Zittern, welches mich in den letzten Sekunden erfasst hat, in den Griff zu bekommen. Er braucht nicht zu wissen, wie ich auf ihn reagiere.

Auch wenn Mike keinen Laut von sich gibt, spüre ich doch, dass er hinter mir steht. Meine Nackenhaare stellen sich auf und mein Puls beginnt zu rasen. Ich wollte nie, dass sich diese beiden Männer treffen. Ich wollte dieser Situation aus dem Weg gehen. Doch nun ist sie da und ich kann nur das Beste daraus machen. Auch wenn ich keine Ahnung habe, wie das gehen soll.

»Dan«, begrüßt Mike ihn mit eisiger Stimme.

Die Tatsache, dass die beiden sich kennen, ist nicht unbedingt ein Punkt, der es mir einfacher macht. Auch, wenn ihre Bekanntschaft nur flüchtig ist.

»Mike, ich hätte nicht gedacht, dass ich dich hier treffe.«

»Ich habe Joleen nach Hause gebracht.«

Mehr sagt er nicht, aber das muss er auch nicht. Seine donnernde Stimme macht mir klar, dass er genau bemerkt hat, dass ich nicht gerade begeistert von dieser Begegnung mit Dan bin.

Obwohl er hinter mir steht, spüre ich genau, wie er sich noch größer und breiter macht, als er es ohnehin schon ist. Er will Dan klarmachen, dass er es jederzeit mit ihm aufnehmen kann, und darüber bin ich froh. Ich bin mir sicher, wäre Mike nicht bei mir, würde ich das hier nicht überstehen.

»Du spielst dich als ihr Aufpasser auf, was? Und das, wo ihr doch sonst kein vernünftiges Wort miteinander sprecht.«

Dans Blick wandert zwischen Mike und mir hin und her. Mir ist klar, dass er versucht herauszufinden, in welcher Beziehung wir zueinander stehen. Aber ich habe keine Lust, noch mehr Zeit mit ihm zu verbringen, nur um ihn darüber aufzuklären. Ich ziehe es vor, ihm so schnell wie möglich zu entkommen. Ganz abgesehen davon, geht es ihn auch gar nichts an.

»Ich glaube nicht, dass du irgendetwas über Jo und mich weißt«, presst Mike nun hervor und zeigt mir damit, dass er anscheinend ganz andere Absichten hat als ich.

Kurz überlege ich, ob Lindsay ihm nicht doch etwas gesagt, ihm irgendeinen Hinweis gegeben hat. Aber das kann ich mir nicht vorstellen. Sie hat mir versprochen, dass sie mein Geheimnis für sich behält, und ich vertraue ihr.

Langsam drehe ich mich ein Stück zu Mike herum, während ich seine Hand auf meinem Rücken spüre. Er will mir klarmachen, dass er hier ist, und dafür bin ich ihm dankbar. Trotzdem fände ich es schön, wenn er den Mund halten würde, damit wir verschwinden können.

Seine Konzentration ist auf Dan gerichtet, der ihn ebenfalls anstarrt. Mir wird klar, dass die beiden nur darauf warten, dass der andere etwas Falsches sagt oder tut, damit sie sich prügeln können.

»Kommst du?«, frage ich Mike schließlich.

Es dauert noch einen Moment, doch schließlich reißt er sich von Dan los und senkt seinen Kopf ein wenig, damit er mich ansehen kann.

»Mein Dad hat die Sachen für deinen Dad im Wohnzimmer liegen lassen«, fahre ich fort und versuche dabei so normal wie möglich zu klingen.

Mike sieht mich so an, als hätte er keine Ahnung, wovon ich eigentlich spreche. Erst, als ich meine Augen ein Stück zusammenkneife, scheint er meine stille Botschaft zu verstehen.

Ohne den Mund zu öffnen, gibt er Dan klar zu verstehen, dass er den Mund halten soll, bevor er sich in Richtung der Haustür dreht.

Ein letztes Mal schaue ich zu Dan, der uns aufmerksam betrachtet. Von mir aus soll er doch allen ruhig sagen, dass er mich und Mike zusammen angetroffen hat. Schließlich hat er uns nicht dabei erwischt, wie wir uns küssen und die Klamotten vom Leib reißen. Ich kann mir nicht vorstellen, dass es irgendjemanden interessiert.

Schweigend gehen wir nebeneinanderher, bis ich die Haustür aufgeschlossen habe und in den kühlen Flur getreten bin. Erst dann schaffe ich es, wirklich durchzuatmen. Eine Last fällt von meinen Schultern, von der ich in den letzten Minuten überhaupt nicht gemerkt hatte, dass ich sie trage.

Ich bin froh, dass Mike gerade nichts sagt. Ich muss erst wieder zu mir kommen, bevor ich mich mit ihm auseinandersetzen kann.

»Es tut mir leid, ich hatte keine Ahnung, dass er hier auftauchen würde«, fange ich schließlich an.

»Du brauchst dich nicht bei mir entschuldigen. Du kannst ja nichts dafür.« Während er spricht, kommt er näher und greift nach meinen Händen. »Und damit meine ich das, was zwischen euch vorgefallen ist, obwohl ich nicht weiß, was es war. Und auch, dass er plötzlich vor deiner Tür stand.«

Seine Worte beruhigen mich ein wenig. Aber auch nur ein wenig. Ein kleiner Rest Wut bleibt in mir. Ein leiser Seufzer dringt über meine Lippen. Mein ganzer Körper zittert. Und ich bin mir sicher, dass Mike das merkt.

»Was ist los?«, fragt er mich.

Ich würde ihm gerne alles sagen, jedes noch so kleinste Detail. Allerdings habe ich die Befürchtung, dass es alles zwischen uns verändern würde und das Risiko will ich nicht eingehen.

»Jo, du kannst es mir ruhig erzählen.« Seine Stimme ist so sanft, als würde er gerade mit einem kleinen Kind sprechen.

Die Beziehung zwischen Dan und mir hat kein gutes Ende genommen. Das ist bekannt und das wird auch Mike nicht verborgen geblieben sein. Vor allem, weil er mich in den letzten Monaten anscheinend aufmerksamer betrachtet hat, als ich gedacht hatte. Trotzdem weiß nur Lindsay, was wirklich zwischen uns vorgefallen ist. Und natürlich seine Freunde, die alle dabei waren.

Langsam hebe ich meinen Kopf. In seinen Augen kann ich so viel Zuneigung erkennen, dass mir schwindelig wird. Ich will ein paar Zentimeter Luft zwischen uns bringen und versuche, einen Schritt von ihm weg zu machen. Doch Mike lässt es nicht zu. Und in gewisser Hinsicht hilft mir das.

Schließlich kann ich mich dazu durchringen, endlich etwas zu sagen. »Dass wir uns nicht im Guten getrennt haben, hast du vielleicht mitbekommen.«

»Ja, so etwas hat Lindsay gesagt.«

»Was hat sie dir noch gesagt?«, frage ich ihn.

»Sonst nichts. Und du kannst mir glauben, dass ich wirklich versucht habe, etwas aus ihr herauszubekommen. Ich war schon damals interessiert an dir. Aber sie hat geschwiegen wie ein Grab. Ich hätte es noch weiter treiben können, allerdings wäre sie dann wahrscheinlich stutzig geworden. Lass mich aber noch sagen, dass ich Dan von Anfang an nicht mochte.«

Ich kann nicht verstecken, dass ich über seine Worte überrascht bin. Vor allem über den Teil, dass er mich damals schon im Auge hatte.

»Hör zu, Joleen. Du musst nicht über die Beziehung mit ihm sprechen. Ich würde zwar gerne wissen, was da zwischen euch passiert ist, aber wenn du es mir nicht sagen willst, dann ist das auch in Ordnung. Ich will nur, dass du weißt, dass ich hier bin, wenn du mich brauchst.«

Energisch schüttle ich den Kopf. »Nein, Mike. Ich will darüber sprechen. Ich will es dir erzählen. Es ist nur so, dass ich, mal von Lindsay abgesehen, noch keinem davon erzählt habe, und es deswegen schwer für mich ist«, antworte ich.

Ich lasse mich auf die Stufen der Treppen sinken, während ich meine Tasche dabei neben mir auf den Boden stelle. Mike sinkt vor mir auf die Knie und nimmt meine Hände in seine, um sie sanft zu drücken. Auf diese Weise zeigt er mir ohne große Worte, dass er bei mir ist und ich mir alle Zeit der Welt lassen kann. Aber ich will nicht mehr warten, denn ich habe die Befürchtung, dass es dadurch nicht einfacher für mich wird.

»Es war eigentlich alles gut zwischen uns.«

»Gut?«, hakt Mike skeptisch nach.

»Wir hatten eine ganz normale Beziehung. Auch, wenn ich mich ihm nie wirklich geöffnet habe.«

Bei meinen letzten Worten grinst Mike mich frech an, was mir ein leises Lachen entlockt. Es tut gut und befreit mich ein wenig von der Anspannung, die von meinem Körper Besitz ergriffen hat.

»Irgendwann hat er mich gefragt, ob ich Lust habe, mit ihm und seinen Freunden zum Lake Mead zu fahren. Da ich an dem Tag nichts anderes vorhatte, habe ich eingewilligt. Ich konnte ja nicht wissen, dass es ein riesiger Fehler war, mich darauf einzulassen.«

Ich kann nicht verhindern, dass mir Tränen über die Wange nach unten laufen.

Mike hebt seine Hand und wischt sie mir weg.

»Hattest du seine Freunde vorher schon einmal getroffen?«, fragt Mike mich.

»Nein, und das war wahrscheinlich der Grund, weshalb ich mich darauf eingelassen habe. Ich wollte sie kennenlernen. Zuerst war alles in Ordnung. Einem seiner Freunde gehört dort ein Boot. Die Jungs sind Wasserski gefahren und wir Mädels haben uns unterhalten.« Bei dem Gedanken an die Weiber verziehe ich ein wenig das Gesicht. Als etwas anderes als Weiber kann man sie nicht bezeichnen. Außer Bräunen und die nächste Party hatten die nichts im Kopf.

»Was ist dann passiert?«

»Irgendwann haben sie angefangen Drogen zu nehmen, und zwar alle.«

»Was?«, entfährt es Mike.

»Erst wurde ich noch gefragt, ob ich auch will. Doch als ich ihnen meinen Standpunkt klargemacht habe, haben sie angefangen mich zu beschimpfen. Dan hat mich ein billiges Flittchen genannt.«

Während ich spreche kann ich Mike dabei beobachten, wie er seine Lippen zu einer dünnen Linie zusammenpresst und seine Kiefer sich anspannen. Deshalb lege ich meine Hand an seine Wange und fahre mit den Fingerspitzen über seine Bartstoppeln, damit er sich wieder entspannt.

»Was war noch?«, erkundigt er sich vorsichtig, nachdem ich auch nach einigen Minuten keine Anstalten gemacht habe, weiter zu sprechen.

»Wir haben uns gestritten und er hat mich bedroht, mit einem Messer. Da ich keinen anderen Ausweg aus dieser Situation gewusst habe, bin ich vom Boot aus ins Wasser gesprungen.«

»Er hat was gemacht?«

Ich weiche Mike aus, meine Gefühle spielen verrückt. Da

Mike zu den Menschen gehört, die gerne ausrasten, erwarte ich genau das. Aber wieder überrascht er mich. Er betrachtet mich nur, während ich mich wieder sammle.

»Mein Glück war, dass ich meine Tasche mit meinem Handy darin im Bootshaus habe liegenlassen, so dass ich wenigstens Grace anrufen konnte. Sie hat sich sofort auf den Weg gemacht, um mich abzuholen. Sonst wäre mein Telefon nass geworden und ich hätte den ganzen weiten Weg laufen müssen. Oder jemanden anhalten müssen, der mich mitnimmt.«

»Hast du das bei der Polizei angezeigt?«

»Und dann?«, frage ich ihn. »Die Polizei hätte vielleicht sofort einen Drogentest gemacht und sie verhaftet. Aber du weißt genauso gut wie ich, dass sie gegen Kaution wieder freigekommen wären. Und dann wäre das Zusammentreffen mit Dan vorhin wahrscheinlich nicht so ruhig ausgegangen«, werfe ich ein. »Bezüglich der Drohung hätte Aussage gegen Aussage gestanden.«

Ich weiß, dass ihm meine Worte nicht passen, mir selbst gefallen sie ja auch nicht, aber sie sind nun einmal wahr.

»Das Treffen wäre auch nicht so glimpflich für ihn ausgegangen, wenn ich eher erfahren hätte, was dieser Typ dir angetan hat«, knurrt er.

Nachdem Mike mich aufmerksam betrachtet hat, wendet er seinen Kopf in die Richtung der großen Fensterscheibe, die sich neben uns befindet. Ich schaue ebenfalls auf den Hof hinaus, kann meinen Exfreund aber nirgends mehr erkennen. Dies lässt mich erleichtert aufatmen.

Ich spüre, wie Mike seine Hände an meinen Hals legt und meinen Kopf in seine Richtung dreht. Dann küsst er mich verlangend und sinnlich. Stumm zeigt er mir, dass er auf mich aufpasst.

In diesem Moment wird mir klar, dass ich mich in ihn verliebt habe. Ich weiß nicht genau, wann es passiert ist, aber ich weiß, dass es so ist. Irgendwann, zwischen all dem Mist, zwischen all unseren Streitereien und den wunderschönen gemeinsamen

Momenten hat dieser Mann mir das Herz gestohlen. Und das, obwohl ich dachte, dass das nach meiner letzten Beziehung nicht mehr so schnell passieren wird.

»Komm«, raunt er und greift gleichzeitig nach meiner Hand.

Verwirrt schaue ich ihn an, während Mike mich auf die Beine zieht.

»Deine Eltern sind doch mit Sicherheit noch unterwegs, oder?«

»Ja, sie bleiben über Nacht bei Freunden, die weiter weg wohnen«, antworte ich ihm etwas skeptisch. Ich habe keine Ahnung, worauf er hinaus will, was mich unsicher werden lässt.

»Dann werden wir uns jetzt einen gemütlichen Abend machen.« Seine Stimme ist fest und lässt keinen Widerspruch zu, doch so ganz kann ich nicht glauben, was ich da gerade gehört habe.

»Einen gemütlichen Abend?«, frage ich sicherheitshalber nach, falls ich ihn nicht richtig verstanden habe.

»Ja, nur du und ich und irgendein Film, den du aussuchst.«

Noch immer stehe ich perplex vor ihm und schaue ihn an. »Aber willst du denn nicht zu der Party?«, frage ich ihn.

»Party?«, erwidert Mike. Ich erkenne, dass er keine Ahnung hat, wovon ich überhaupt spreche. Es dauert ein paar Sekunden, aber schließlich erhellt sich sein Gesicht. »Ach die meinst du. Nein, wieso sollte ich?«

Ich komme nicht mehr mit, fährt es mir durch den Kopf, während ich stumm vor ihm stehe. Dabei habe ich keine Ahnung, was ich sagen soll. Als sich schließlich mein Mund öffnet, weiß ich noch immer nicht, was ich eigentlich sagen will.

»Ich hatte überhaupt nicht vor, da hin zu fahren. Eigentlich hatte ich geplant, auch den Abend mit dir zu verbringen, aber vorhin schienst du so müde zu sein, dass ich dachte, es wäre vielleicht besser, wenn du dich hinlegst. Doch nach dem Auftritt von Dan werde ich dich mit Sicherheit nicht alleine lassen. Du wirst mich also noch ein wenig ertragen müssen.«

Seine Worte rauben mir den Atem. Ich habe mit allem gerechnet, aber nicht damit.

Mike wartet erst gar nicht, bis ich mich wieder gefasst habe. Fest umgreift er meine Hand und führt mich die Treppen hinauf in Richtung meines Zimmers.

In diesem Moment bin ich froh, dass er hier bei mir ist. Ihm von dieser Geschichte zu erzählen hat mich aufgewühlt.

Unbeirrt betritt er mein Zimmer. Ich erinnere mich an das letzte Mal, als wir hier gemeinsam standen. Doch dieses Mal kommt es mir nicht seltsam vor, alleine mit ihm in meinem Zimmer zu sein. Dieses Mal macht sich Erleichterung in mir breit, weil ich ihn noch eine Weile nur für mich haben werde.

»Leg dich schon mal hin«, weist Mike mich mit sanfter Stimme an.

Ich sehe, dass er das hier wirklich will, und er nimmt mir auf diese Weise auch die letzten Zweifel.

Zur Antwort nicke ich kurz. Dann entziehe ich ihm meine Hand und lasse mich auf mein Bett sinken. Stumm beobachte ich ihn dabei, wie er auf das Regal zugeht, in dem sich die Filme befinden, und sie durchgeht.

»Willst du etwas Bestimmtes schauen?«, fragt er mich.

»Nein, such einfach etwas aus«, murmle ich leise vor mich hin. Gleichzeitig streife ich mir meine Schuhe von den Füßen und rücke noch ein Stück weiter auf das Bett.

Es dauert noch kurz, doch schließlich legt Mike einen Film in den Player ein und kommt zu mir herüber. Er zieht sich das Shirt über den Kopf, so dass seine durchtrainierte Brust zum Vorschein kommt. Dann lässt er sich neben mir sinken. Mit seinen großen Händen umgreift er meinen Oberkörper und zieht mich dicht an seinen Körper heran.

Wohlig seufzend lasse ich mich in seine Umarmung fallen und atme seinen Geruch ein. Meine Hand lege ich auf seine Brust, wo ich seinen Herzschlag spüre.

In dieser Nacht haben wir keinen Sex. Ich genieße es einfach, dass er hier bei mir ist und keine Anstalten macht zu gehen. Wir schauen insgesamt drei Filme und sprechen kaum. Wir genießen einfach die Nähe des anderen und kuscheln.

Mehr brauche ich nicht. Ich will einfach nur in seiner Nähe sein.

13

Als ich am nächsten Morgen wach werde, scheint mir die Sonne ins Gesicht. Langsam öffne ich meine Augen und rutsche dabei ein wenig zur Seite, damit ich nicht geblendet werde. Weit komme ich allerdings nicht, da ich im nächsten Moment den warmen Körper von Mike neben mir spüre.

Aus einem Reflex heraus lasse ich meine Hand über seine nackte Haut gleiten.

»Guten Morgen«, flüstert er in die Stille hinein und schiebt mir eine Strähne aus dem Gesicht.

»Hi«, gebe ich zurück und schaue ihn dabei fast schon ein wenig schüchtern an.

Obwohl es nicht das erste Mal ist, dass wir die Nacht miteinander verbracht haben, fühlt es sich doch anders an. Es kommt mir vor, als wäre ich ihm näher als jemals zuvor.

»Hast du gut geschlafen?«, fragt er mich.

»Ja. Danke, dass du geblieben bist.«

»Dafür brauchst du dich nicht zu bedanken. Das habe ich gerne gemacht.« Kaum hat er ausgesprochen, beugt er sich zu mir hinunter und gibt mir einen sanften Kuss.

In so einer merkwürdigen Situation habe ich mich noch nie befunden und irgendwie bin ich mir sicher, dass das auch auf Mike zutrifft. Schließlich weiß ich von Lindsay, dass er normalerweise abhaut, noch bevor die Frauen überhaupt wach sind.

Eine Weile liegen wir so nebeneinander.

»Hast du heute schon etwas vor?«, fragt er mich und sieht mich dabei abwartend an.

»Ich muss ein paar Unterlagen für das College fertig machen«, flüstere ich.

Ich bin mir sicher, dass er sofort merken würde, dass ich lüge, wenn er in meine Augen schauen könnte. Obwohl es nicht ganz gelogen ist. Es gibt wirklich noch einiges zu tun. Allerdings bin ich mir sicher, dass ich mich nicht darauf konzentrieren kann. Ich mache mir viel zu viele Gedanken über das, was in den letzten Tagen zwischen uns passiert ist und frage mich, wohin uns das führen wird.

»Versprich mir aber, dass du mich anrufst, wenn etwas ist. Vor allem, wenn der Hampelmann sich noch einmal bei dir meldet.«

Ich erkenne einen besorgten Unterton in seiner Stimme.

»Versprochen«, erwidere ich und lächle ihn dabei ein wenig an.

Mike umgreift mein Kinn und hebt meinen Kopf so weit, dass er mich leichter küssen kann. Stromschläge fahren durch mich, als sich unsere Lippen berühren. Ich will noch viel länger von ihm geküsst werden, doch leider zieht er sich schnell wieder ein Stück zurück.

Er streicht mir mit der Hand über die Wange, bevor er sich von mir löst und aufsteht. Während er sich sein Shirt überzieht, richte ich mich ebenfalls auf.

Mir wird schwer ums Herz, wenn ich daran denke, dass ich ihn heute vielleicht nicht mehr sehe. Aber ich brauche ein wenig Ruhe, vor allem, um die letzten Stunden zu verdauen.

»Ich melde mich bei dir«, erklärt er mit fester Stimme, die keinen Zweifel daran lässt, dass er es ernst meint. Dann beugt er sich zu mir und küsst mich sanft auf den Mundwinkel.

»Danke, für alles.«

»Du brauchst dich nicht bei mir zu bedanken. Das habe ich gerne gemacht. Außerdem hatte ich so die Gelegenheit, noch mehr Zeit mit dir zu verbringen.« Die letzten Worte sagt er mit einem leichten Schmunzeln im Gesicht, während er mir kurz zuzwinkert.

Ein leises Lachen dringt mir über die Lippen. »Das hättest du auch einfacher haben können. Du hättest nur etwas sagen müssen«, erwidere ich. Ich bin froh, dass die Stimmung zwischen uns nicht mehr so ernst ist.

»Ich werde es mir für das nächste Mal merken.« Mit diesen Worten richtet er sich auf. Langsam geht er auf meine Zimmertür zu. Doch bevor er verschwindet, sieht er noch ein letztes Mal in meine Richtung.

Nachdem er die Tür hinter sich geschlossen hat, lasse ich mich wieder in die Kissen sinken, schließe die Augen und atme mehrmals tief durch.

Ich habe das Bedürfnis, mit jemandem über Mike und mich zu sprechen. Allerdings fällt mir, abgesehen von Lindsay, niemand ein. Und ich bin mir nicht sicher, ob sie in diesem Fall die richtige Ansprechpartnerin ist.

Aber was habe ich schon zu verlieren?

Das Schlimmste, was passieren kann, ist, dass meine Freundin mir gehörig den Kopf wäscht und mir eine Standpauke hält.

Seufzend ziehe ich mir die Decke über den Kopf und versuche mein rasendes Herz wieder in den Griff zu bekommen. Blind taste ich nach meinem Handy, das neben mir auf dem Nachttisch liegt und ziehe es unter die Decke. Mit routinierten Griffen entsperre ich das Display und suche die Nummer von Lindsay heraus.

Sie wird mich einen ganzen Kopf kürzer machen, mindestens, schießt es mir durch den Kopf, während ich mit mir ringe. Sie ist zwar meine beste Freundin, aber hierbei geht es immerhin um ihren Bruder. Doch bevor mir noch andere Gründe einfallen können, die dagegen sprechen, drücke ich auf das grüne Symbol.

Die nächsten Sekunden kommen mir wie eine Ewigkeit vor. Als ich schon kurz davor bin, einfach aufzulegen, dringt ihre Stimme zu mir hindurch.

»Hi«, begrüßt Lindsay mich gut gelaunt.

»Ich habe Mist gebaut und ich bin eine schlechte Freundin, weil ich es dir nicht sofort gesagt habe«, platzt es sofort aus mir raus. »Stattdessen habe ich es tagelang für mich behalten, doch nun muss ich mit dir darüber sprechen.«

»Okay«, höre ich ihre verwirrte Stimme. »Ich habe keine Ahnung, wovon du eigentlich sprichst. Aber du bist erst seit zwei Tagen wieder in Las Vegas. Wie groß kann der Mist schon sein, den du gebaut hast?«

Ich nehme mir kurz Zeit und versuche die richtigen Worte zu finden. Das ist gar nicht so einfach. Ich glaube nicht, dass ich es ihr irgendwie schonend beibringen kann. Auch, wenn ich das gerne würde.

»Jo, würdest du mir sagen, worauf du hinaus willst? Ich habe nicht einmal eine Vermutung, um was es sich handeln könnte«, fordert sie mich mit ungeduldiger Stimme auf. »Ich hasse es, neugierig zu sein.«

»Du wirst wahrscheinlich kein Wort mehr mit mir sprechen.«

»Dafür müsste ich erst mal wissen, was eigentlich passiert ist. Und so schlimm kann es auch wieder nicht sein.«

»Ich habe mich in Mike verliebt«, flüstere ich so leise, dass ich mir kurz nicht sicher bin, ob sie mich auch wirklich verstanden hat.

»Welchen Mike?«, fragt sie mich schließlich.

»Deinen Bruder«, erwidere ich seufzend.

Eine Weile ist es ruhig in der Leitung. Als ich schon die Befürchtung habe, dass Lindsay einfach aufgelegt hat, spricht sie jedoch weiter. »Moment, ich komme gerade nicht ganz mit. Du meinst meinen Bruder Mike? Mit dem du dich ständig streitest?« An dem Ton, den sie angeschlagen hat, kann ich hören, dass sie nicht glauben kann, wie das passiert sein soll. Aber mir würde es wahrscheinlich auch nicht anders gehen.

»Ja«, murmle ich nur. Dabei bereite ich mich auf das Donnerwetter vor, von dem ich mir sicher bin, dass es gleich kommen wird.

»Wow, ich gebe zu, dass ich damit im Leben nicht gerechnet habe. Aber jetzt erklär mir doch erstmal, wie das geschehen ist? Ich verstehe nämlich nur Bahnhof.«

Ich atme tief durch und berichte ihr schließlich davon, was während des Aufenthaltes bei ihr passiert ist. Da ich mir sicher bin, dass ich nicht die richtigen Worte dafür finden kann, versuche ich es auch nicht. Stattdessen spreche ich das aus, was mir gerade in den Sinn kommt.

»Ihr habt wirklich miteinander geschlafen?

»Hmmm«, nuschle ich.

»Während ihr hier wart?«

»Es tut mir leid.«

»Wieso? Ihr seid doch schließlich erwachsen. Aber jetzt wird mir so einiges klar.«

»Was meinst du?«, hake ich vorsichtig nach.

»Ich spreche davon, dass du ihm plötzlich aus dem Weg gegangen bist. Ich hatte mich schon gewundert, mir aber nichts dabei gedacht, da ihr euch ja öfter streitet.«

»Es tut mir leid, dass ich es nicht eher gesagt habe. Aber irgendwie wusste ich nicht, wie ich das machen soll.«

»Wenn ihr es miteinander treibt, dann geht mich das nichts an. Das ist nun wirklich eure Sache. Ich hätte an deiner Stelle auch nicht anders gehandelt. Ich hoffe nur, dass sich deswegen an unserer Freundschaft nichts ändert.«

Ihre Worte sorgen dafür, dass ich geschockt die Augen aufreiße. »Nein!«, rufe ich mit fester Stimme. »Wie kommst du denn darauf?«

»Na ja, schließlich ist er mein Bruder. Da wäre es irgendwie naheliegend. Aber nun wieder zum Thema. Du musst es ihm sagen. Schließlich hat er ein Recht darauf, es zu erfahren.«

Ich seufze leise. Ich weiß nicht, was ich mir davon erhofft habe, als ich beschlossen habe, mit Lindsay darüber zu sprechen. Aber das definitiv nicht.

»Ich glaube kaum, dass er mich liebt. Du kennst doch deinen

Bruder. Er ist kein Mann, der eine feste Beziehung führen kann und will. In diesem Punkt sind er und Sean komplett unterschiedlich.«

»Ja, ich kenne meinen Bruder. Und aus diesem Grund kann ich dir sagen, dass du ihm nicht völlig egal sein kannst. Für dich hat er schließlich darauf verzichtet mit zwei, drei oder sonst wie vielen Frauen gleichzeitig ins Bett zu gehen. Und das, obwohl er sonst immer betont, wie gerne er das macht.«

Ein leises Lachen dringt bei ihren Worten über meine Lippen, obwohl mir gar nicht zum Lachen zumute ist. Am liebsten würde ich mich unter meiner Decke vergraben und die letzten Tage irgendwie ungeschehen machen.

»Sag es ihm. Selbst, wenn er nicht die gleichen Gefühle für dich hegt, wirst du dir irgendwann in den Hintern treten, wenn du es nicht versuchst. Und wer weiß, vielleicht bist du ja wirklich die Frau, die es schafft, ihn endlich zu bändigen. Wünschen würde ich mir das auf jeden Fall.«

Kurz lasse ich ihre Worte auf mich wirken. »Du bist nicht sauer auf mich?«, frage ich nach.

»Wieso sollte ich das sein? Du bist meine Freundin und er mein Bruder. Etwas Besseres könnte doch gar nicht passieren. Lass es dir wenigstens durch den Kopf gehen, ob du nicht mit ihm darüber sprechen willst.«

»Okay«, gebe ich zurück.

»Ich muss jetzt auflegen. Sean ist auf der Arbeit und Millie muss langsam fertiggemacht werden, damit wir einkaufen gehen können. Such dir einen ruhigen Moment aus und dann sprecht darüber. Ich hab dich lieb, Süße.«

»Ich hab dich auch lieb. Knuddel die Kleine von mir.«

»Werde ich machen.« Mit diesen Worten legt sie auf.

Kurz starre ich das Telefon in meiner Hand an, bevor ich mich wieder rückwärts auf mein Bett sinken lasse.

14

Zwei Tage ist es nun her, seitdem ich mit Lindsay über mein Problem gesprochen habe. Zwei Tage, in denen ich Mike aus dem Weg gegangen bin. Ein paarmal hat er versucht mich zu erreichen, aber ich habe weder auf seine Anrufe noch auf die Nachrichten reagiert, die er mir geschickt hat.

Ja, wahrscheinlich war das total kindisch von mir. Aber ich konnte einfach nicht mit ihm sprechen, ohne dass ich ihm meine Gefühle gestanden hätte. Und dafür war ich einfach noch nicht bereit.

Das bin ich auch jetzt noch nicht, aber ich kann ihm nicht ewig aus dem Weg gehen.

Aus diesem Grund parke ich gerade vor dem Haus seiner Eltern und versuche, mein rasendes Herz zu beruhigen. Aber die Aussicht darauf, dass ich ihm gleich gegenüberstehe, sorgt dafür, dass ich es einfach nicht schaffe.

Langsam steige ich aus und schlage den Weg zur Haustür ein. Bei jedem Schritt, den ich hinter mich bringe, wird mir schwindeliger. Als ich endlich vor der Tür zum Stehen komme, kommt es mir vor, als würde ich gleich ohnmächtig werden.

Noch nie ist mir etwas so schwergefallen wie in diesem Moment. Nicht einmal das Gespräch mit Lindsay.

Zögerlich hebe ich meine Hand und drücke auf die Klingel. Als ich endlich höre, wie jemand die Tür von der anderen Seite öffnet, halte ich gespannt die Luft an.

»Joleen! Was für eine nette Überraschung«, ruft die Stiefmutter von Mike und klatscht begeistert in die Hände.

»Hi«, begrüße ich sie mit rauer Stimme. Schnell räuspere ich mich und versuche mein Glück noch einmal, aber auch dieses Mal hört sie sich nicht besser an.

»Ist alles in Ordnung?« Aufmerksam betrachtet sie mich von oben bis unten.

»Ja, mir geht's gut. Alles super. Ich wollte nur eben ein paar Sachen mit Mike besprechen.«

Während ich das sage, schaue ich vorsichtig an ihr vorbei in das Innere des Hauses. Aber so sehr ich es auch versuche, ich kann nichts und niemanden erkennen. Auf jeden Fall nichts, was darauf schließen lässt, dass er zu Hause ist.

»Hast du nicht bemerkt, dass sein Wagen nicht in der Einfahrt steht?«, fragt sie mich nun und deutet mit dem Kopf in die entsprechende Richtung.

Kurz schaue ich auf die Stelle, an der normalerweise sein Auto steht, bevor ich mich ihr wieder zuwende. »Doch, aber ich hatte gedacht, dass ich es trotzdem mal probiere, bevor ich in der ganzen Stadt rumfahre und ihn suche«, erwidere ich schnell.

»Hat er sein Handy wieder ausgeschaltet?«

Bei ihrer Frage zucke ich kurz zusammen. Um ehrlich zu sein, habe ich nicht einmal probiert, ihn auf dem Handy zu erreichen, weil ich das eigentlich nicht am Telefon klären will. »Ja«, antworte ich trotzdem und hoffe, dass sie mir meine Lüge abkauft.

»Ich weiß leider auch nicht, wie du ihn finden kannst.« Marianne setzt einen entschuldigenden Gesichtsausdruck auf.

»Nicht schlimm. Ich fahr einfach wieder nach Hause und versuche es später noch einmal auf seinem Handy. Vielleicht ist es dann wieder an. Man sieht sich.«

Noch bevor sie etwas sagen kann, drehe ich mich um und gehe mit schnellen Schritten zurück zu meinem Wagen.

Kaum habe ich mich wieder hinter das Lenkrad gesetzt, atme ich tief durch. Ich zittere am ganzen Körper, was ich aber leider nicht verhindern kann.

Bevor ich den Schlüssel in das Schloss stecken und den Motor starten kann, höre ich, wie mein Handy klingelt. Für einen kurzen Moment überlege ich, ob ich es nicht einfach ignorieren soll, dass ich eine Nachricht bekommen habe. Doch dann überlege ich es mir anders. Sie könnte schließlich von Mike sein.

Zügig durchsuche ich meine Handtasche, bis ich es gefunden habe. Doch die Nachricht ist nicht von Mike, sondern von Grace.

Kommst du noch zur Party? Ich sitze hier ganz alleine, weil ich irgendwie davon ausgegangen war, dass mehr Leute hier sind, die ich kenne.

Noch bevor ich ihre Nachricht zu Ende gelesen habe, wird mir klar, dass heute Samstag ist. Und das bedeutet, dass heute eine Party bei dem größten Macho überhaupt stattfindet. Jason.

Jedes erste Wochenende im Monat sind seine Eltern nicht da und er nutzt die Zeit, um eine riesige Party in seinem Haus zu veranstalten.

Bei dem Gedanken daran, dass Mike sich vielleicht dort befindet und von seinem üblichen Fanclub umgeben ist, wird mir schlecht. Aber ich muss es einfach wissen. Ich muss sicher sein, ob er wirklich da ist. Sollte er es nämlich sein, dann wäre es die Antwort auf all meine Fragen, die ich eigentlich an ihn hatte.

Aus diesem Grund werfe ich das Handy auf den Beifahrersitz, ohne ihr zurückzuschreiben, und starte meinen Wagen.

Da Jason nicht ganz so weit entfernt wohnt, halte ich schon wenige Minuten später vor seinem Haus. Bereits auf dem Rasen tummeln sich die Partygäste und die laute Musik dringt zu mir ins Auto. Nachdem ich ausgestiegen bin, gehe ich in das Innere des Hauses und drängle mich dort durch die Menge. Vorhin schien mir mein Vorhaben noch eine gute Idee zu sein, doch jetzt bereue ich es. Sollte Mike wirklich hier sein, wird er mit Sicherheit nicht sehr erfreut darüber sein, wenn ich hier auftauche. Obwohl ich ihm immer noch sagen kann, dass Grace mir geschrieben hat und ich ihretwegen hier bin. Marianne würde ihm erst morgen sagen können, dass ich vorher bereits bei ihm zu Hause war.

Ich hätte ihm einfach eine Nachricht schreiben sollen, geht es mir durch den Kopf, während ich einem knutschenden Pärchen ausweiche.

Immer weiter gehe ich in das laute Haus hinein und halte dabei Ausschau nach Mike. Doch ich kann ihn nirgends entdecken. Als ich den Durchgang zum Wohnzimmer erreicht habe, bleibe ich stehen und lasse meinen Blick von rechts nach links wandern. Doch weit komme ich nicht, da ich ihn schließlich doch erblicke.

Es ist Mike. Und er ist umgeben von vier Frauen, die sich ihm an den Hals werfen.

Vier! Ich wüsste nicht, wann ich ihn jemals mit vier Frauen beobachtet hätte.

Aber wahrscheinlich hat er das Gefühl, als müsste er alles nachholen, was er während der gemeinsamen Zeit mit mir verpasst hat.

In diesem Moment würde ich mich am liebsten umdrehen und verschwinden, aber ich kann es nicht. Mein Blick wird magisch von der Szene angezogen. Sekunden, vielleicht sind es auch Minuten, stehe ich dort und starre auf Mike und die vier Frauen. Wut und Enttäuschung haben mich fest im Griff. Mir schießen sogar Tränen in die Augen, die ich mir aber verkneife. Jedenfalls so lange, wie ich hier stehe. Wenn ich wieder in meinem Zimmer sitze, werde ich noch mehr als genug heulen können.

Ich will mich gerade zusammenreißen und verschwinden, als er mich entdeckt. Ein breites Lächeln erscheint auf seinem Gesicht, aber ich erwidere es nicht. Stattdessen drehe ich mich um, um zu verschwinden.

Leider komme ich nicht einmal aus dem Haus heraus, denn kurz darauf spüre ich schon seine Hand auf meinem Arm.

»Lass mich los«, zische ich ihn wütend an und entreiße ihm meinen Arm.

»Joleen …«, beginnt er, doch ich bringe ihn mit einem Kopfschütteln zum Schweigen.

»Nein, Mike. Ich weiß schon, was du sagen willst. Verkneif es dir. Ich glaube dir kein Wort, denn ich weiß, was ich beobachtet habe. Irgendwie habe ich wirklich geglaubt, dass du doch nicht so bist, wie ich immer dachte.« Mit diesen Worten drehe ich mich schwungvoll um und eile davon.

Ein paarmal höre ich ihn noch meinen Namen rufen, aber das ist mir egal. Von mir aus soll er doch machen, was er will und mit wem er es will. Wir sind schließlich nicht zusammen. Schon alleine aus diesem Grund habe ich kein Recht auf ihn.

Mit schnellen Schritten gehe ich auf meinen Wagen zu, doch bevor ich ihn erreicht habe, tritt Grace in meinen Weg.

»Hi, ich hatte schon die Befürchtung, dass du nicht mehr kommst«, begrüßt sie mich gut gelaunt.

»Hi«, murmle ich nur und schaue mich dabei um. Noch ist von Mike nichts zu entdecken, aber ich bin mir sicher, dass es nicht mehr lange dauern wird. Er war noch nie ein Mann, der es verkraften konnte, wenn man ihn einfach stehen lässt.

»Hier, trink einen Schluck. Ich habe einen großen Vorsprung.« Während sie spricht, reicht sie mir einen Becher, in dem sich irgendeine klare Flüssigkeit befindet.

Kurz überlege ich, ob ich mich nicht einfach besaufen sollte. Es wäre sicherlich das Einfachste. Aber ich bin mir nicht so sicher, ob ich Mike nicht doch noch meine Gefühle gestehen würde, falls er mir noch einmal über den Weg läuft. Und das könnte ganz schön peinlich werden. Aus diesem Grund schüttle ich nur den Kopf. »Eigentlich wollte ich gerade nach Hause fahren«, erkläre ich ihr.

»Du bist doch eben erst gekommen.«

»Ja, aber …«, beginne ich zögerlich, habe aber keine Chance mehr darüber nachzudenken, wie ich den Satz beenden soll, da im nächsten Moment die Stimme von Mike hinter mir ertönt.

»Jo! Du wirst jetzt mit mir reden.«

»Ah, ich verstehe schon. Na, hau ab. Ich werde mich um unseren Rambo kümmern.«

»Danke«, verabschiede ich mich, bevor ich an ihr vorbeigehe und in mein Auto steige.

Mike steht vor Grace und scheint wild auf sie einzureden, aber das beeindruckt sie überhaupt nicht. Um nicht doch noch Gefahr zu laufen, dass er an ihr vorbeikommt, fahre ich an und verschwinde.

Ich schlage den direkten Weg zum Haus meiner Eltern ein, packe dort ein paar Klamotten zusammen und setze mich erneut in den Wagen. Das wird eine lange Nacht, aber ich muss etwas Abstand zwischen mich und diesen Mann bringen.

Vier Stunden später stehe ich vor meinem Ziel und warte darauf, dass Lindsay die Tür öffnet. Damit ich Millie nicht wecke, habe ich sie vorhin angerufen und ihr Bescheid gegeben, dass ich auf dem Weg bin.

»Hi, was ist denn los? Ich habe nicht damit gerechnet, dass du plötzlich mitten in der Nacht vor meiner Tür auftauchst.« Während sie spricht, macht sie einen Schritt zur Seite, so dass ich eintreten kann.

»Danke, dass ich herkommen durfte.«

»Hallo? Bist du auf den Kopf gefallen, oder so? Das ist doch überhaupt keine Frage. Aber jetzt erzähl mir endlich, was passiert ist. Es hat doch nichts mit Dan zu tun, oder?«

»Nein«, antworte ich und lasse mich seufzend auf das Sofa sinken. Dabei streiche ich mir ein paar Haare aus dem Gesicht, die sich aus meinem Zopf gelöst haben. Es dauert einen Moment, bis ich den Mut habe ihr zu berichten, was passiert ist. Doch dann sprudeln die Worte ohne Unterbrechung aus mir heraus.

Aufmerksam hört Lindsay zu. »Mein Bruder ist ein Idiot«, brummt sie schließlich, nachdem ich geendet habe.

»Das ist er nicht. Ich bin eher die Idiotin.«

»Was? Wieso? Du hast doch nichts falsch gemacht.«

»Weil ich mir wirklich eingebildet habe, dass er etwas für mich empfinden könnte«, murmle ich leise.

»Deswegen bist du keine Idiotin. Das ist doch total normal.« Eine Weile spüre ich ihren prüfenden Blick auf mir. »Geh ins Bett. Ich bin mir sicher, dass es dir morgen besser gehen wird.« Beruhigend streicht sie mir über den Arm und lächelt mich aufmunternd an.

»Danke.«

»Du bist meine Freundin, und meinem Bruder trete ich ordentlich in den Arsch, wenn er mir das nächste Mal über den Weg läuft.« Mit diesen Worten zieht sie mich auf die Beine und schiebt mich vor sich her, die Treppe nach oben. Vor dem Gästezimmer umarmt sie mich noch einmal, ehe sie sich umdreht und im Schlafzimmer verschwindet.

Eine Weile bleibe ich noch stehen und schaue ihr nach. Sie hat einen Freund und eine wundervolle Tochter. Und das ist genau das, was ich auch will. Aber ich bin mir sicher, dass ich nach dieser Erfahrung nicht mehr so schnell einem Mann vertrauen werde.

15

Erschrocken fahre ich hoch, als meine Tür aufgerissen wird. Für einen kurzen Moment weiß ich nicht, wo ich bin, so dass ich ein paar Sekunden brauche, um mich zu orientieren. Doch dann erscheinen wieder die Bilder von Mike mit den Frauen vor meinem inneren Auge und lassen mich leise stöhnen.

»Wir müssen reden.«

Beim Klang der Stimme drehe ich meinen Kopf in die entsprechende Richtung. Mike steht in der Tür und betrachtet mich mit einem Blick, bei dem ich mir nicht ganz sicher bin, ob ich abhauen oder hierbleiben soll. Das Problem ist nicht, dass er einfach so hier hereinplatzt, sondern dass er so aussieht, als hätte er sich gestern noch geprügelt.

Seine Schläfe leuchtet in allen Farben. Noch in der gleichen Sekunde mache ich mir Sorgen um ihn.

»Müssen wir das?«, frage ich ihn trotzdem nach einigen Sekunden und ziehe dabei die Decke höher.

»Ja, das müssen wir. Über die Party.«

»Ich glaube nicht«, erkläre ich mit fester Stimme und versuche mir dabei meine Unsicherheit nicht anmerken zu lassen.

»O doch.« Mit diesen zwei einfachen Worten geht er um das Bett herum und setzt sich auf die Kante.

»Verschwinde, Mike. Lass mich einfach in Ruhe«, fordere ich ihn auf. Doch er macht keine Anstalten, sich zu bewegen.

»Das werde ich nicht. Auf jeden Fall nicht, solange wir nicht einige Dinge geklärt haben. Wenn du dann noch immer willst, dass ich gehe, werde ich das tun.«

In diesem Moment bin ich zu überrascht über seine Worte, als dass ich auch nur daran denken kann, etwas zu erwidern. Stattdessen setze ich mich auf und schaue ihn an, als wäre er von einem anderen Planeten.

Mike hingegen nutzt die Chance und greift nach meinen Händen, um seine darum zu schließen. Sofort spüre ich das Knistern zwischen uns, genau wie schon die letzten Male. Ich verfluche meinen Körper, weil er noch immer so auf ihn reagiert.

»Ich war nur auf dieser Party, weil ich mit einem Kumpel etwas besprechen wollte. Danach wollte ich mich direkt auf den Weg zu dir machen.«

»Mike, ich weiß doch, was ich gesehen habe«, werfe ich ein und versuche meine Hände zurückzuziehen. Aber er lässt mich nicht los.

»Ja, du hast beobachtet, wie die Weiber um mich herum standen. Und ja, sie haben mir eindeutige Angebote gemacht, das leugne ich auch überhaupt nicht.« Plötzlich ist Mike still. Schließlich sagt er: »Aber anscheinend hast du nicht mitbekommen, dass ich ihnen gesagt habe, dass ich gerade zu meiner Freundin fahren wollte.«

Mit großen Augen schnappe ich nach Luft. Es kommt mir vor, als hätte ich mich verhört. Aber er sieht mich ernst an und macht nicht den Eindruck auf mich, dass es ein Scherz war.

»Deine Freundin?«, frage ich nach, um auch ganz sicher zu gehen.

»Ich liebe dich, Joleen. Du bringst die guten Seiten in mir zum Vorschein. Du bist das für mich, was Lindsay für Sean ist. Also könnte man wohl sagen, dass du meine Freundin bist.«

Ich schlage mir die Hände vors Gesicht, damit er nicht die Tränen sieht, die sich in meinen Augen sammeln. Er soll nicht denken, dass ich traurig bin, denn das stimmt nicht. Ich bin so glücklich, wie ich es noch nie war.

»Sag doch etwas«, bettelt er ein paar Sekunden später.

»Ich liebe dich auch. Das wollte ich dir eigentlich gestern

Abend sagen. Nur aus diesem Grund bin ich zu dieser blöden Party gekommen. Ich war total nervös deswegen und hatte Angst. Und dann sind ein paar Sicherungen durchgebrannt.« Während ich spreche, wische ich mir die Tränen von den Wangen, die sich einen Weg aus meinen Augen gesucht haben.

»Ist schon gut. Ich bin hier bei dir, und woanders will ich nie wieder sein.« Seine Stimme ist so leise, dass ich ihn kaum verstehen kann.

»Was ist mit deinem Gesicht passiert? Als ich gegangen bin, sahst du noch nicht so aus.« Sanft streiche ich über die Prellungen, die ich auf seinen Wangenknochen und über seinem Auge entdecke.

»Deswegen habe ich mit meinem Freund gesprochen.«

Da ich nicht weiß, wovon er spricht, ziehe ich meine Stirn ein wenig kraus.

»Nachdem du weg warst, war ich sauer. Und da kam Dan um die Ecke. Eigentlich hatte ich vorgehabt, noch ein paar Tage zu warten, ehe ich ihn mir zur Brust nehme, aber da war er nun. Also habe ich ihm klargemacht, dass er dich in Ruhe lassen soll, da er sonst mächtig Ärger mit dem Gesetz bekommt. Schließlich könnte er jederzeit angehalten werden und man könnte einen Drogentest bei ihm machen.«

Mit großen Augen schaue ich Mike an. Ich brauche ein wenig, bis die Bedeutung seiner Worte wirklich bei mir angekommen ist. »Spinnst du?«, fahre ich ihn an. »Nun wird er wissen, dass du es von mir weißt …«

Mike legt mir den Zeigefinger auf die Lippen und bringt mich so zum Schweigen. »Wenn er mit dir sprechen will, dann wird er sich mit mir unterhalten. Da wird er überhaupt nicht drum herum kommen. Denn ich lasse dich nicht aus den Augen, bis wir nach deinem Abschluss nach Los Angeles gehen.«

»Ich werde mit nach Los Angeles kommen?«

»Ja, oder glaubst du, dass ich dich für die nächsten Jahre hier alleine lasse?«

Mit diesen Worten lehnt er sich nach vorne und küsst mich. Als seine warmen Lippen meine berühren, macht sich eine Ruhe in mir breit, die ich vorher noch nie gespürt habe.

Ich weiß, dass mein Herz endlich zu Hause ist.

»Ich liebe dich«, murmle ich, während ich nach seinem Shirt greife und mich mit ihm zusammen nach hinten fallen lasse.

Ein leises Lachen dringt an meine Ohren, aber darauf gehe ich nicht weiter ein.

ENDE